真故
TRUMANSTORY
悬疑

从 悬 疑 深 入 现 实

法医奇案

陆玩 著

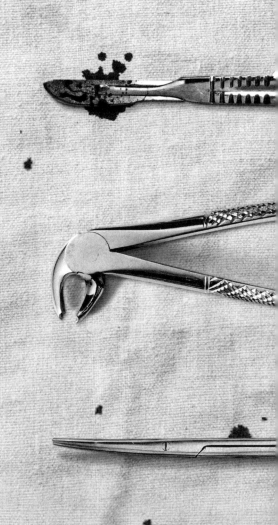

台海出版社

图书在版编目(CIP)数据

法医奇案 / 陆玩著. — 北京：台海出版社，
2023.4（2023.9重印）
ISBN 978-7-5168-3498-5

Ⅰ．①法… Ⅱ．①陆… Ⅲ．①推理小说－中国－当代
Ⅳ．① I247.5

中国国家版本馆 CIP 数据核字（2023）第 027813 号

法医奇案

著　　者：陆　玩

出 版 人：蔡　旭
责任编辑：王　萍　　　　　　　　策划编辑：果旭军
文字编辑：闫　弘　　陆成玉　　　封面设计：八牛设计
版式设计：李　一

出版发行：台海出版社
地　　址：北京市东城区景山东街 20 号　　　邮政编码：100009
电　　话：010-64041652（发行、邮购）
传　　真：010-84045799（总编室）
网　　址：www.taimeng.org.cn/thcbs/default.htm
E - mail：thcbs@126.com

经　　销：全国各地新华书店
印　　刷：北京中科印刷有限公司
本书如有破损、缺页、装订错误，请与本社联系调换

开　　本：710 毫米×1000 毫米　　　1/16
字　　数：250 千字　　　　　　　　印　　张：20.25
版　　次：2023 年 4 月第 1 版　　　印　　次：2023 年 9 月第 2 次印刷
书　　号：ISBN 978-7-5168-3498-5

定　　价：56.00 元

目录

001 分尸案

045 青山医院

093 呕吐物杀人事件

145 浴室谋杀案

201 母亲

255 山村魅影

001 分尸案

"师兄，我觉得有点不对劲！" 王洁看着我。

"哪里不对劲?"

"我也说不上，总觉得他死得很安详，没有痛苦。和之前被钝器击打致死的人对比，这具尸体很不一样！"

河床下的行李箱

早上六点半，队里负责痕迹检验的林霄就给我打来电话："老陆，出警勘现场了。"

"尸体吗？是不是案子？"

当了十年法医，我已经见怪不怪了。

"肯定是案子，说是分尸。我开车在楼下等你，勘查装备我都带上了。"

这大清早的！杀人分尸属于恶性案件，很容易引起社会关注。

唯一庆幸的是江南的初春还有点微凉，尸体腐败不会像夏天那么快。

我赶紧起身，快步走到楼上敲响了刑事技术室主任办公室的门。

徐老头正在专心看鉴定书，虽然年过半百，一脸沟壑，稀疏花白的头发正在竭力对抗着不断后移的发际线，但他依然是我们局的刑事技术后盾。

"主任，我要去出现场，说可能是分尸案。"

徐老头回道："确定吗？如果是真的，那社会影响会很严重，我要去给局长汇报，你赶快去看现场。对了，把小王也带上。去那里确定情况了给我说一下。"

我去女警值班室把王洁叫出来，这丫头听说有分尸现场，没有一丝恐惧，反而难掩激动。她是我的直系师妹，小姑娘长得如花似玉，放着好好的 DNA 检验工作不去，非要和我一块儿出现场做法医。

林霄已经在车上等我们了，他看了眼跟在我身后的女孩："你就是新来的王洁吧？我是林霄，做痕迹技术的。"

王洁有些兴奋："林老师，您好！听说您和陆师兄是老搭档，以后我还要向您多学习。"

"嗯。我比你大，就叫我林哥好了。学习不敢当，应该说多多交流，多多交流哈。"林霄羞涩地答道。看他那样，我就想笑。

虽然长得帅，但这么大的年纪面对异性还是很腼腆。

"老林，那边说了案子是什么情况没？"

林霄说："我刚和派出所雷所长打了电话，他说在他们辖区的河边发现了一个旅行箱，箱子散发恶臭。出警的民警说和尸臭很像，没敢打开看，就告诉我们了。"

"那怎么说是分尸？"

"雷所说箱子很小，要是用来装尸体肯定装不下，除非装部分尸块。"坐在副驾驶的刘明转过头说道。他跟林霄一样，也是痕迹技术员。

"那就是说分尸是他们猜的喽！没打开就胡说八道，打开后要是死猫死狗，你看我骂不骂人！每次只要是非正常死亡，所里根本不好好检查就推给我们，闹好几次笑话了。上次也报警说分尸，他们看都没看，光听报警人说发现人腿就让我们过去，结果是个装在麻袋里的充气娃娃，大半夜三十多公里路折腾我们来回跑。"

一旁的王洁扑哧地笑出声，引得我们几个人扭头看去，她又不好意思地低下了头。

其实这种充气娃娃和假人模特被误认成尸体的事在一线法医的工作中很常见。人的认知很容易被误导，比如有人说死人现场很臭，但是如果尸体没有腐败，单纯的血迹其实是不会有什么臭味的。

车子行驶半小时后，我们来到案发所在地的派出所，又跟着派出所的车开到山脚下，所里带路的辅警说还要步行20多分钟。我们只好扛上装备开始往山里走。王洁让我刮目相看，虽说是个女孩子，但身体素质没得说，扛起勘查设备大步流星，一点不比我们几个大老爷们儿慢。看似娇弱的身材却能在山路上灵活地辗转腾挪，让我有种这姑娘种地一定是把好手的错觉。

到了现场，我老远就看见一个民警和两个辅警站在河边，还有两个穿着反光背心的工作人员，此外就没有其他人在场。看到我们一行人后，民警朝我们挥手。

我问他："具体是什么情况？"

"这两位是河道清理工，他们是报警人。"民警说着便将人叫到跟前，"你们再把发现箱子的经过和这位警官说一遍。"

两名工人看了看我，其中一人开口说："我们是村委会派过来清理河道漂浮垃圾的，刚到这里就发现河床下有一个行李箱。箱子挺重的，我们把它捞上来，隐约闻到恶臭味，有点害怕就报警了。"

"你打开了吗？有没有看清楚里面是什么东西？"我问。

"闻着就挺恶心的，谁会打开它？"

我转头看向旁边的民警："你们来的时候打开过吗？"

他略带尴尬地指着报警人说："他俩说是死人，我也就没再看了。"看我瞬间黑脸，民警又补充一句："我们也不敢乱动箱子，怕破坏现场。"

别的标志。

尸体被从腰部横向截断，切口有平行状线性痕迹，像锯子留下的锯痕。与盆腔相连的器官被挤压在一侧。

"老林，你拍好了吗？等会儿人多就不好保护现场了。"

"拍完了，你放心。"林霄回答。

这种抛尸现场，往往有很多重要的线索，刘明带着辅警四处检查。

我转头问王洁："师妹，你怎么看？"

"这半截尸体，怎么说也有八九十斤。而车是开不到河边的。假设凶手是从我们下车的地方把尸体搬到这里，那凶手体力可以啊！"

我起身问那两个报警的人："除了从这条马路过来，还有什么路能到这里？"

"没有了，最快就是从这条马路上过来，再就是划船过来。不过这个季节水很浅，没有像我们这样多年划船经验的人，划到附近很容易搁浅。就是因为水浅，我俩才看见这个箱子的。"

林霄对我说："刚给领导汇报完，一会儿侦查和其他部门也要寻找另外半截尸体，估计没什么线索。我和刘明去看看从马路到河边这段路程有没有什么痕迹。"

"老林，你觉得凶手是什么时候来这里抛尸的？"

"看这个尸体的腐败程度，应该没死多久。如果白天把行李箱抛进河里，很容易被人发现。凶手应该是昨晚抛尸的。"

我看了看林霄："我也这么认为，凶手抛尸时应该比较慌张，这里的水不是很深，箱子颜色又鲜艳，丢水里很容易被发现。按照报警人的说法，这个季节河里水位下降，如果是夜里，凶手看不到河水有多深，又不敢往河中间走，那么可能把尸体丢在较浅的河边就走了。"

林霄环顾四周："别说监控了，这荒山野岭连个路灯都没有。我先去那边看凶手有没有留下痕迹吧。"

不久，技术中队的领导、刑侦大队的领导和侦查的人联合派出所的警力，对周边进行了一番搜索，没找到另一半尸体。

技术室的同事又勘查了一遍现场，也没发现可疑的痕迹、足迹、指纹等线索。我们将尸体运回解剖室，把装尸体的箱子交到DNA实验室送检，希望能从上面检出除尸体以外的DNA分型。

现场勘查结束后，侦查员根据我和林霄提供的报告，推断出死者的身高、体重，进行失踪人口排查，没有发现吻合的身源。情报中队对马路上的视频进行排查，由于车辆多，也没有获得可靠的线索。派出所虽然扩大了搜寻范围，但仍没有找到另外的抛尸点。

命案侦查最重要的就是确定死者的身源。只要凶手不是突发性应激杀人，一旦确认身份，就可以从死者的人际圈侦查可疑人员。但如果连死者是谁都不清楚，就很难进行下一步行动。

下午，根据DNA实验室的王宇提供的检验结果来看，死者的DNA分型在全国DNA信息系统里没有比对成功，这就意味着死者没有前科。装尸体的箱子内侧和鹅卵石上有大量血液，箱子表面和拉手、锁扣都因为在河水中长时间浸泡，没能检出有效的DNA信息，这就意味着最后的希望也没了。所有的办案人员都陷入了巨大的压力之中。这剩下的半截尸体和嫌疑人就这么凭空消失了吗？

林霄和我将半截尸体来来回回检查了很多遍，我们疲劳地瘫坐在解剖室外面的椅子上。林霄拉下手套和口罩，将身上的隔离服退到膝盖处，从上衣里摸出一支烟点了起来。

我看他吞云吐雾的样子，像是得到了巨大的放松，于是伸手到他面前："给一根，就你自己过瘾啊！"

　　"你不是不抽烟吗？"

　　"看你惬意的样子，试试不行啊！"

　　林霄抽出一根递了过来。我接过烟说："你有没有想过凶手可能没有把死者的上半身丢掉？"

　　"什么？说说凶手抛尸一半的原因。"林霄问我。

　　"凶手抛下半截尸体后，可能觉得抛尸地点不理想，怕继续抛尸会暴露自己，便索性把抛尸改成藏尸，想着这样应该比较保险。两种行为从犯罪心理来看是不同的——抛尸具有冲动性，藏尸更需要思考和准备。有没有一种可能，就是这个凶手在极度紧张的情况下抛了下半身，冷静下来后决定放弃抛上半身？"

　　"也不是没有这样的可能。如果是这样，那要找到上半身就得转换思路了。"

　　"嘀嘀嘀……"电话铃突然催命似的响起来。林霄接完电话后对我说："老陆，你猜错了，上半身在隔壁新陇市找到了！"

另一半尸体

我和林霄脱掉隔离服，准备回局里。

"王洁，尸体有没有冻起来？走了！"

王洁从里面跑出来一脸疑惑地问我："师兄怎么了？"

"找到死者的上半身了！"

王洁迅速上车，我们三人用最快的速度赶往局里。

回到局里，徐老头已经布置好任务了。我们推开他的办公室门，技术中队的老少爷们儿都聚在这里，烟雾缭绕得跟仙境一般，感觉在里面走都要开导航。看到我们进来，徐老头说："快进来，新陇市局今天下午三点半接到报警电话，说在他们辖区的荒山脚下发现半截残缺的尸体。初步问了情况，尸体为男性上半身，埋尸的地方偏僻，没有监控摄像头。两边的局领导决定由我们主办这个案件，现在新陇市局已经将现场封锁，我带队，你们几个带上装备，我们先去勘查现场。"

"唉！这种事，我永远逃不掉！"听我长吁短叹地抱怨，林霄也是一脸无奈。不过，转念一想，这家伙也从来逃不掉，我才平衡了些。再看王洁，还是斗志昂扬的样子，我不禁感慨"年轻真好啊"。

去新陇市的埋尸现场要三个小时，我们几个人从早上到现在一口饭都没吃。车子开到新陇市区时，我都快饿死了。

"主任，咱们买个包子吃吧！今天一口饭都没吃呢。"看我祈求的眼神，徐老头当即决定请大家吃面。一人一碗大排面，拌了几个凉菜，林霄和王洁在那里细嚼慢咽。我可装不了斯文，一下就把一碗面倒进胃里。趁林霄不注意，我用筷子扎起他碗里的卤蛋，以迅雷不及掩耳之势舔了一口，一脸得意地问他："好吃不？"

林霄原想伸手护住那颗卤蛋，一着急把手插进了自己碗里，气愤到骂出口："全国要是举办不要脸大赛，你肯定赢了。"

王洁看向差点被卤蛋噎住的我说："师兄，我发现一件特别好玩的事，你平时喜欢开玩笑，可是一工作起来就像变了个人似的，特别一本正经。"

"你说得对。他平时就是没正形，我们全技术室风气的破坏之王，主任都想让你监督他。"我还没开口，林霄就在一旁诋毁我。

"可是陆师兄工作的时候很靠谱啊！"王洁说。

王宇在旁边打岔："妹子，陆哥人格分裂，你慢慢就习惯了。"

填饱肚子后，我们开车到新陇市局的刑侦大队，一名姓杨的副大队长和另一名侦查员带我们赶赴埋尸现场。路上，徐老头问副大队长："杨大，尸体是怎么被发现的？"

"有几个孩子上山挖竹笋，挖到了一个行李箱，打开后发现尸体，家长就报警了。当时，我们的人还没到现场，就提前通知村委会保护现场。"

"杨大，你们的技术员和法医去勘查过现场了吗？"我赶忙追问。

"那倒没有，毕竟你们的专业能力更出众啊！我们接到局里命令协助你们，不敢轻易插手，怕帮了倒忙啊！"这位副大队长一边笑，一边往前走。

说话间，我们到了埋尸点。埋尸地点和前面抛尸的地点很相似，都是从公路上穿过一片竹林往深处走，大概六百多米的地方。不同的是，这竹林比之前的灌木丛好走得多。我们没有继续往里走，等痕迹技术员拿上足迹灯和照相机固定完鞋印，我们才进入了埋尸点。

埋尸地是一个长宽各一米多的浅坑，整个坑也就五六十厘米深，差不多能把装尸体的行李箱放进去。竹林里湿度大又隐蔽，翻出来的土还是湿润的。

在坑的旁边是一个长73厘米、宽47厘米、高30厘米的行李箱。行李箱虽然是从土里刨出来的，但整体看上去还是很新的，划痕不多。行李箱的口是敞开的，里面装着只有上半身的男尸。尸体上除了裹着一层塑料布，没有别的东西。

现场没有发现任何刨坑的工具，徐老头带着其他技术员开始常规的痕迹勘查工作。我带着王洁做尸表检查，刘明负责帮我拍照固定。林霄带着两个辅警搜寻周边，看有没有什么重要物品被埋尸者遗漏。

现场勘查结束后，我向徐老头提议将尸体带回去和下半截一起做解剖。虽然这两截尸体腰椎断的地方相同，软组织切口相似，脏器也能拼接成一整套，但还是要证实。其次，要尽快将凶手可能碰触过的地方进行 DNA 检验。

徐老头同意了我的意见，还说领导们对案子的进展很关切。大队那边急得团团转，都在等我们给线索。现在除了技术，侦查和情报部门一点头绪都没有。

在返回的路上，没有了新陇市局的人，我们也就无所顾忌了。徐老头先开了个头："大家都辛苦了，你们四个这两个现场都看过了，说说你们的想法。"

林霄托着下巴说："第一个抛尸现场，从马路到河边这段路，没有发现什么可疑的痕迹。箱子上和里面的鹅卵石也没有指纹。河边的鹅卵石也没留下鞋印。尸体和箱子加起来 80 多斤，地面却没有留下拖拽箱子的痕迹。

"从马路到河边的距离，我们要走 20 分钟。如果没有痕迹，说明这个人是带着尸体走的，证明凶手体强力壮。扛着这么重的箱子，却没有在灌木丛小路上留下脚印，有两种可能：第一，抛尸者破坏了脚印；第二，后面进入现场的人踩坏了脚印。

"埋尸现场有几点不合常理：第一，那片竹林的竹子根茎粗大，根本不适合挖坑；第二，坑挖得很浅，稍微盖点土就满了，很容易被发现；第三，埋尸的地方离公路的垂直距离只有六百米，穿过竹林是一片土地松软、没有人烟的灌木林，埋尸者完全可以再往深处走一点，但他没有。从以上这些情况可以推断，他对那里的环境不是很了解。难道他一边开车一边寻找抛尸的地方？他做完这些去了哪里？

"整个埋尸的过程都很匆忙，到底是怕人看见，还是急着用车？以上就是我的一些想法。"

王洁突然举起手，像个学生一样开始发言："我赞同林哥说的。还有一点，凶手处理尸体的地方都是荒山野岭，行为匆忙可能是因为当时是白天。这两个地方的下车点都没有路面监控。我倒觉得凶手应该对这两条路比较熟悉。"

王宇说："除了那个箱子，其他都不能提取到嫌疑人的 DNA。我要拿箱子回实验室，将嫌疑人可能会接触到的地方分段取拭子，希望有个好结果。"

他们几个都说完了，徐老头转头看向我："陆玩，你有啥想说的？"

"主任，我想说的暂时保密，我要系统地解剖完尸体再向你汇报。"

徐老头黑着脸："还给我们卖关子，你要是尸检找不到有用的线索，我就让你吃不了兜着走。"

"主任，贫道刚求一卦，这案子要破了！！"

神秘数字

徐老头不屑地说："陆玩，你有点正形！你这么牛，技术室要我们干吗？留你一个就够了。"

看到徐老头真的生气了，林霄赶快出来打圆场："主任，别跟这个神经病一般见识。他的意思是说尸体上肯定存在有价值的线索。"说完就转过头看向我，"对吧，老陆？"

"对对对，主任，我去让尸体开口说话，告诉你是谁杀了他。"

徐老头这才平息了怒气。

几个小时的跋涉之后，我们终于抵达本市殡仪馆解剖室门口。为了工作方便，乡政府和民政局跟殡仪馆要了地，盖了一栋二层小楼，专门用来做公安局解剖室。我们穿上隔离服从后备厢抬出箱子，徐老头看着警车，难掩心疼。说来也是，这是第一次用警车拉尸体，何况警车还是队里刚买的，有时接送领导也用。如果让领导们知道他们坐的车装过尸体，不知他们是什么感觉。

想到这里我又坏笑起来了。

"师兄，你笑什么呢？"王洁问道。

"你咋这么厉害，我戴着口罩，你都知道我在笑。"

"你的眼神，一看就绝对没想什么好事。"林霄抢着说。

"你说大队领导要是知道我们拿这辆车拉尸体，徐老头会挨骂不？"

"陆玩，你要死不要连累我，我还留恋这个人间呢！"

"哈哈，看把你吓的，干活儿干活儿。师妹，去准备解剖工具！"

"好了，师兄！尸体的下半身我也从冰柜里推出来了，正在解冻。"

我带王洁做尸检，林霄负责拍照固定和记录。

尸检主要分为尸表检查和解剖检查。尸表检查针对的是尸体的一般情况、尸体现象、体表特征、病变或损伤等，包括尸体身高、体重、衣着，身体上特殊标记、口腔肛门、表皮面膜等损伤病变情况。而解剖检查是指对尸体做全面系统的解剖，要求四个体腔（颅腔、胸腔、腹腔和盆腔）全都剖开，进行各体腔及其中内脏器官的检查和测量，从而确定死因和死亡时间。

我们准备把尸体的上半身和下半身拼接在一块。

"箱子还没仔细检查过吧？"我提醒林霄。

"想等尸体检查完再看。"

过了会儿，林霄开始在箱子里翻找。

但箱子很新，没有发现任何可靠的线索。

我根据尸体在箱子里的形态，对凶手可能会碰到的地方进行脱落细胞提取，用于提取DNA。

检查完箱子后，我将它放在解剖室西边窗户下面。

接下来是对尸体进行系统检验。

"等等，这里有东西。"隔着箱子内衬，我发现在拉锁后面的暗袋里有一

张纸。我小心翼翼地将它拿出来，摊开后发现是一张广东省佛山市某医院的 B
超报告单，上面写着"子宫底见一 11mm×32mm 孕囊回声，其内可见胚芽，胎
心搏动良好，超声诊断怀孕 7 周多"。患者的名字叫张凤梅，年龄 37 岁，报告
日期是两周前。

"王洁，马上给徐主任打电话，把这个情况告诉她，让他们查一下这个张
凤梅是谁，和死者是什么关系。这个张凤梅肯定是个关键人物，估计不是和死者
认识，就是和凶手认识。"

王洁放下记录本，马上开始打电话。

这两半尸体从断端切口处可以吻合，抛尸的地点比较偏远，没有野兽对尸
体进行破坏。除此之外，腰椎被锯开的地方，纹理也相同。两个箱子里散落的
腹腔和盆腔的脏器，也能拼凑成完整的一套。

尸检发现尸体为中年男性，体长 175 厘米，其致命伤是左侧颞部受到钝器
击打，致使死者左侧颞部及左侧顶骨粉碎性骨折，颅脑组织挫伤，死者左侧面部
严重变形。

"师兄，我觉得有点不对劲！"王洁看着我。

"哪里不对劲？"

"我也说不上，总觉得他死得很安详，没有痛苦。和之前被钝器击打致死
的人对比，这具尸体很不一样！"

我低头看了看尸体："我也觉得他的损伤有点奇怪。一般的钝器击打人体，
如果作用力很大会导致骨折，那表皮的软组织肯定会有挫裂伤，开放性的伤口里
应该还存在组织间桥。但他的颞骨和顶骨都碎得一塌糊涂，表皮的软组织却没有
破损，只是内部出血，这是不是很反常？"

说完我拿起手术刀从尸体左耳根上缘做了一个冠状切口。这是分离头皮最

常用的方式，切完后会暴露出颅骨。死者左侧的顶骨和颞骨粉碎，骨折区域的边缘呈现出连续的小弧线样，就像是规则的花边，每一个弧线形成的半圆都是等大且边缘清楚的。

"师兄，你看这像是什么工具击打造成的？"

"奶头锤。"我肯定地给出答案。

"林霄，过来拍照。"我把伤口和骨折处尽可能暴露出来。

"师妹，看这伤，有没有发现什么？"我对着王洁指了指骨折的地方。

王洁一脸疑惑："师兄，很明显就是致死伤吧！"

"如果是奶头锤造成的，那回到刚才的问题，砸成这样为什么表皮没破？还有，你看看，这弧线连续在一起有五六段。从骨折范围来分析，这绝对不止砸了十几下。如果是两个人对打，不可能十几下落在一个部位。所以他肯定被控制住了，根本没有反抗能力，所以后几锤才会都砸在同一个地方。"我说道。

"我们可以从死者的指甲来看有没有反抗的抓痕，看看能不能找到凶手的DNA。"我朝王洁点头，表示这个分析很到位。

"我大胆推测一下，骨折成这样，表皮却没破，会不会是垫着什么东西砸的？比如质地柔软的物品。可是转念一想，凶手都用奶头锤砸你了，还要给工具包起来，这不合逻辑啊！"我提出了自己的质疑。

"师兄，这样看来，你的推断还需要依据。"

"对的！取他的胃内容物，还有心血、肝脏送理化检验，看看他是不是中毒了没有反抗能力。我要好好想想，一定还有什么地方被忽略了。"

做完尸检，王洁已经累得筋疲力尽了。我让她到一边休息，我来清理解剖台。时间飞逝，转眼已经到傍晚了。

"不对！"我冷不丁的一声惊呼引起了林霄和王洁的注意。

"你发什么神经？一惊一乍的！"林霄朝我翻了个白眼。

我快步来到解剖室西边的窗子下面，蹲在行李箱前面仔细地观察。从窗户里斜射进来的落日余晖，洒在行李箱上，行李箱提手的这面泛着阳光，很是晃眼。但这晃眼的地方却是一处较暗的区域，这处区域明显对阳光的反射比较弱。

"你俩过来看，这箱子上有东西！"我把他俩唤到跟前，指着箱子上的暗斑给他们看。

"你看见啥了？"王洁和林霄俩人满脸不解。

"这个地方反射光线没有旁边亮！"我努力指着，但他俩还是没有发现。我着急地拉着林霄："你蹲下来，来我这里看！"

林霄蹲在我旁边，仔细地看着我手指指向的地方："好像是有点色差，等我一下。"说完他便急匆匆地跑了出去，不一会儿他回来，手里拿着多波段光源。只见他蹲在箱子旁边，拿着多波段光源，在不同的颜色里来回尝试。

"好像是一串代码，看不太清。"我和王洁也把头凑过去。

"好像是 CZ352114APR 或者是 CZ852714APP，都是水平翻转，很难认啊！"王洁艰难地辨认着。

听王洁说完，我趴得更近了："好像是 CZ352114APR，第三位上是个 3 不是 8，你们再仔细看一下。"

"第三位好像是 3，可为啥是翻转的呢？"王洁瞪大眼睛，想从我脸上寻求答案。

"是什么人印上去的吧？"我继续猜着。

"谁会印个翻转的号码？"

我突然回想起来，小时候跟着舅舅去他单位玩，捡到一台铅字打印机。上面的字都是水平翻转的。当时不懂，还问过舅舅。他说翻转的字，印出来才是正确的，还拿出一块铅字字模在纸上印字给我看。箱子上的字母和数字都是翻转的，说明印上去的这行是无意发生的。如果是人为印东西就不会是翻转的。

"这串号码代表什么啊？"王洁问出了我们在场所有人的疑问。

"把箱子带回去，用显微镜好好研究一下！"

解剖完尸体，我们三人开车带着箱子回了局里。一路上沉默无言，尸检让我们精疲力竭。回来后我也懒得去徐老头的办公室汇报。一来尸检没有什么大收获，反而疑问更多，之前自己吹的牛皮还没兑现；二来我们三个确实饥饿难耐。

我决定叫上林霄和王洁一起去外面吃点东西，就在公安局对面的饭馆随便点了几个菜。坐在饭馆门口，看着饭馆老板的小孩在旁边玩，好羡慕他的无忧无虑。突然他手里的乒乓球滚落出来，眼看着就要滚到大街上，我下意识地出腿挡住，结果不小心大脚落下，踩到乒乓球上，小球瞬间就扁了。孩子立刻嘶心裂肺地哭喊起来。林霄和王洁赶忙去哄。

我拿起坏了的乒乓球想把它复原，突然意识到了什么，问林霄："老林！死者的右脸有擦伤吗？"

还原谋杀过程

林霄吃了一惊："好像没有。"

王洁也在旁补充："死者右边头面部没有损伤，我最后缝合的就是头部切口，印象很深。"

"我们快点吃，上去看看照片。老板，还有个菜，麻烦快点！"

"陆玩，你怎么会关注死者右侧头面部有没有受伤？"林霄问道。

"我想还原谋杀的过程。"

不一会儿我们就到了办公室，翻开下午尸检的照片，死者右侧面部除了尸斑，没有什么损伤。

"老林，我大概知道这个人被打死时是什么状态了。"

"什么状态？"林霄那小眼神立刻勾起我戏耍他的欲望。

我作势掐指一算，半闭双眼说："时机未到，天机不可泄露。"

"你咋这么贱？"林霄伸手就要打我。

"别打别打，我现在只是一个猜测，等确定了再跟你们说，等会儿我们去实验室啊！"我抬手挡住林霄拍过来的巴掌。

"师兄，去实验室干吗？"王洁问我。

"去看看箱子上那串字母数字，看看里面是不是藏着你林哥的姻缘定数，哈哈哈。"

听我这么一说，王洁"扑哧"一下笑出了声。

等到了痕迹检验实验室，林霄小心翼翼地将箱子表面的那一块反光异常的区域裁下来，放在比对显微镜上。调整好仪器的焦距，电脑屏幕上正显示显微镜所探查到的画面。

林霄熟练地移动着光标，拖动视野寻找印有那些字母数字的地方。突然他将光标移动到一处停下，指着屏幕说："看，这里就是放大后的那个数字上面。"

"这黑乎乎的，啥玩意？看不清楚。"我对他展示的结果十分不满。

林霄将倍镜切换到 40 倍，一串代码映入眼帘。

"师兄，你看确实是 CZ352114APR。"王洁指着屏幕对我说，"数字到底是什么意思？"

"快看看这是啥？"我指着屏幕上几处条索状的东西问。

林霄将倍镜切换成 100 倍说："这些像是某种纤维！"

"密密麻麻的，那这些纤维里又圆又黑的东西是啥？"王洁像个小学生一样发问。

"这黑色颗粒像碳粉，那纤维像纸张纤维。"我说完，两人张大嘴巴看着我。

我继续说："大胆猜一下，什么纸张上会写这串号码？如果纸张在湿润的环境下和箱子表面紧紧贴压在一起，这串号码就会印在箱子上——而且刚好是翻转过来的。"

"可这串号码是什么意思呢？"王洁继续刚才的疑问。

"什么东西长时间被压在行李箱上，以至于字都印在上面？"

两人面对我的提问依旧摇了摇头。

我得意地说："会不会是航空公司的行李票？没摘下来，时间长了就被挤压印在上面！"

"你怎么这么确定是航空行李票？"林霄质疑。

"因为……因为……"

"你快说啊，神经病！又开始卖关子，急死人。"林霄生气地催我，王洁也着急得看似快要窒息了。

"因为我打开手机，发现这串号码和上次旅游时箱子上的行李票格式排列很相似。如果真的是行李票，就能找到这箱子的主人，估计死者的身份信息很快就能浮出水面了。"

王洁听完，马上拿出手机搜索："林哥，师兄好像猜对了。我刚才查了一下，'CZ352114APR'中，'CZ'表示南方航空公司，'CZ3521'表示这趟航班是广州飞杭州的，'14APR'是日期，指的是 4 月 14 日。时间距今天还蛮近的，我马上告诉侦查员，让他们去查当天的航班，调取监控看看谁拿了这个行李箱。"

"咣当"一声，实验室的门被用力推开。王宇探了个脑袋说："你们在这里啊，领导叫开会，快走。"

在路上我拨通了侦查员肖良的电话："良仔，这案子你们队谁负责？"我问。

"我们侦查二中队范副队负责，我和老包实操。"

"走！你和我们一起去会议室。我给你一个航班行李票号码，估计可以查到尸体身源。我再把推测的结论跟大家说一下，也请大家帮我分析分析，恳请大家指正啊！"

徐老头不知什么时候走到我的后面，一脸不可思议地说："乖乖，你陆玩啥时候也这么谦虚了，你是哪里不舒服吗？"

"还不是受林霄影响，你看他总是一副儒雅的谦谦君子的样子。虽然很累，可是你们都喜欢嘛！我也要学学，给自己加加人气！"

林霄站在旁边，一脸黑线。

徐老头让王洁把各个专业的主力都召集到会议室，大家都坐在下面，留我一个人上去给大家说想法，我反而有点不好意思了。

徐老头："陆玩你不是跟我说算命算出来案子要破吗？说说凶手是谁吧！"

"嘻嘻，我不知道啊！"

"你是不是又犯病？不知道胡咧咧！"徐老头都喊破音了。

"不是不是，主任，你听我说，从在竹林里找到尸体的上身开始，我就有点眉目了。

"我和林霄尸检完，发现了几个问题。首先，死者被钝器击打颅骨和面骨，死于骨折和脑组织损伤。死者的致命伤——左侧头面部的损伤十分奇怪，左侧头面骨呈粉碎性凹陷骨折，骨折区域的边缘呈现多个清晰的弧线状，明显可以看出伤人的工具可能是奶头锤这样的具备一定质量的金属钝器。一般的钝性伤如果骨折成这个样子，骨折处的表皮和肌肉等软组织一定会形成挫裂伤，伤口里一定有钝性击打的特征组织间桥。

"但是死者左头面部骨折区域的表皮，除了皮下出血，没有大面积破裂。我和林霄猜测凶手在锤头上包了东西或者垫了软质的东西。下午我无意踩到一个乒乓球，我发现球体变扁有两个点：一个是和我脚底板接触的地方，另一个就是和地面接触的地方。因为力的作用是相互的。死者左侧头面部被锤得如此严重，那按道理右侧头面部也会和接触面有一个作用力吧？

"可死者右侧头面部却没有损伤的痕迹。只有一种可能：死者右侧头面部接触的也是质地柔软的材质。再有，从骨折线上来看，死者至少被凶手锤了十几下。打击得如此集中，说明第一锤下去死者就失去了反抗能力，后面的十几锤才能如此准确地落在一起。谢大姐，死者血液酒精含量检测结果怎么样？"

"死者血液酒精含量 2500 毫克每升，属于酒精中毒状态。"谢大姐答道。

我继续说："所以死者被锤击时是醉酒状态。结合我所有的推断，死者醉酒后深度昏睡，被锤击的时候没有反抗能力。被锤击时，左右侧头面部都被软质物品垫着。

"猜测案发现场在哪里？有没有可能是死者的卧室？如果死者在自己的卧室喝醉，那让他放松警惕的人是谁？妻子？情人？挚友？

"为什么要垫着软质东西呢？可能是想阻挡喷溅的血迹，更可能是为了减轻死者的惨样带来的视觉冲击。就像我们第一次看人杀鸡，会控制不住闭眼睛一样。那凶手会不会是个女人？或者说女人的可能性会不会更大一点？这就是我的所有推断。

"接下来有几个重点地方要去调查。第一，查清楚死者是不是有情人或者非常要好、一起居住的朋友；第二，死者的居住地点或情人、朋友的居住地点，找到后要留意，类似床头柜、墙面、沙发扶手这些地方的缝隙中，可能还会留有血迹。死者是睡着时被人锤击的，头颅内压力增大，血液会从口鼻处喷溅到这些家具上。这是很重要的证据，因为凶手既然分尸，肯定也会打扫现场。"

听完我的长篇大论后，大家都陷入了沉思。肖良说道："如果知道死者身份，可以调查他的人际关系，说不定能找到凶手的杀人动机。"

其他人没有什么异议。徐老头说按照这个思路，等侦查找到行李箱主人或者死者身源后，技术马上跟进搜索固定证据。

"陆玩，要是都被你猜中，那我还真要对你刮目相看了。"徐老头对我说。

"主任，要真是情杀，事情就没这么简单了。"

堵住监控的女人

"陆哥，你这下可露脸了，推断得八九不离十了。"大清早的，电话里传来肖良激动的声音，将我彻底唤醒。

"昨晚那么晚睡，你这么早给我打电话，你有人性吗？"我气愤的喊叫声把上铺的林霄也吵醒了。

"哎！下铺的那位，你接个电话这么大声，你有人性吗？"林霄从床上下来踩在我身上，质问着我，"谁打来的电话？有啥事非要现在说？"

话音未落，我就听见电话那头的肖良说："侦查这边根据我们提供的那串数字，确定是航空公司的行李号，发现箱子主人就是死者。死者叫仵志雄，45岁，广东人，已婚，妻子怀孕，是做家具生意的。昨天我们根据死者的电话通话记录，查到了一个最频繁的通话号码。机主是个女人，名叫殷小佳，24岁，无业。对死者工作点的调查发现，他的雇员都不认识这个女人，也不清楚死者的居住地点。后来从公安网的房屋信息才找到了死者的居住地。通过对保安和邻居的走访，确定死者和殷小佳共同居住在这个地方，但殷小佳已经离开本地了。监控上最后一次看到她，是在发现抛尸的前一天。"

"你们找得到她吗？"

"已经申请技侦协助了，跑不掉的。"

"良仔，审讯时你一定告诉我，我要陪审。"

"陆哥，你是我认识的人中唯一一个主动要求加班的。"

"主要是怕你犯错误，毕竟殷小佳一听名字就是美女。"

林霄听到我的调侃也在旁边一个劲地坏笑。我挂了电话后看了看林霄，问道："你还睡不？我想去问问，死者和女孩同居的地方，监控调查得怎么样了。"

"嘀嘀嘀……"林霄的电话也响了起来，他拿起手机对着我做了个嘘的手势，我看屏幕上显示的是徐主任。

"主任，您说，哎，我和陆玩都在值班室，这就去。"

挂上电话后，林霄说："走吧！老陆，主任让我们去勘查死者居住的地方。估计和你猜的一样，女孩的住处就是第一现场了。"

提上现场勘查箱，我和林霄按照位置，导航前往一个叫新风家园的小区。小区位于城北，一路很顺畅，这个时间点除了早起的清洁工，路上基本没有什么人。他们是披星戴月地劳动，我们是没日没夜地工作。但我并没感觉到疲惫，入警这几年，支撑我的是对法医工作的热爱，和那种破案后拨云见日的快感。

到了小区，只见几辆警车已经停在楼下。我和林霄坐电梯到了死者租住的房间，队里的人已经在勘查现场了。徐老头在门口和市局支队的领导说话，我穿上鞋套，戴上口罩、手套等防护装备进到屋里。房间是套三室两厅，很明显已经被收拾干净了，所有的物件都很整齐。王宇在卫生间喷洒蓝星试剂寻找血迹，我来到卧室。卧室里放着一张双人床，床头和右侧都紧贴着墙，床的左侧有一个小床头柜。

"刘明，卧室这边你们勘查过了没？拍照了没？"我问在客厅取指纹的刘明。

"陆哥，卧室地上足迹我看了，概貌照片也拍了。通道已经打开，你们可以进去了。"

我将床头柜轻轻挪开，打开手电仔细检查这一片区域，没有看见明显的血迹。我回头看了一眼，床右侧靠墙的地方也很干净。这是一面白灰墙，如果有血迹，会很快渗进去，并且不容易清理干净。如果真的和我猜测的一样，死者是在床上被凶手垫着东西砸死的，那死者一定是躺在床左侧并且是侧卧的睡姿，受到锤击时血从口鼻喷出，可能溅在了床上或者床头柜上。由于锤击时有软质物品覆盖衬垫，血迹飞溅出来受到阻挡，能喷溅到远处的量会很少，再加上凶手打扫得很干净，要找到血迹绝非易事。

"林霄！刘明！我们把柜子和床拆了。"

两人看我的眼神像是在质疑：你确定吗？不要轻易破坏可能成为重要物证的东西啊！

拍照固定，床头柜被卸开。

在其中一块板材的缝隙里，我发现几处血迹，拿给林霄看。林霄拿出棉签擦取其中一滴放入离心管，加入一些去离子水摇晃几下，再插入抗人血红蛋白试剂条，不一会儿就出现阳性结果，这是人的血。我把试纸条和板材都用物证带包起来交给王宇，这些血迹要经过 DNA 检验和死者的进行比对。

"王宇，卫生间发现什么没有？"

"卫生间很干净，一点血迹都没有。"

一般分尸现场会有大量血迹，即便是用水冲洗，蓝星试剂也会有反应。这种试剂主要是和血液中的铁原子接触，氧化后能发出强烈的荧光，它不会破坏 DNA 检测效能，是一种很好用的潜血显色试剂。如果蓝星试剂都找不到，那基本上就没有血迹了，毕竟大量血迹是很难清理干净的，再怎么打扫缝隙里还会有。

"看来这里只是杀人现场不是分尸现场，那凶手就要想办法把尸体运出去。监控那边情况怎么样？"我问刘明。

"已经调取，在看了。"

"谁在看监控？"

"权彬。"

这小子在中队负责电子物证的检验鉴定工作，现场的摄像监控调取和排查也让他来做。他的业务能力没得说，干活积极性也很高，年轻精力旺盛，就是做事情有点毛躁，有时候工作量一大就静不下心容易出纰漏，还是毛头小伙子，经验不足需要不时敲打。

想到这里我急忙拨通了权彬的电话："阿彬，监控看得怎么样了？有没有啥好消息？"

"陆哥，我仔细看了两遍。楼道和电梯里的监控显示，大前天晚上死者进了家门，就再没出来过。昨天凌晨一点，从他家出来了一个女人，用塑料袋堵住了楼道和楼梯间所有的监控。小区大门的监控显示死者的车是一点半从小区开出的，开车的人确定就是殷小佳。"

"好的，我知道了。"挂了电话，林霄、刘明、王宇几个人都在看我，等着听监控调查的结果。虽然没拍到殷小佳转移尸体的画面，可这遮挡监控的行为，简直就是欲盖弥彰。现在就等殷小佳到位了。

情人

没多久，殷小佳就被抓捕归案。嫌疑人归位后，我们法医要做人身检查。但是面对女性嫌疑人，只能让女法医来检查。王洁将殷小佳带到检查室。

"老林，你刚没去看，那个女孩绝对让你意想不到。"

林霄有些疑惑："啥意想不到？你是说她看起来不像杀人犯吗？你都老同志了，还在凭外表臆断啊！"

"不！我不是这个意思，你看到她就知道了。唉，好可惜啊！这么好看的女孩，为什么要走上一条不归路？有相貌，有学历，原本可以拥有精彩的人生啊！"

"咦！怎么一点都不像你啊，这么多愁善感！"林霄眼里都是鄙视。

"唉！说真的，我替她父母惋惜！"

林霄一边数落我，一边被我拽到审讯室。他见到嫌疑人殷小佳时，也不禁感叹，"唉！确实挺可惜的。"

肖良看我们站在门口，示意我们进去。我却一把拉他出来："良仔，这个女孩交代了吗？"

"没有，她承认是死者的情人，两人住在一起。只说那天和死者吵了一架就离家出走了，男人怎么死的，她不知道。关键我们现在没有证据把她和杀人行为联系起来，所以我还在审问。"

"走！我和你一起进去。"

进去后，肖良立马黑起脸大声呵斥："殷小佳，你以为我们没有证据会请你过来吗？"

殷小佳低着头，沉默不语。

肖良继续说："你砸死仵志雄的事，我们已经很清楚了，要不要我把你杀人的过程说一遍？"

"我说了很多遍，我没有杀人！我和他吵完架就走了，他怎么死的，我不知道！"

看殷小佳坚决否认，肖良一时也没什么好办法。我把他拉到一边，把手机递过去："良仔，你拿这个吓吓她。"手机屏幕上显示的是尸体检验时拍下的细目照片。肖良看了一眼手机，手止不住地颤抖，看向我说："陆哥，这种照片你还存自己手机里，你可真厉害。"

"哈哈，瞌睡的时候，用来提提神。"

肖良回到殷小佳旁边："殷小佳，你知道仵志雄被杀后，你一点吃惊的反应都没有。你只知道他死了，还不知道他死得有多惨吧？"说完他便将手机递到殷小佳面前，开始不停地划动屏幕。手机上不仅有尸检的照片，还有埋尸现场行李箱里尸体上半身的照片。

殷小佳看着手机屏幕，刚才还趾高气扬的一双美目，瞬间惊恐万分。嘴唇哆嗦，泪水顺着白皙的脸庞滑落下来。

看到她反应强烈，肖良继续说："你是在床上打死仵志雄的吧？你怕失手，还等他喝醉之后下的手，拿起锤子的时候犹豫了很久，最后垫着枕头砸死了他。你砸死他后，有没有把枕头掀开检查一下啊？当时到处都是血吧！"

"你不要再说了!"刚才的分尸照片再加上肖良不停地吓唬,她已经快要崩溃了。

我看着肖良吓唬她好像有一些作用,马上去助攻:"殷小佳,我做法医这么多年,看过很多含冤而死的人。不是吓唬你,很多冤魂都会回来纠缠凶手,还有人在监狱里天天都做噩梦,最后受不了自杀了。"

殷小佳的情绪彻底崩溃了,哭了起来。她疯狂地摇着头,散乱的长发来回舞动,纤细的手臂戴着沉重的手铐在审讯椅子上砸得哐哐响。

我乘胜追击道:"殷小佳,你为什么杀人我先不问,你说,是谁帮你分的尸?"

"我自己!我自己!是我自己一个人处理了尸体。"女孩突然近似疯狂地向我扑来。一个劲地承认,祈求的眼神仿佛想让我不要再问下去。

"你分的尸?就你这体格,把仵志雄的上半身抬起来都吃力。你说你分的尸体?那说说抛尸的地方,说得出来吗?你在包庇谁?我告诉你,你不说我们也能查到,只是时间问题。你现在老实交代,争取宽大处理,所有的抵抗都是徒劳的。"

"真的是我打死他的,我和他吵了一架,他打了我。我一时气不过,就在他睡觉的时候打死了他。"殷小佳低下头,声音越来越微弱。

看着这个柔弱的女孩,虽然心里很怜惜,但我知道现在是最重要的时刻,毕竟我们还没掌握实质性的证据。

肖良也清楚地知道这一点:"殷小佳,我再给你说一遍,我们不会没有准备就把你请到这里,我们也不会问你张嘴就能狡辩的问题。我在这里问你,只是有些事要你亲口说出。你说你打死仵志雄,还分了尸,你要是有这胆量,刚才不会怕成那样,估计他死的时候你都不敢看一眼吧!"

殷小佳低着头，眼泪吧嗒吧嗒地落在审讯桌上，牙齿紧紧地咬着嘴唇，上半身在不停地发抖。

我俯身到肖良的耳边说："诈她一下，就说锤子找到了，确定还有个男人是帮凶，看她交不交代。"

肖良咬了咬牙，盯着殷小佳："我跟你说，打死仵志雄的锤子，我们已经找到了。从上面发现的 DNA 来看，凶手是个男人。人不是你打死的，也不是你分的尸，你干吗要背这个锅？分尸这种重罪你也敢背？现在再加上一个包庇罪，你觉得你瞒得住吗？你保护的这个人是至亲吗？"

当听到"至亲"二字时，我发现殷小佳突然抬头，美丽的双眼都是惊恐的神色。

看她的反应，我猜父母可能就是她的软肋，抓准机会再逼她一下："我们从你爸爸开始调查，没事，我们有的是时间！"当我说出要调查她爸爸时，殷小佳突然激动起来，要不是审讯椅子和手铐的束缚，她可能已经扑在我的身上了。

"求求你，警察大哥，求求你，你不要告诉我爸爸！"殷小佳歇斯底里地吼叫起来。

"咚！"肖良抡起拳头重重地砸在桌子上，突如其来的一下，把旁边的我也吓了一跳。他对着殷小佳吼道："说！帮凶是谁？"

"我，我，他……人是我杀的！"

"你杀的？尸体丢到哪里你知道吗？你还在这里胡说八道！不见棺材不落泪是吧！我们现在去找你爸爸，看有你这个女儿，以后他还怎么做人！"说着肖良递给我一个眼神，我拉上林霄就从审讯室冲出去，门内传来了绝望的哭声。

"你们也太狠了吧！刚才吓唬她的样子，简直像逼债的恶棍。"林霄难以置信，像看陌生人一样盯着我。

我说："老林，你真的觉得是殷小佳砸死了仵志雄吗？"

"怎么讲？"林霄问道。

"我在救她，这个事情没这么简单，这个女孩可能被人利用了！"

预谋杀人

"我能理解你诈她说锤子上有 DNA，但你为什么说人不是她杀的？和你之前的推断矛盾啊！"林霄疑惑地说道。

"之前只是我的一些推断，直到见到她本人，我才觉得不是她。"

看我一脸坚定的表情，林霄更费解了："那理由呢？你快说，急死我了！"

"哎！你这人一点也沉不住气，你看到她的手了吗？"

"你是说她手纤细瘦弱？"

"猜对一半。首先，你看她指甲那么长，是握不牢东西的，怎么能握着锤子砸死人？其次，死者是在垫子上被奶头锤砸死的，必须要有很大的力气。你看她娇小的身板，别说砸十几下，可能不出十下就没力气了。我大胆猜测，人不是她砸死的，但她跟凶手关系肯定非同一般，所以才竭力要为对方背锅。这时候审讯就非常重要了。"

"人是不是她砸死的我们不清楚，目前看来抛尸的肯定不是她。"林霄一本正经地分析。

"林哥、师兄，刚才我看了一下那个监控，总觉得哪里不对劲，所以想请你俩再去看一下。"这时，王洁突然赶来对我们说。

回到办公室后，王洁调出小区门口监控拍到的片段，是殷小佳开车出门的情形。视频的画面并不清晰，人的面部分辨度不高，时间也不是太长。

"王洁，说说你的疑惑！"

"这个开车的人不是殷小佳，他只是穿了裙子，让我们误以为是殷小佳。"王洁又把视频一遍又一遍地放着，将播放的速度越调越慢。看了很多遍后，我和林霄一脸疑惑地望向王洁。

"师妹，说个理由。"林霄问道。

"我也说不上来，感觉这个人开这辆车很不顺手。车是死者买给殷小佳的，按理说殷小佳不会开不习惯，但是这个人从地下车库开上来明显不顺手。虽然对方穿着殷小佳的衣服，但这个人根本不像是殷小佳。这套衣服殷小佳曾在朋友圈发过。这个时间点，开这辆车出小区，应该是去抛尸。如果没猜错，那之前陆师兄推断的分尸、抛尸的是男性，而这个人却穿着女装，说明他想把事情嫁祸于殷小佳。"

听着王洁的推断，我突然觉得这姑娘挺上道，颇有大法医的风范。

王洁继续说："我刚才给殷小佳做人身检查时发现，她身高165厘米，正好我也是165厘米，视频里的车是奥迪，权哥的车也是这一款，所以我去试了一下。我坐在驾驶室时，座椅靠背上缘是与我耳垂齐平的，殷小佳应该差不多也是这个高度。但视频里的那个人明显高出很多，所以我大胆猜测这个装扮成殷小佳的人就是凶手，现在找到这辆车很重要，车拉过尸体不可能没有线索留下。"

王洁一脸认真的样子真可爱，这丫头挺喜欢动脑子的，是个可塑之才！

林霄一本正经地对王洁说："侦查兄弟们已经去追查这辆车了。道路上的视频指挥中心和交警大队都在协助，但是这个车出了城就跟不到了。抛尸的那条路有很多岔道，可以延伸到不知名的小路，都没有监控，找车需要时间。至于殷小佳不是杀人凶手，大家已经很清楚了。"

王洁听到林霄这样说，觉得自己精彩的推断成了无用之功，满脸通红。我看着林霄这个直男，真是气不打一处来。人家一小姑娘是新人，这么卖力的思考叫这个老傻子说个透心凉，怪不得这么多年都没有女人缘。

"老陆，殷小佳一个劲把罪往自己身上揽，这个凶手又打扮成殷小佳的样子，他们明显是商量好的，可能是有预谋的杀人。殷小佳一定是有什么特殊情况可以逃避法律制裁，所以她才敢将罪全部揽在自己身上。"

听林霄这么一说，王洁激动地叫出声："难道殷小佳怀孕了？"

"就算她是孕妇，谋杀案审判期间的孕妇，即使不判处死刑，终身监禁也是逃不掉的。如果他们两个计划脱罪，那应该调查过，这根本行不通。咱们不要在这里乱猜了，这个人肯定和殷小佳关系不一般。检查殷小佳的手机还有电脑等所有的通信设备，社交软件里任何可疑的人都不能放过。"当我说完，好似听到一堆废话一样的表情浮现在这俩人脸上。

"你们不要这个表情，我又不是白痴。免于刑事处罚的条件除了怀孕还有很多。我觉得殷小佳和嫌疑人肯定计划好了，决定釜底抽薪赌一把。一般免于刑事处罚的条件包括案件已过追诉期，或者嫌疑人年龄过大或过小，不具备刑事责任能力，师妹你说说，还有什么情况可以不受刑事处罚？"我看着王洁问道。

"师兄你是想说殷小佳有精神病吗？"

"有这种可能。现在很多人都想当然地认为精神病患者在法律上都是不用负刑事责任的。所以不排除有的人仗着自己是精神病，就出来犯罪或者给别人顶罪。但是这些人属于半桶水类型，不清楚不是所有的精神疾病状况都能不受法律制裁。受不受刑事处罚，要看当事人发生犯罪行为时，有没有受到精神疾病的影响，当时是否具备自控能力和辨识能力。我们可以去查殷小佳有没有精神病史，有没有利用这方面脱罪的可能。"

王洁瞬间来了兴致："师兄，我们要去脑科医院查殷小佳有没有病史吗？"

"我们先从她身上下手，看看她有没有不正常。电子物证那边也在破解提取殷小佳的手机和社交账号，估计很快就可以锁定凶手的身份。"

所有参与案件侦破的部门都在全力以赴，今天注定又是个不眠之夜。

孽缘

"陆玩！陆哥！"肖良推开办公室的门，探出脑袋用尽全身的力气朝我们这边呼喊。

"干吗啊？喊得那么大声，要吃奶吗？"

"陆哥！殷小佳都交代了！"

听到肖良说殷小佳交代了，我、林霄还有王洁三人兴奋地快速走向审讯室。王洁激动地问肖良："肖师傅！她交代什么了？"

"她把分尸地点和抛尸过程都交代了，现在正在做笔录，我叫你们一起听，她对过程和细节都描述得很清楚。"肖良认真地说。

林霄对我露出一丝幸灾乐祸的坏笑："老陆你又猜错了吧！说不定真的是她自己分尸、抛尸的。"

"开车的人怎么解释？还有殷小佳根本没有分尸、抬尸、抛尸的身体条件，这只能说明分尸、抛尸的过程，殷小佳就在跟前或者有部分参与。总之殷小佳说是自己做的，这肯定不可能，还是要把她背后的那个男人挖出来，殷小佳越是隐瞒就越值得我们去深究。"我此刻更加坚定殷小佳是有意保护凶手。

我看向肖良问："良仔，她怎么突然说了？难道是我离开审讯室前，假意要去找他父亲吓唬住她了吗？"

肖良斩钉截铁地说："不是。你昨天说要去调查她亲人，的确让她十分紧张，但她没有说出分尸地点和过程。我很奇怪，一开始她就承认了，杀人分尸是自己一人所为，却不交代分尸地点和过程，所以我们都默认她不知道，甚至怀疑凶手不是她，她只是出于某种原因给凶手顶罪。昨晚一夜都没有什么进展，可是一早殷小佳就交代了，仍然强调是她一个人完成了所有杀人过程。"

"她几点交代的？"我问肖良。

"早上八点。"

"这么准时？"

"是的。因为殷小佳问了一下看守她的辅警，知道是早上八点，便吵闹着要见我，随后就交代了。"

林霄推了推正在沉思的我说："你先别纠结了，先去她说的分尸地点看一下，这可是第二现场，固定证据寻找线索要快。"

林霄一提醒，我赶紧让肖良将情况汇报给徐老头。没一会儿，徐老头便电话指示，让王宇和我们三人去勘查分尸现场。

按照殷小佳提供的地点，我们来到城郊的一处农房。房屋的主人说这处房子自己早就不住了，之前租给了一个年轻男人。当我们索要租客的身份证复印件和电话的时候，房东却拿不出来。他说这种房子一般很难租出去，租客不愿提供，自己也就没要对方的身份证复印件之类的东西，合同都没有签。

当我们进入这间农舍时，发现里面有一些破旧的家具，不大的房间倒是五脏俱全，卧室、客厅、卫生间都有，卧室床上还有准备好的一些铺盖。房屋内积灰严重，对现场来说是件好事。灰尘是留下痕迹最好的媒介。地面上明显有两个人的足迹：一个是男士皮鞋留下的足迹，另一个是女式高跟鞋留下的足迹，有的足迹还沾着血迹。除此之外，还有明显的拖拽痕迹，一直延伸到屋内的卫生间。很明显是一男一女合力将重物拖进卫生间。

刘明拍完固定痕迹后，拿起静电吸附仪提取现场足迹，可以找殷小佳的鞋子做比对鉴定。接下来的重点就是卫生间，这就是分尸的地方。推开门，满地都是涂抹状的血迹，墙上还有点状血迹，地上的血足迹与卫生间外面的男士足迹相同。

"看这些血，这俩人都顾不上打扫了。"王宇用棉签从地上和墙上擦下血迹，再剪到离心管中加上去离子水，摇晃混匀后，拿出人血红蛋白金标试剂条进行检测。对疑似人血的液体进行初步检测，是非常必要的，因为在现场中各种情况都有可能发生，看到疑似血液的斑迹时要进行确认，试剂条可以快速确定人血成分。王宇看了看试剂条说："这是人血了，不过要回去做 DNA 检验看看是不是仵志雄的。"

看到这满屋子的血迹，我把王洁叫到跟前："师妹！你来看看，就现场这个样子，有什么可以支持是分尸现场的？"

"现场这个卫生间面积不算小。按照这个房间的出血量来看，如果是成年人的血可能都流干了。成年人的血量大概是 4500 至 4800 毫升，死者被拦腰分离，创面很大，腹主动脉这样的大血管破裂，血液基本全部会流出来，这一点和现场出血量吻合，佐证了这里是分尸现场。"小姑娘说完便自信满满地看着我。

"就完了？想想漏掉了什么？"听到我开口，王洁脸上的自信瞬间沉了下去。

"除了血迹，还有痕迹啊！你看看现场的痕迹里，拖拽的痕迹只有一条。这一男一女将尸体拖进卫生间，并没有拖出来，这就是很好的分尸依据。但这不是证据。卫生间里大部分的鞋印都是男人的，说明分尸的是男人，女人在屋外等待。你再看卫生间的血迹，有很大一部分是涂抹擦拭状的，说明凶手有想要打扫现场的意图，可是为什么没有完全清理血迹？"

"我推断他根本来不及清理血迹。因为接下来还要抛尸，动静再大一点就会被人发现。这个房子这么多灰尘，应该很久没人住了。你去戴上手套按一下电灯开关，我敢说，这卫生间一定没有电。"说完我指了指墙上的电灯开关。

王洁按了一下，电灯果然毫无反应。

"师兄你怎么知道没电？"

"除了我刚才推断的这房间很久没人住了之外，地上擦拭的血迹非常凌乱，说明凶手清理过地上的血迹，但是没有时间仔细清理。还有，他根本没有擦掉最重要的血足迹，说明这一切都是在黑暗的环境中完成的。不过，这个人还没有慌乱，他把分尸工具和擦拭血迹的工具都带走了。"

正当我滔滔不绝时，就听见林霄的声音从院子里传出来："老陆！快来看！"

我们来到院子，林霄用镊子从院门旁边的一个破花盆里夹出一张带血的纸巾。

"哈哈，凶手把自己弄伤了。王宇！王宇！"我向屋内大声呼唤王宇。王宇从屋里出来，看见林霄拿着带血的纸巾，便拿出一个物证纸袋，将纸巾包了起来。

"王宇，这纸巾上的血可能是凶手的，他把自己弄破了。"

王宇兴奋地说："好的，我会去优先处理纸巾。先让我做个预实验，看看是不是人血。要是人血，不知道能不能在全国 DNA 数据库比中。这个人要是没有前科，就没法比中。"

"比不中也没事，这人归案了，这也是个证据。"

现场勘查完了，大家开车回局里，一路上都在讨论勘查的发现。尤其是王洁，小姑娘显得格外兴奋，一个劲儿地说，现场痕迹推理多有趣，痕迹到行为重建多么有用。刘明也在那里吹嘘自己做痕迹这么久，经历了哪些离奇的案子，教王洁怎么从足迹推算身高体态之类的。

林霄用手推了推我问道："大神，这么沉默，想什么呢？"

"我在想，殷小佳为什么之前不交代分尸地点，早上八点就突然交代了。如果早晚都要说，那之前还隐瞒什么呢？而且虽然交代了，可她都揽在了自己身上。一切的行为都不太正常。"

"还有一个最重要的事，我们没有搞清楚！这可能和殷小佳的刻意隐瞒有关系。"林霄神秘地说道。

"好好好，一起去！"

车刚在大院停下，我们连勘查装备都没有放下，就直接来到审讯室。

"陆哥！"权彬好像在等我们似的，一看到我就追了过来。

"怎么了，心急火燎的？是不是想假借和我说话的机会来接触我师妹，哈哈哈哈！"权彬被我说得脸一阵红一阵白的。

"陆哥你别胡说！我这边有发现，殷小佳到位以后手机就送到我这里了，虽然她已经删除了很多重要的信息，但是我通过数据恢复，发现有一个人和她的关系很不一般。"

"什么人？他俩什么关系？"权彬的话让我来了兴趣。

"叫江争，关系嘛你看这个！"说完权彬递给我一份打印好的聊天记录，我翻了两页。不只是内容，从称呼上就能确定，两个人是亲密的恋人关系。我看过后递给林霄他们，对权彬问道："侦查知道不？有没有去找这个人？"

"我给侦查说过了，他们应该知道，我自己查了一下，这个江争有一个航空购票信息。"

"几点的航班？"殷小佳早上的行为似乎有了解释，"是不是早上八点？"

"你怎么知道？"

权彬一脸蒙。

我没细说，只说我知道了，就转身走进审讯室。

一进门就看见殷小佳坐在审讯椅上，散乱的头发遮住脸庞，但还是能看见泪痕。她低头看着地板，没有了昨日的激动，取而代之的是一种释怀。

"殷小佳！"我轻声叫她的名字。她疲倦地抬头看我，突然用手撑着椅子坐直身子，开口说："警察大哥，你没有打扰我爸爸对吧？你没有告诉他对吧？我求求你了，不要告诉他，他身体不好，知道我出了事会扛不住的。"

看着她苦苦哀求的样子，我心中五味杂陈。

"她从昨天到现在不吃不喝，滴水不进，状态不是很好。"旁边看守的辅警开口道。

我看着她，说："我来是想告诉你，江争没跑掉，被我们堵在机场了。你死心吧！"

听我说江争没有逃掉，殷小佳激动到整个人都要从椅子上跳起来，紧握的拳头不停地砸向桌子，喊道："不可能，不可能！"

继而她瘫倒在椅子上，无助地哭泣道："是我对不起他！是我的错！我就不应该活着！"说完发疯似的用头撞坐着的椅子，鲜血瞬间流了下来。肖良立刻冲上去，按住殷小佳。过了一会儿，她哭累了，也没有体力继续挣扎了，慢慢安静下来。

"殷小佳，你为什么要包庇江争？"肖良问道。

"……"女孩瘫坐在椅子上，像被抽走了灵魂一般。

看她没有反应，我想了想对她说："你不是仵志雄的情人吗？你这么爱仵志雄，又为啥这么在乎江争？"

"呸！仵志雄那个畜生，我恨不得把他挫骨扬灰！他就这么死了，算是便宜他。"殷小佳变得面目狰狞，愤怒和仇恨从美丽的眸子里溢出来，牙齿咬得吱吱作响。

"你吃喝都是仵志雄提供的，还这么恨他，太没良心了吧！"看到殷小佳的状态，我继续刺激她。

"哪里是他给我的，是我自己用命挣来的。他就是个畜生。"

"他怎么就是畜生了？我们现在只知道他死了，还死得很惨，就算要同情，我们也只会同情死者，不会同情凶手的。"

殷小佳满眼泪水地看向我，仿佛下了很大的决心："好，我现在告诉你，仵志雄这个畜生都对我做了什么！我出生在重庆山区一个很贫困的地方，我母亲生我弟弟的时候难产去世了。原本我们姐弟和父亲相依为命，但父亲为了能挣到钱，在我们很小的时候就外出打工了，我们只好和奶奶一起生活。虽然日子拮据，但是还算幸福。在我17岁的一天，父亲被同村的叔伯抬进家门，很久没有见到父亲的我们，看到父亲的惨状，犹如晴天霹雳。

"父亲在建筑工地打工，由于事故，整个人成了瘫子，工地上赔了十万块钱，就将父亲送回来再也不管了。父亲病情很重，十万块钱就是杯水车薪，很快就花完了。我和弟弟也辍学，我去打工，弟弟留在家照顾奶奶和父亲。就在这最难的时候，我们遇到了命运的转折。村里参加了一个企业举办的活动，有人愿意资助贫困学生继续读书。我就去找老师，想要复学。也就是这个机会，我认识了仵志雄，他开始资助我和我弟弟读书，甚至资助我们整个家庭的生活。起初我对他满怀感激，我以为他就是我人生的贵人。

"在他资助我的那几年，我并没有见过他，只是和他书信来往，这样的关系一直延续到我大学毕业。毕业后，面临就业压力，我疲惫不堪。就在那时，他得知我找工作遇到了困难，主动提出我可以去他的公司上班。刚开始一切顺利，我努力工作，一是想报答他的帮助，二是想通过自己的努力改善我父亲的生活条件。

"可是厄运再次降临我的家庭，父亲患上了尿毒症，每周都要透析，要用很多钱。我根本没有这个能力。在我犯难时，仵志雄再一次帮助了我。可是从那以后，他对我的态度就变了。越来越不像个长辈，直到有一次他带我出去应酬，酒局上将我灌醉，强奸了我。事后他一个劲地向我道歉。我不想撕破脸，也不想让别人知道。

"结果他以为我是因为父亲需要治疗，需要他的经济帮助，才委身于他。后来他对我父亲很好，我父亲的病情也因为他才有所好转。可是他对我慢慢露出了丑恶的嘴脸，借故辞了我，把我安置在一处隐蔽的地方，让我做他的情妇。

"我没法反抗他，因为稍有不开心他就用我的家人威胁我。我也慢慢接受了这样的生活。后来我弟弟毕业了，找到了工作，可以撑起家里的生活，我就想逃离他。可万万没想到，他把欺辱我的那些事都拍成了视频，说如果我离开他，他就把这些告诉我家人。后来我得了严重的抑郁症，也想过一死了之，可是生活却让我遇到了一个重拾希望的人。"

以生命为代价的爱

"你说的是江争吗？"我问道。

"是的，我们是在医院认识的。他坐在我旁边输液，看我一个人就帮我盯着输液的药水让我安心睡觉，后来又要了我的联系方式。我原本以为男人都一样，接近你就是为了占你便宜，可后来我发现他不一样，慢慢地对他有了感情。我很矛盾，我已不配拥有爱情，可从来没有人像他那样爱我。我想把事情瞒下去，如果有一天我父亲不在了，我就可以和江争逃到没有人认识的地方，重新开始生活。可能是我想得太美好了，一次他发现了我身上的伤，不停地逼问我怎么回事。我只好将所有的事情告诉了他。他痛哭了一场就离开了，而我再也没有他的消息，以为就这样失去了他。

"可是大前天晚上，突然接到他电话，他说要带我离开这里，去一个没有人认识我的地方，要我重启人生，还要我嫁给他。"

"所以江争到你的住处直接砸死了仵志雄？"

"警官，让我把话说完吧！江争和我约好时间来接我，我怕他被监控拍到，就用塑料袋堵住监控。仵志雄在物业有关系，如果他从监控看到江争带我走，会找江争麻烦的。后来江争来屋子里等我收拾东西，就在这时仵志雄回来了。他看到我带着行李箱，一副要和江争私奔的架势，就上来打我，随后和江争扭打在一起。仵志雄喝了很多酒，明显不是江争的对手。他被江争按在床上，江争随手拿起枕头死死地捂住仵志雄的头。我看着这个恶魔死命挣扎，想到他之前对我做的一切，心中的愤怒冲击着我的大脑，我突然有种想打死他的冲动。于是我从地上拿起一把锤子，照着枕头砸了下去。几下后，仵志雄就不动了，只发出呜呜的声音。我当时好害怕，血从枕头下面流出来，流得到处都是。江争从我手中抢过锤子，对着枕头又砸了好几下，直到仵志雄没有一点声音。我吓坏了，很久才镇定下来。

"仵志雄这个畜生死有余辜，可毕竟是一条人命。江争提议让我和他一起出国，他在国外有居住权，可以藏起来，慢慢想办法。可是我不能和他一起……我不想拖累江争。处理完尸体后，我骗他先出国，说我要回家跟父亲告别，告别之后再出国找他。我知道死人了，警察肯定会找到我，所以我也没想跑，只可惜他没跑掉。我对不起他，我应该早点死掉的，不应该连累他。"说着说着殷小佳又哭了起来。

"殷小佳，你为什么让江争装成你的样子开车运尸体？"肖良问。

"我当时全身发抖根本没法开车，但是我知道，我要保护江争。他开车出去，一定会被小区门口的监控拍到，如果他穿上我的裙子再戴上假发，你们可能会以为是我，这样就不会起疑心。反正我也活不长了，但我要让江争活着。"

"你们运尸体的车还有凶器呢？"肖良继续问。

"全部沉到江里了。"

"还有一个问题，江争为什么在那个农房分尸？他从农村租了房子就是为了分尸吗？从这一点来看他是有预谋杀人的。"王洁在一边问道。

"不是的，那个房子是江争为了给我藏身的，逃离仵志雄后我需要一个安全的地方容身，直到出国日期确定下来。"殷小佳一边说一边抽泣着。

"江争为什么不在砸死仵志雄的地方分尸，这样运出小区再分尸不会很麻烦？"王洁继续问道。

"王洁，我来回答你这个问题。"我抢过话头说道，"殷小佳住的地方是居民小区，那个时间点楼上楼下都是邻居，肢解一具尸体会闹出很大的动静，江争不傻，在那里太冒险。其次他们俩杀人是突发激情杀人，根本没有准备，更没有分尸工具。想想那个农房，里面连卫生都没打扫好，江争从决定下来到来找她太匆忙了，根本没时间做好准备，所以杀人事件来得太突然。那个农村房是唯一方便分尸的地方。"

从审讯室出来，我们几个人相顾无言。

"师兄！"王洁突然看着我说，"我好想告诉殷小佳，我们没有抓住江争啊！"

"你觉得江争真的跑得掉吗？他落网只是时间问题吧。他这辈子可能都等不到殷小佳了。这人可以为了爱情，轻易就杀掉别人，这种性格想想还蛮吓人的。"

看到王洁还在替殷小佳难过，我拍了拍她的肩膀安慰道："我们现在最重要的是把仵志雄拍的视频找到，不要流传出去。还有，不放过任何一个欺辱殷小佳的人。警察不仅要保护人民群众的生命财产安全，更要保护人民群众的尊严，哪怕她是犯罪嫌疑人。"

002 青山医院

解剖时我们看到尸体颈部存在皮革样化的表皮剥脱伴有指甲印痕，也没有和死因联系起来。刚才张大军说，半夜来了个身份不明的医生，病理解剖又显示死者脑缺血。结合这些，我推断，那个皮革样表皮剥脱就是死因。

故意伤人事件

"你给我等着！我不会放过你的！你家不就是开那个天府酒楼的吗？你要是能在天港市挣到一分钱，我就跟你姓！"

当我和王洁走进蜀南派出所调解室时，一个女人正在疯狂地咆哮着。被她痛骂的中年男人低着头，一言不发地坐在原地，神情苦闷。男人旁边是一个浓妆艳抹的中年妇女，正一个劲儿地给咆哮着的女人赔笑道歉，可对方似乎并不买账。

我和王洁尴尬地看着屋里的几个人，把在一旁的年轻民警拉过来，问："兄弟，这是咋了？不是说故意伤人让我们来看现场吗？这啥意思？"

年轻的民警挠了挠头，压低了声音说："我也不清楚，师父让我看着他们，叫不要打起来。他去叫所领导了，一会儿就来。这个男的在小区停车时，和骂人那位的父亲起了争执，最后用方向盘锁把老头的脑袋给砸了。"

"伤者呢？"

"送医院了。没啥事，就缝了几针，伤者说有点头晕。"

"那让我们来干吗？出院后再让我们去验伤就好了，就这点事还让我们特意跑一趟？"

看我面色不悦，小伙子忙说："好像这个被打的人所里比较重视，所以让你们来了。"

我转头叫上王洁，准备去找所领导问清楚，刚一出门就和来人撞了个满怀。

"哎呀！陆法医，你们都到了！"撞我的不是别人，正是所里的老民警雷志。

"老雷，这案子你负责啊？就打个架叫我们来干吗？是不是想找个借口请我吃饭啊？哈哈哈……"

老雷一脸尬笑，欲言又止的样子让他那张本就沧桑的老脸更加难看："唉，本来没啥事，既然你们来了，那就看看吧。中午请你吃个饭！"

"老雷，我刚听里面的小年轻说，被打的那个人，身份挺特殊？"

雷志脸上再次露出尴尬的笑容。

"嘿嘿，这你都知道了。监控把整个打架过程都拍下来了，后面再找你们验伤，该怎么处理就怎么处理。那个被打的老头出了名地犟，一家人难缠得很，听说还有亲戚在媒体工作，所里比较头疼。"

"老雷，先给你说好，没看到伤者，我不会下什么结论。你们自己去和家属说，出院再带来验伤。其他要怎么处理是你们所里的事。"

我转头提着设备走了老远，王洁还没反应过来，不知所措地站在原地。

"王洁，走了，回队里了！"

"老陆！陆法医！别走啊，陪我和家属谈谈嘛！"老雷跟在我身后，一个劲儿地恳求。我带着王洁蹿到车上，车窗往下一摇："就这样吧，等伤者出院了再带来验伤！"

说完，油门一踩，拜拜了您嘞！

我们说说笑笑地回到办公室，林霄正端着个饭盒从外面回来，饭盒里是两个刚洗好的苹果，清香四溢。我抢来一个苹果试图掰半块给王洁吃，结果用尽吃奶的力气，苹果纹丝不动。

"行了行了，别掰了，我桌子下面苹果多的是。"林霄将另一个苹果递给王洁，而我手里的苹果，我也没还给他。"你桌子下面的我才不去拿，那些都没洗，这洗好的多香！"我不顾林霄的白眼啃了两口苹果，一屁股坐回到办公椅上，两腿随意地搭在桌子上。

"你们去所里干吗了？打个架的事，又没有现场和死人。关键是为什么只让法医去，没叫我们这帮查痕迹的？"

"还能干吗，上前挡枪子呗。怕伤者家属找他们闹事，把我推到前面让家属找法医。"

"真无语！那你啥也没管就回来了？"

"管啥？让他们带伤者去验伤就好了！我问过了，就头上打破了一个口子，缝了几针，可能连轻伤都够不上，治安处罚或者调解就行了。"

"那你回来了，不去给徐主任汇报一下吗？"

"吃完就去。"

"一天到晚，坐没坐相，站没站样，把脚从桌子上拿下来！你再把脚跷那么高，我就把你椅子没收了，让你坐地上！"徐老头的声音像惊雷一样冷不丁从门口传来。我赶忙收脚坐端正："徐老……大！"

我被他吓得差点把他外号喊出来，趁他还没发威，赶忙冲上去把去所里的事跟他汇报一番，以转移刚才的尴尬。

"嗯！做得对。还有，陆玩，你赶紧把桌子收拾一下，就你的最乱。"徐老头说完就出去了。

除了徐老头的突然袭击，这天过得也算顺风顺水。没有大案子的时候，我们的日子还挺舒服，每天就盼着下了班回到家里，打打游戏看看书，累了就到梦里去找周公探讨人生。

我在家睡得正香，一阵急促的电话铃声响起，我迷迷糊糊地瞥了手机一眼。现在是清晨，雷志的大名在屏幕上不停闪烁。

"咋了？雷大警官，这么一大早，又要请我吃饭？"我打了一个哈欠，"扰民了啊，你这饭我可不敢随便吃！"

雷志语气异常严肃地说："陆玩，昨天被打的老头，死了！"

"天价"解剖

"死了？"我的困意瞬间消失，直接坐了起来，"昨天不是说只破了个口子流了点血，缝了几针吗？怎么就死了？死者现在是还在医院吗？"

"对。昨天送到医院也拍了片子，医生说没什么问题，让住院观察一天。今天一大早护士就发现人死了。"雷志的声音听起来很无奈。

"医生给他用什么药了吗？还是说他有什么基础疾病？"

"唉，我也不清楚。我现在在青山医院，家属召集一帮人把派出所包围了，非说老头是被打死的，让我们抓人。你先来医院吧！青山医院2号楼14层。"

我三下五除二穿上衣服，擦把脸就开车直奔医院。

看到我的瞬间，雷志紧锁的眉头一下子就展开了，他三步并作两步走到我面前："来来来，就等你了。"他抓着我去了走廊尽头的一间办公室，里面坐着青山医院副院长兼颅脑外科主任邹数。邹院长一看是我，立刻挤着那对小绿豆眼，客气地对我说："陆法医，你来了，来来来，坐！"

"邹院长，几次来找您都是在门诊，第一次来您办公室，嚯，挺气派啊！"看着这铺着红木地板、摆着真皮沙发的房间，我的客套话就像哈喇子一样不受控制地流了出来。

"哎呀！见笑了，见笑了。医院也就这几间办公室稍微有点排面，也就是为了招待贵客充充场面。"

老雷看我和邹数光顾着客套，连忙打断了我："陆玩，院长主要想和你说一下早上发现伤者死亡的情况，还有就是看需要怎么配合你。"

邹院长的思绪被老雷重新拉回到患者死亡的事情上，连忙说："对对，先说正事。病房的值班护士每两个小时就要巡一次房，发现患者死亡是在早上6点。我把患者的病历调出来看了，其实就是头皮裂伤，出血也不多。门诊医生对伤口进行了手术缝合，随后让他住院观察一夜，没问题就打算叫他出院，一周后复查CT。我特别看了一下，接诊医生没给他用什么药物。"

"我能看看他的片子吗？"

邹院长把患者的CT片递给我，顺手打开了阅片器。

死者的颅脑没有任何出血和血肿的迹象，也没有脑组织水肿、脑疝等病理改变。再翻看了死者的病历，上面详细地记录了患者就医后的情况，除了有轻度的恶心、头晕以外，没有什么严重的症状。显然，这样的头部打击根本不会导致患者死亡，也就是说他的死亡另有原因。

我看向雷志："死者现在在哪里？"

"死者还在病房，我让两个辅警在那里看着。家属来过了，他女儿先是哭，说是医院把她爸治死的，闹了一会儿又说是被打死的，和她弟弟直接跑到所里来闹。这家人很难缠，老头现在突然死了，这家人不闹个天翻地覆才怪。老陆，我们现在就靠你找出死因了。"

像雷志这样什么场面都见过的老江湖面对这家人都愁容满面，可想而知，这家人有多难缠了。

我轻轻拍了拍雷志的肩膀："我先去看一下尸体。"

看我轻松的样子，雷志紧张的神情也放松了不少。他揉了揉脸，随后带我去了病房。邹院长也紧跟在后面。

　　病房是个双人间，死者还躺在里侧的病床上。我从护士那里要来一双医用乳胶手套，对尸体进行初步的尸表检查，还吩咐雷志按照我的要求，先用手机进行拍照固定。

　　"死者刘富春，68岁，因头部受外伤入院治疗，一天后死亡。"我一边说，所里的辅警一边记录，一个临时的尸检单元就这么组成了。

　　死者身上已经形成了大面积成片状的尸斑，颜色紫红，边界模糊，指压褪色。由于尸体是躺卧在床上，尸斑主要分布在背侧和臀部的未受压部位。尸僵已经发展到了全身大关节，我用力破坏掉死者四肢大关节的尸僵，改变死者姿势，看是否出现尸体僵直和转移性尸斑，从而判断大致死亡时间。尸体角膜出现点状浑浊，口唇黏膜未发现异常，全身除了头部的创伤未发现其他损伤。

　　尸检进行到一半，我突然停下动作。雷志一脸紧张地问我是不是发现了什么问题。我紧锁眉头，用力嗅了嗅周围的空气，说："没什么，刚才闻到了一股怪味，再仔细闻就没了。"

　　"什么味道？"雷志学着我的动作用力嗅闻，"我怎么没闻到？"

　　"刚才可能是我的错觉吧。"

　　"那他的死因结论现在能下了吗？"雷志就像是等待考试结果的小学生，眼里满是急躁地望着我。

　　"检验结果显示，大概的死亡时间是在凌晨一点到三点之间。至于死因，解剖以后才能知道。"

　　雷志听了后表情显得有些失望，接着问我："你觉得他可能是怎么死的？"

　　我直勾勾地盯着他，语气强硬："又想套话？都说了没有解剖就没有结论，非要问出个结果，你想干吗？"

"哎呀！你这个人防备心怎么这么重！私下说说有什么不可以？我又不给你录音。"雷志还是不死心。

"谁知道他有什么基础性疾病，你现在把尸体拉回我们解剖室，我回队里叫上人，再仔细检查一遍尸体。至于怎么和家属那边沟通解剖情况，那是你的事，你尽快吧！"

雷志的语气里带着藏不住的怒意："陆玩，你这家伙太鸡贼了吧？我就是想让你和我去给家属做工作，让他们同意配合解剖。你倒好，我话还没说出口，嘴就被你堵上了！昨天这老头刚被打，今天人就死了，怎么说也是刑事案件。你们刑侦大队还是要管的，你就不要放我一个人去当排头兵了。求你了，帮帮忙呗！"

一个五大三粗的老爷们儿这样哀求我，我有些不忍："好，走走走，我和你一起去。不过说好，你自己沟通，我只助攻。别指望着我冲前面啊！"

"那当然！那当然！"雷志点头如捣蒜。

我们跟邹院长打了个招呼，留下一个辅警就离开了医院。等殡仪馆的人把尸体拉去公安局解剖室，我和老雷坐上车往派出所里赶。

"陆玩，刚才医院的副院长在，我没好意思问。会不会是他们治疗出现失误造成刘富春死亡的？"

"应该不会，医生的医嘱、检查治疗包括对头部伤口的手术处理，都没有什么问题。"

"那就是说医院不存在问题喽？"

"也不是，护士每两个小时巡房一次都没发现刘富春死了，怎么没有责任？不过说真的，值班护士晚上很忙的，不可能那么仔细地去看每一个病人睡得怎样。何况这个老头在死之前本来就不是什么严重的病患，确实很容易忽视他。"我读书时曾在医院理论科亲眼见证过护士的辛苦，很能理解护士们的不容易。

"实话跟你说，这个刘富春不光家里人难缠，还有什么亲戚身居要职，是个烫手山芋。据说他赶着拆迁前把家里的猪圈都贴上瓷砖，非要政府把他家猪圈也按照装修房屋赔偿，赔偿没求到，就到处上访，影响很不好。"

"也挺奇怪的，人死了，家里人居然都没在医院，全去你们所里了？"

"是啊，跑到所里非要我们去把李立抓回来——就是昨天打老头的那个人。他们非说刘富春是李立打死的，让李家赔钱。刘老头尸体现在还躺在医院呢，这家人着急忙慌地尽想着赔偿。可笑吧。我当片儿警这么多年了，啥人没见过，这样的还真是少见。"

说话间，我们来到所里，一进大院就听到调解室那边此起彼伏的谩骂声。我和雷志进了调解室，所里的严教导员就像看到救星一样，一把抓住我，对着刘富春的家属说："看！这就是我们的法医。刘富春是不是被李立打死的，要法医说了才算，不是你们说了算的！"

一群人个个像饿狼一样地盯着我，那架势像是要把我生吞活剥，仿佛一句话说不对，就会被他们当场撕个粉碎。

"还用法医说吗？我爸就是被那个人打死的，谁知道这个什么法医是啥人，说不定你们和李家都是一伙的！"一个三十出头的男人跳出来大声叫喊。

"对对对，你们都是穿一条裤子的，就会来忽悠我们。"昨天骂人的女人也在一旁帮腔。

"别吵了！吵也不能解决问题！"我提高音量，"就算你们是对的，你爸真是被李立打死的，那是不是也要有证据？我现在给你们说，要找到你爸是被李立打死的证据，那就要进行尸体解剖！"

女人大喊："不行，你们不能糟践我爸的尸体！"

"不解剖我怎么能找到他是被李立打死的证据，到时候打官司，法官怎么判？"听我这样讲，刘家的人渐渐安静下来。刚才在旁边一直哭的老太太，看样子应该是刘老头的老伴，只见她拉了拉儿子的衣角，在他耳边说了几句话。

男人思索了片刻，对我说："解剖也行，三万块！"

"什么三万块？"我被他突然的一句话搞蒙了。

"你们不是要解剖我爸的尸体吗？那不能让你们白糟践，先给三万块钱，我们才同意让你解剖。"

脏话刚到嘴边，被我硬生生吞回去了，我都被他气笑了，从警这么多年，今天真是小刀剌屁股——开眼了！

未发现致命损伤

雷志一下没控制住情绪："解剖尸体，查询死因，是为了给你们找你爸被打死的证据，还要给你们钱！你咋想的？"

"那你们也不能白白糟践我爸的身体。"男人一副要不到钱誓不罢休的样子，气得我牙痒痒。

"解剖尸体查明死因后你们再去走法律程序，现在这样只是耽误时间！"

刘富春的女儿指着我说："解剖可以，那要这个法医解剖完尸体，出具书面材料，证明我爸爸是被李立打死的才行！"

"我们以事实说话，不可能你说怎么写就怎么写！"我已经没有耐心了，这家子人真是胡搅蛮缠。

在刘家人还没开口前，雷志抢先说道："刘富春要不是被李立打死的，你们觉得他是怎么死的？"

"那就是医院治死的！"男人大声喊道。

雷志接着又说："那你觉得李立和医院谁更有赔偿能力？"

刘家人顿时沉默了。

我突然觉得雷志这招很高明，虽然不怎么地道，但对付这样的无赖又能怎么办呢？刘家这些人无非是想利益最大化，相比较李立个人，医院的财力更雄厚，也更在乎名声，跟医院更能要到钱。

这家人权衡后，同意在家属同意解剖书上签字。

其实，刑事案件中的尸体，公安机关完全不需要争取家属的意愿，可以直接进行解剖。但最好说服家属同意，主要还是不想让他们把矛头指向派出所或公安局。

从所里出来，我恨不得长了翅膀赶紧飞回去，短时间真不想出现在这里了。派出所的活儿是真难干，遇到这样的人也是折磨，真不敢想象他们这些民警是怎么忍下来的。

我驱车一路疾行，同时也在思考刘富春的死因。

刘富春八成有心脏病之类的基础疾病，头部的击打最多是个诱因。但这样的诱因在死亡中起了多大的作用，真的不好说。就案件来看，治疗结束后，患者基本生命体征平稳，头部击打的损伤成为诱因的可能性不大，怎么就突然死了呢？

林霄给我打来电话，他和王洁已经在去解剖室的路上。等我回到解剖室，两人已准备就绪，尸体也已经放到了解剖台上。

这次尸检还是老套路，先系统地从尸表检查开始，这次让王洁独立完成，我来监督和记录，林霄配合拍照。死者穿着医院的病号服，即便尸僵明显，也比较容易脱掉衣物。王洁按照从上到下，从左到右，从前到后的顺序仔细地检查尸表情况。

"师妹，说说看出来什么没？"

王洁思索一会儿，说："尸体尸斑呈大面积片状，指压不易褪色，应该属于沉降期到扩散期。从尸斑分布在背侧未受压处的形态，可以看出他死的时候呈仰卧位，全身尸僵比较明显且不易破坏，应该是尸僵最明显的高峰期。角膜出现片状浑浊，但可以透视瞳孔，考虑尸体拉到这里并没有被冷冻过，所以推测死亡时间应该是准确的，不过最好还是测量一下尸体肛温，用公式计算一下比较准确。

"至于尸表的其他情况，头部有一处已经缝合的伤口，结合周围的皮下出血，可以看出是钝器作用所致，未触及伤口周围颅骨异常或骨擦感，所以没有明显骨折，有没有线性骨折就要看 CT 或者解剖了。此处损伤是非致命损伤的可能性很大，再就是死者双足有明显的表皮溃烂伴剥脱。"

"哎哟！不错嘛，可以独当一面了。"

听到我的夸奖，即便隔着一层口罩，王洁的笑意也从眼底透了出来。

"不过有个事情要注意，"我说，"我们不能太依赖教科书上那个根据尸体肛温和环境温度推算死亡时间的公式。死亡时间要结合尸斑、尸温、尸僵、角膜、胃排空、十二指肠排空、环境等多因素综合考量得出结果。有时候甚至要考虑尸体外的结果，比如之前的一个案子，现场打斗痕迹十分明显，一台电脑当场损毁，最后我们将电脑内的计时芯片取出来分析，马上就知道了死亡时间，而且非常精准。在工作中解决尸体的问题是对的，但不要局限在业务内部，好法医要懂得多角度思考。"

"嗯嗯。"王洁边听边一个劲儿地点头。

她的认同让我不由得充满了成就感，可是林霄突然插话道："王洁，从电脑芯片找到死亡时间的点子，不是你师兄想出来的，是我！陆玩你真是厚脸皮，我还在旁边呢，你也脸不红心不跳地剽窃！"

林霄的白眼快翻出天。

"让我吹个牛你会死吗？"我也用白眼回击他。

尸表检查完，下一步就是解剖检查。

这具尸体重点检查心脏血管和脑组织，还要仔细检查整套的器官和系统。

解剖过半，我停下手上的动作，似乎又闻到了在医院闻到过的怪味。摘下口罩，用力闻了闻，那怪味又消失得无影无踪。

"师兄，你怎么了？"

"有股味道你们没闻到吗？好奇怪，不注意反而能闻到，用力吸反而闻不到了。"

王洁摘下口罩，吸了两口气："没闻到什么啊！林霄哥你闻到了吗？"林霄也摘掉口罩闻了闻，仔细分辨，随后摇了摇头："是不是你太专注，出错觉了？"

我暂时放下心里的疑惑，继续手上的工作。

打开死者四腔做系统解剖，没有发现异常病灶或是损伤。取出心脏后，沿着整个冠状动脉的走向对其做横断面检查，也没发现有狭窄和病变，只好去做病理学检查。开颅后，脑组织没有异常病变或损伤。我们将全套的脏器都取了样本，送去做病理检查，还取了血液、尿液、肝脏等做常见毒化鉴定。

解剖的过程很顺利，我却有些发愁，因为全程没有发现哪里可以解释死因，现在病理学检查成了最后的希望。毕竟显微镜下观察到的器官组织和我们肉眼看到的是完全不同的世界。

回去的路上我一直担心，要是病理检查也没有阳性结果该怎么办。说实话，我有些慌了。查不出死因是一方面，难缠的家属也势必会对我们发难，毕竟他们没了索赔的依据。

"老陆，你怎么这么沉默，想啥呢？"可能我平常安静的时候不多，突然一言不发，让林霄也有点不适应。

我把派出所发生的事告诉了王洁和林霄。

林霄一脸气愤："解剖还要问公安局要钱？这不是脑子有病就是靠勒索为生的恶棍！"

"现在我就怕死因查不清楚。其实这种疾病相关又伴有损伤的案子死因是最难搞的，何况这个尸体解剖完啥也没发现，总不能说是得脚气死的吧！"

王洁闻言咯咯笑个不停，笑着笑着她脸色骤变："不好！完蛋了！师兄，我，我给你说个事，你不会骂我吧！"

"你闯什么祸了？"

"我好像忘把尸体还回冷冻柜了！"

"啊？我们来解剖之前，殡仪馆的工作人员会把尸体提前推出来解冻，尸体的包裹袋上会写明尸体信息和所冷冻的冰柜编号，你解剖完不应该核对清楚还回去吗？"

王洁弱弱地说："我把尸体推回冷冻区就急着清点检材了，好像没塞进冰柜里！"

林霄轻点刹车，一个甩尾，车子在路口转弯，我们飞一样地赶回殡仪馆冷冻区。等进去一看，刘富春的尸体四仰八叉地躺在平板车上，空调的风吹得裹尸袋的绳子来回摇曳。

"师妹，平时看你挺细心的，这样的低级错误也犯，还好想起来了。要是管理员打开他的冰柜发现尸体没还回来打电话问我们，那多丢人！法医解剖完居然把死者丢在这里，以后人家怎么想我们？"

王洁一言不发地听我训斥。看着她的样子我又有点不忍："好了，我和你一起去收拾一下。"

还好尸体相对新鲜，我懒得穿隔离服，戴上手套检查了一下尸体袋上的冰柜编号，准备将它塞回冰柜里让它睡个好觉。。

就在仔细核对冰柜编号时，我突然发现一个问题："师妹！林霄！快看这是什么？"

新发现

我话音刚落，他们两个就围了过来。

死者的颈部有一个颜色异常的斑迹。

"师妹，刚才咱们尸表检查的那会儿，你看到过这个痕迹吗？"

"好像没有。"

林霄翻找刚才拍的颈部细目照片，把相机递给我，我们三个仔细地看了一圈，都没有从照片上看到颈部的这个斑迹。

"师兄，我们走的时候门也是锁好的，怎么会出现这样的东西？"

"把柜子里的放大镜拿给我。"我仔细观察斑迹，"这一处轻微的表皮剥脱，仔细看还有个指甲印迹。"

林霄在一旁补拍细目照片，一边拍照一边摇头："见鬼了，刚才怎么没发现！我们检查得够仔细了！"

"哦哦！我知道了！"王洁激动地喊起来，"是皮革样化改变！"她巴巴地望着我，似乎想让我夸奖她的发现。

"对，是皮革样化改变。皮革样化是指尸表皮肤较薄的区域因水分的迅速蒸发干燥变硬，从而呈现蜡黄色或者黄褐色的羊皮纸样改变。这样不仅可以保留固定某些损伤的形态，还可以使擦伤表皮剥脱更明显。我们刚才忘记放回尸体，也没有关通风系统，尸体暴露在快速流动的空气中，体表水分迅速流失，出现了皮革样化，也就使得这处损伤显现出来了。"

"师兄，就算我们发现了这个损伤，也没有多大作用啊，这么轻的损伤根本不会对死者有什么影响，和死因不搭边。"

王洁说得对，发现这个损伤并没什么用，刨除了它，死因究竟是什么呢？

归还完尸体，我们回到单位，将取回的检材泡在福尔马林里，打印好鉴定委托书，将它们送去做病理检查。最后的希望就在这些组织器官检材里了，如果这都查不出来死因，我只能去请省厅的专家了。

等待的间隙最难熬，雷志的电话就像催命的鬼符，扰得人心烦意乱。时间一点点地流逝，王洁赶回了办公室。

"师兄，病理检查那边出结果了，但是……"王洁一脸失望地看着我。

"是不是没什么有意义的阳性结果？"

"病理检查发现死者大脑半球缺血缺氧，可能这就是直接死因。师兄，这个人是不是之前就有心脑血管的基础性疾病？要不找他家属问问？"

"问不到的。他家属就等着结果索要赔偿，你去问他有没有疾病，他家属怎么会配合？脑组织缺血……可之前看他的颅脑 CT 没发现梗死病灶，解剖也没看到，大脑基底动脉，颈总、颈内外动脉，椎动脉都没有发现有栓塞或者病变。怎么好端端的大脑缺血缺氧？"

没有原因，往往就是症结所在。

"师兄，如果不问家属，我们就直接通过医保去查他就医记录吧。"

"让雷志去吧，本来也是他的案子，先查到在哪家医院做过心脑血管疾病的治疗，我们再去医院调病历。"我叹了口气，"如果刘富春真是病死的，这家人是不会善罢甘休的，我们要做好长期面对他们的准备。"

才过半天，雷志那边就有了消息。一有结果他就赶来局里找我了。

原来刘春富没有心脑血管疾病的就诊记录，近几年的只有一个骨科的就诊记录，是交通事故导致的肩关节脱位。

"这就奇怪了，没有基础性疾病，躺在医院睡了一觉就脑缺血死了！这要是没问题，我跟林霄姓。"

雷志没有被我的话逗笑，只大吐苦水："老陆，陆大法医，你尽快弄个结果吧！我都快被他家属烦死了，没完没了地打我电话，跑到所里堵我，还去给督察组投诉说我不作为。我真想……"失控的话到嘴边，雷志硬是咽了回去。

"你想怎么样？打他们一顿？别被情绪左右，你已经做得很好了。相信我，我们会全身心地投入这个事件的。我打算邀请省厅专家和我母校的老师一起会诊，肯定会有结果的。不过在此之前，我还要再检查一下我们做过的工作，看看哪里还有漏掉的地方，上天不会让一个大活人无缘无故就死亡的。"

我坐在工位上，将从去医院第一次见到尸体开始，到解剖完尸体所有的细节重新梳理了一遍，看看哪里可能存在漏洞。

李立殴打刘富春后，刘富春去医院治疗，医院拍了 CT 未发现异常，就做手术缝合了头皮的裂伤，让患者住院观察。其间护士进行巡房，检测各项生命体征，但刘富春是凌晨两点到三点之间死亡的，后半夜的护士没有对他进行仔细的检查，所以到早上才被发现。

人在轻度脑缺氧缺血时会感到不安烦躁，不舒服一定会呼叫护士。和他同一间病房的病人没有察觉到，有两种可能，要么病人睡得太沉，要么病人根本不想管他。

想到这里，我拨通了邹数的电话，咨询他此前和刘富春在同一个病房的病人是否出院。院方可能也是怕刘富春的家人打扰，影响同屋病人的康复，目前已经将他转移至隔壁。

挂了电话，我叫上王洁直奔医院住院部。

"陆法医！这里！"刚走上扶梯，就见邹院长站在扶梯口向我们招手，他热情地和我握手，眼睛却在打量王洁。

"这是我师妹，我们公安局新到的法医王洁。"我看向王洁，"这是青山医院的邹副院长，颅脑外科专家。"

王洁礼貌地向邹数打了个招呼后，我连忙说："邹院长，麻烦您带我们去看那个和刘富春同住过的病人吧！"

邹数很快带着我们来到一间病房，15 号床上坐着一个中年男人，正在吃饭。这人是刘富春昨天的同屋病人张大军。

"张大军，这是公安局的同志，来向你了解一点情况，请你配合一下。"邹数严肃地说道，跟之前看王洁的和颜悦色完全不同。

张大军一听我们是公安局的，张着大嘴呆呆地望着我们。我赶忙开口安抚他："张先生你好，我们是想了解一下昨晚和你住一起的那个病友的情况，你不要紧张。"

张大军这才回过神："哦，你是说早上死了的那个？"

我点点头。

"可把我吓死了，我还没完全睡醒呢，迷迷糊糊地就听见护士和医生说他死了。我居然和死人在一个屋子待了一晚上，真晦气！"

"你晚上有没有发现刘富春有啥异常，比如不舒服什么的？"

"好像有？对对，想起来了，我昨晚也困得要死，快睡着那会儿听他那边动静挺大，专门翻身看了看，看他身子扭来扭去的，后来医生来过，他就安静地睡了。"

"医生来过？你确定？"

"对啊，我虽然睡得迷迷糊糊的，但我记得有医生来过，给他用了药他就安静了。"

"用了药？是口服的那种吗？"一时激动，我的声调也提高了。

"绝对用了，我闻到味了，很刺鼻。但不知道是不是喂给他吃的，黑灯瞎火，我困得要死，也没看清。"

我转头看向邹数："邹院长，没记错的话，早上你对我说，昨晚没有值班医生来看过刘富春。"

邹数点了点头。

"张大军，你确定你看见的是医生，不是护士？"

"我确定，穿的绿色的那种做手术的衣服。"

"那不对啊！"邹院长否认道，"我们医院有规定，是不让医生把手术服穿出手术室的。你好好想一下，是不是记错了。"

"没记错，就是绿色的那种布衣服。"张大军边说边比画。

邹数这边还在询问张大军医生的相貌，我突然想到了一个严重的问题。刘富春半夜缺氧烦躁，医生给他用了药他就平静了，但病历里并没有记录医生半夜的治疗，那就是说，他不是平静，他是死了！他只是被张大军误认为睡着了而已！

意识到问题的严重性，我把王洁从病房里拉出来。

"完了！师妹，从一开始我就搞错了，这是个严重的错误！你快去打电话叫林霄带勘查装备来，刘富春是被杀的！"

外科医生的破绽

"师兄，你的意思是昨夜进来的那个医生就是凶手？"王洁一脸困惑。

"对！刚开始我以为刘富春死于基础疾病，李立的殴打是诱因。解剖后发现，他的死和李立没有关系，解剖时我们看到尸体颈部存在皮革样化的表皮剥脱伴有指甲印痕，也没有和死因联系起来。刚才张大军说，半夜来了个身份不明的医生，病理解剖又显示死者脑缺血。结合这些，我推断，那个皮革样表皮剥脱就是死因。"

"师兄，一块表皮损伤就能死人？这也太离谱了吧？"

"师妹，你好好想想，那个皮革样化的表皮剥脱在颈部的什么位置？"

"颈部侧面，胸锁乳突肌前缘与甲状软骨齐平处。"

"那个皮肤损伤只是揭示了力的作用位置，但凶手的目的不是弄伤表皮，他按的是颈部深层一个重要器官！"

"重要器官？甲状软骨？环状软骨？气管？死者没有窒息表征啊？"

王洁想了一圈没想到答案，我着急地说："你想想那个地方是不是正好是颈动脉窦的体表投影处？"

"师兄是说凶手通过对刘富春的颈动脉窦施压，诱发了类似颈动脉窦综合征一样的症状，从而造成刘富春死亡。是吗，师兄？"

"对，我们病理检查发现刘富春有轻微的脑组织缺血缺氧症状。颈动脉窦作为循环系统压力感受器，对血压有监测调节的作用，在外力作用下它感受到压力，会认为是血压过高，会立刻降低血压和心率。如果过大的压力长时间刺激颈动脉窦，就会造成血压过低，心律紊乱，脑缺血缺氧，甚至死亡。如果我猜得没错，那用这种手法杀人说明这个人具备良好的医学知识，凶手绝对就是医院的医生！"

"可是师兄，死者如果被人按压脖颈一定会挣扎反抗喊叫，这样凶手就无法继续对颈动脉窦施压，旁边的张大军也会发现。这种手法没有可操作性。"

"还记得吗？我在解剖时说闻到奇怪的味道，其实第一次见死者时我也闻到了。开始以为是错觉，毕竟味道很微弱，但刚才张大军也说那个医生给死者用了药，他闻到了刺鼻的气味。凶手应该是用了乙醚之类的吸入性致晕药物，而且他的用量很精准，让死者昏迷又不至于深度中毒。从这点出发，更说明凶手是具备丰富医学知识的医生。"

王洁瞪大双眼："那就是说，病房就是第一现场，所以你让我叫林霄哥带勘查设备来。"

我点了点头："现在我们先去追监控，看看昨晚的那个神秘人到底是谁。只要是这个医院的医生，他就一定跑不掉。"

邹院长这时从病房出来，笑眯眯地问我："陆法医，这个张大军还需要再问吗？还有什么需要我协助你的？"

"邹院长，接下来可能真的需要你帮大忙了。我们想调医院的监控，看看昨晚进去的那个医生是谁？"

邹数的神情立刻严肃起来："陆法医，你认为刘富春的死是人为造成的？"

"嗯……不排除这种可能性。在一切没有证据证明之前，我所说的都是推测。等有了实质性的证据，我再跟您说我这边的推断，现在希望您能给予我们工作上的协助。"

"那没问题，我现在就让医院物业的保安队长跟你们去看监控，有什么需要随时打我电话。"说完他又瞄了王洁几眼。

　　他走后，王洁皱着眉头说道："这个老头有病吧，一直盯着我看，尴尬死了。"

　　我认识邹数也有些年头了，没想到他居然是这么一个好色的家伙，真是跌破眼镜。

　　我说："以后的工作中我们啥人都可能遇见，你别放心上。我们看监控去。"

　　我们来到医院保卫科，在保安队长的协助下调出了昨天夜里刘富春所住科室的监控。监控只拍到科室的楼道，为了保护病人的隐私，病房里并没有监控设备。我俩坐在电脑屏幕前一点一点地查监控，在深夜两点半左右，有一个穿着类似绿色手术服的人出现在监控画面里。

　　我立刻问保安队长："兄弟，你们邹院长不是说手术服不可以穿出手术室吗？这个医生怎么在楼道里穿着手术服？"

　　"哦哦，这个是负责十楼到十五楼卫生的保洁员，他们打扫卫生时穿的衣服是之前淘汰下来的一批旧手术服，因为质量好，丢了可惜，就给保洁员当围裙用了。"

　　"那就是说，张大军迷迷糊糊看到的不一定是医生，也可能是保洁？"

　　"不。"我很干脆地否定了王洁的猜测，"杀人的一定是医生，没有医学背景不可能准确找到颈动脉窦体表投影位置。"

　　视频中的保洁员正推着车将护士站旁配药室的医用垃圾带出去，监控画面里突然出现另一个穿着手术服的人的身影。我指着屏幕问保安队长："兄弟，你刚才说那个保洁负责十楼到十五楼，会不会有两个保洁员一起负责一个楼层？"

"为了便于考核管理，我们都是每个人负责自己的区域，没有重叠。"

"师兄，如果凶手也穿着手术服，旁边的护士就很容易把凶手当作保洁，而张大军这些患者也分不清穿这衣服的究竟是医生还是保洁。"王洁分析道。

"对，这更能说明凶手就是本院医生，他很了解医院的情况，才会利用手术服这事来冒充保洁。"

王洁和我继续盯着屏幕，屏息凝神，生怕错过任何一个微小细节。

那个后进去的"保洁员"穿着手术服，戴着一次性的医用帽子和口罩，帽檐拉得很低。他进入科室后，趴在房门玻璃上挨个往房间里看。等来到了刘富春的病房门口，他向里面看了一眼，很快从口袋里拿出一副外科手套。

"师妹，快留意他戴手套的姿势！"

"啥？手套咋了？"王洁被我突然的叫喊吓了一跳。我将视频进度往前调，让她着重看对方戴手套的方法。只见那人的左手食指和拇指捏住右手套口外翻处，将手套戴在右手上，再用戴好手套的右手反插进左手套翻着的套口处，将其戴在左手上。

王洁震惊地看着我："这姿势明显是外科医生的习惯啊！"

外科手套的外表面是无菌区域，外科医生戴手套是绝对不会碰到手套外表面的。

"只有外科医生才这样戴手套，这下范围又缩小了。"

那人戴上手套就进了刘富春的病房，在里面待了十五分钟，出来时是凌晨两点五十五分，随后就离开了科室。

"继续跟！"

王洁调出了十四楼电梯间的监控，但并没有看到那个人的身影。

我继续推断说："他肯定走楼梯了。"

王洁又调出楼梯间的监控，只见这人从十四层一口气下到了负二层。

王洁转头看了看一旁玩手机的保安队长："保安大哥，咱们怎么没有负二层的监控？"

保安头也没抬："负二层是地下车库，最近在重新装修，监控都没有的。"

"那负二层停车位还能用吗？"我继续问。

"不能用了，地下乱七八糟的全是装修垃圾。"

王洁的表情显得有些失望，我却冲她挤眉弄眼："师妹！你猜这家伙下负二层是干吗？"

"这还用问，这家伙到负二层后把衣服一换，再随便找一个出口出去，我们怎么找得到他？"

"走吧，我们去找他换下的衣物。"

"他要是带走了呢？"

"不会，他带不走。他拿着衣服再出现在监控里，就是不打自招。"

林霄这时提着勘查箱推门进来，气喘吁吁地骂道："你们两个真让人无语，都不接电话！害得我到处找。"

"你来得正好，走！和我们一起去找！"我拉着林霄就往外走。

"找什么？"

"找金蝉脱的壳。"

凭空消失的足迹

林霄莫名其妙地看着我："什么金蝉脱的壳，你们两个发现什么了？"

我把发现凶手的过程对林霄简单讲了讲。他沉默了半天说："陆玩你没和我开玩笑吧？一个指头就能把人按死？你当我是傻子？"

"当然可以，要不你凑过来我示范给你看。"

我伸手作势去按他的脖子，他赶忙打开我的手。

我更加不由分说地要去搂他："来嘛，你怕啥，试试就知道了。别说按了，还有男女朋友亲热，女孩被男生亲脖子亲到颈动脉窦死亡的案例呢。"

林霄说："不听你胡扯，还有个问题，杀人动机。这个医生和刘富春有什么过节？"

王洁说："抓住这个人问一下就知道了。"

我翻了个白眼："说得倒简单。"

"老陆、王洁，你俩有没有觉得奇怪，这个凶手的杀人动机很值得琢磨。这样杀人显然不是为了钱；如果是仇杀，复仇者一般会有泄愤的行为；如果是为了警告别人，那这样杀人也没完全达到目的。这个医生选择这样的方式是为了隐藏自己，说明他很在意自己的身份。我在想他是不是因为知道刘富春是被殴打住院的，用这样隐秘的作案手段杀人还可以嫁祸他人。有没有可能凶手的目的不仅仅是杀死刘富春，而是想要借杀死刘富春嫁祸给打人的李立？"林霄沉思了一会儿说。

我想了想，摇头说："应该不会，凶手的行为已经构成主观故意，就算他是为了嫁祸李立，李立最多也就是个故意伤害致人死亡。用自己可能是死罪的行为去嫁祸李立过失致死的罪责，凶手这智商估计也考不上医学院。他的目的就是要置对方于死地。现在案子已经是刑事案件了，得从刘富春和他家人入手查，看他们和什么人有深仇大恨——而且这仇人还得是医生。"

"我们不是来找金蝉脱的壳吗？找完了咱们回去给徐主任汇报一下，看看领导怎么安排。"听完林霄正经的提议，我摇摇头："给徐老头汇报完，他还要去给大队领导汇报，等大队领导再派侦查员，这样查会慢死的。而且这么多领导知道了，万一一会儿出来指手画脚，我们啥也做不好。不如……我们自己查！有眉目了直接去给徐老头说，等我把凶手按到他面前，看他还不乐开花。"

林霄连忙说："你这不合规矩啊！不汇报不说还抢人侦查的工作。"

"我这叫发挥主观能动性，就这么办。我们一会儿找一下凶手脱掉的衣物，你去找老雷，和他去调查刘富春是否有医生身份的仇人。我和王洁这边还是继续在医院追查凶手。你别担心，领导那边怪罪下来有我顶着。反正我又不要升职加薪，死猪不怕开水烫，处分又不是没背过。"

说话间我们三人来到了住院部的地下负二层。里面一团漆黑，阴气凝重，王洁虽说不怕死人但不代表不怕鬼，她毕竟是个女生，一路死死地抓着我的衣角。

"妹妹，你要是这样抓着我的衣服，你未婚夫看到会生气的。"

王洁被我逗乐了："什么未婚夫？我连对象都没有！"

"什么没有，都要做院长夫人了！"

"师兄！烦不烦，你胡说什么！我想到那个院长就恶心，你是不是有病！"王洁气到挥拳就要打我。

"你看，你看，一生气就不害怕了吧？对付恐惧最有效的就是愤怒。你要是害怕，就想想刚才邹院长看你的那副嘴脸，我保证你马上就不怕了。"

"走开，不要和我说话！"王洁拿着手电，气呼呼地往前走，林霄在一旁捂着嘴偷笑。

"师妹，别走啊，我们商量一下怎么找。"王洁向前走了数十步，又退了回来，甩给我一个大大的白眼。

"我刚看过这层楼的示意图，这负二层一共六个楼梯口，东西各一个，南北各两个。为了区分，我们把它们叫东南口、西南口、西北口、东北口吧。凶手是从西边的楼梯下来的，进到负二层就没有监控了，你俩觉得他会从哪里上去？"

"师兄，这里这么多灰尘，林霄哥这么一个痕迹专家在这里，直接去西楼梯口看足迹脚印啊！只要凶手不会飞，肯定逃不出林霄哥的法眼。"

"哎哟，你这马屁拍得真响！不过你说得对。"林霄很得意。

我们三人来到负二层的西楼梯口。由于装修，地面上积着厚厚的灰尘，一行足迹清晰地显现在上面。

"这足迹很新鲜啊！而且这西楼梯口就这一行足迹，没错了，就是凶手留的。我先拍照固定一下。"林霄打开手上的足迹灯，把灯递到我手里，然后拿出相机，放好足迹比例尺，他熟练地对好焦距，调好光圈按下快门。

"林霄哥，这足迹的主人情况如何？"王洁谦虚求教。

林霄放大照片仔细看了看，说："这足迹的主人身高应是在 175 到 180 厘米之间，男性，走路时右脚习惯性地后跟擦地，右鞋跟磨损严重，这双男士皮鞋左前脚掌底有一条裂纹。我们看看他走到哪去了。"

我们一路追踪着足迹。

"老林，这医生日子过得这么苦吗？鞋底断了还在穿。按说现在医生的收入也还好，不至于穿断底的鞋子吧？而且医院每年也会给他们发工作鞋。如果这样看，他的生活挺简朴，这样穿鞋要么是出于习惯，要么是家里很拮据。"

林霄点点头，眼睛一直盯着地上的足迹。

"师兄，现在我们对凶手的刻画更详细了，凶手倾向于在心胸外科或者心血管内科工作，家中生活拮据或生活习惯简朴。我觉得在医院找这个人应该很容易了。"

"找到他容易，他一定是从这六个出口出去的，我们去看这六个出口的监控，符合上述特征的就是凶手。但是证据呢？这是最难的，没有证据，找到他也没用。"

王洁脸上的微笑荡然无存。

"唉……现在找到他也难了！"林霄叹了口气。

"怎么了？"我和王洁跟了过去，看到一根柱子旁密密麻麻分布了很多足迹，说明这家伙在这里逗留很久，之后走进了一摊积水里。可神奇的是，在这之后，足迹凭空消失了！

"师兄，他是怎么出去的？踩了积水再在灰尘上走，足迹应该更明显才对，怎么没有离开的足迹呢？"

"你俩看这里！"林霄指指积水的一边。

我们跑过去一看，原来是两条车轮印，之前有车子停在积水上面。

"凶手开车走了！"王洁一脸激动。

"不，凶手没有开车走。"林霄直接否定了王洁的推测，"如果开车，院里的监控就会告诉我们他是谁，他这么谨慎是不会开车的。凶手是踩着车轮水印走出去的，所以没有留下脚印。"

"那我们就去查地下车库出入口的监控！"

林霄摇摇头："监控也是麻烦事，刚才不是说了，这家伙在这里围着柱子逗留了很久。我想他一是为了平复杀人后的情绪，二是为了拖延时间。他杀人是在凌晨，半夜医院里人少，出去很容易被监控拍到识别出来。如果等到早上，医院人多了，他就可以轻松地混入人群里。"

"监控我们一会儿去查，我们先来找金蝉脱的壳。"我说。

虽然这一层面积很大，但是除了一堆建筑垃圾，别的什么都没有。我们仔细搜了一遍也没找到什么手术服。

"师兄，我有个想法，我们可能猜错了，凶手并没有脱掉手术服！"

"按理说凶手来到这一层，就是知道这里没有监控可以轻易脱身，他肯定会脱掉手术服。如果不脱，穿着出去，那他来这一层的意义何在？难道是下来绕着柱子走几圈，做个法事驱邪？"其实我自己也没有底气。说不定凶手根本没我想的这么厉害。

林霄收拾好设备对我说："我们分两路行事，你们去查车库出口的监控，我刚看了，这个楼负一层是仓库、洗衣房，只有负二层是地下车库。我去找雷志来调查刘富春的社会关系，看看能不能从那边入手。"

手术服

林霄走后，我和王洁又回到保卫科，找到保安队长继续看监控。

"保安大哥，我想问一下，住院楼地下车库出入口的监控是哪个？"

保安一看又是这个漂亮小姑娘，马上放下手机，满脸堆笑地说："车库出入口的监控用的是负二层的电路，装修没有电，监控就没用。"

"师兄，凶手连负二层监控没电都知道，他到底是医生还是装修包工头？这得对医院多了解啊，普通医生怎么会知道哪条线路有没有电？"

"兄弟，你之前跟我说那一层没人停车，可是我们到了那里发现里面有车开出来啊。"

保安盯着手机上的游戏，头也没抬："哎呀，那边装修，车都停在行政楼和门诊楼下的车库了，只有邹院长的车停在那一层。领导要停我咋管，他办公室在这栋楼，停下面方便。"

我一惊，凶手踩着邹院长的轮胎印逃掉，他要是知道会是什么表情？想到这里，我看向王洁："现在监控也查不到了，我们直接去找邹院长，我猜他办了个坏事。"

"啥坏事？"

"他的车可能有问题。咱们要赶快去核实一下。"说完我就拉着王洁往住院楼走。王洁拗不过我，只能不情愿地跟在我身后。

很快便来到了邹数的办公室。

邹数从王洁一进门就热情地招呼她，除了和我说话，他两眼不停地在王洁身上游走。王洁实在忍无可忍，提高了声音死死瞪着他说："邹院长，你之前是认识我吗？你为什么老这样盯着我看？"

"哎呀对不起，对不起，是我失礼了。"邹数恍然大悟，汗水瞬间蓄了一头，他搓搓手，很不安地问道，"冒昧地问一下，王法医有男朋友吗？"

王洁本来就怒气上头，这句话一出，她气得差点"原地爆炸"，撂下一句"师兄，我先回局里了"就要走。

邹数愈发不知所措了。

"王法医，你，你先不要激动，我说错什么了吗？"

"我有没有男朋友是我的私事，邹院长没必要打听吧，何况你这岁数你觉得合适吗？"

邹数急得满头大汗："哎呀！误会了，误会了！我是想问你有没有男朋友，犬子今年 29 岁，刚从国外完成博士学业回来，也是医生，在市人民医院就职。我看王法医的相貌和才学十分出众，冒昧地想替犬子牵线，跟王法医交个朋友，不知道王法医是否同意。我刚才已经和陆法医说了，他没跟你说过吗？"

两个人不约而同地看向我，王洁那眼神像是要将我就地生吞活剥。

我强忍住笑说："哎呀哎呀，怪我怪我，我刚忙忘了。"

"王法医，不好意思，让你误会了，我给你道个歉！"

"没有没有！是我冲动了！邹院长请不要计较。"王洁羞红了脸，声音细得就像是饿着肚皮的蚊子叫声。

"邹院长，我们有个事和你核实，你的车是不是停在这栋楼的负二层？"

邹数有些不好意思："我刚买了个新车，内饰味道有点重，我想打开窗透透气，又怕露天下雨，于是就停在这栋楼的负二层。那里装修没别人停，比较方便。"他停了一下，"难道那个病人的死和我的停车有关系？"

"没事，我就是随便问问，我们发现负二层有车轮印，原来是您的车。您的车是几点到几点之间停在那里的？"

邹数明显不相信我的回答，但碍于面子还是继续配合我说："我昨晚夜班，今早六点半我就开车走了。后来说有病人死了，警察来了，我就又回来了。医院事太多，我到现在还没回去。"

"您的车不在楼下啊。"

"陆法医，你们到底发现什么了？我的车有什么问题吗？有什么就和我直说吧！"

"哈哈，我们调查了一下，刘富春的死因是有点不太清楚。您不要担心，都是小问题，我只是好奇您买了个什么车，这么爱惜。"

"最新款的奥迪SUV，我儿子给我买的，其实什么车不重要，主要是自己孩子买的，想到就高兴。"说起儿子，邹院长满脸骄傲，他从手机里找出了儿子的照片，递到我眼前，"你看我儿子，样貌、身高、学历都没话说，就是有点害羞，不太会讨女孩子欢心，一心搞学术，到现在也没个对象。"他故意将手机屏幕往王洁的方向歪了一些。

我们闲聊了一阵准备起身告辞，邹数再次邀请我们出去吃饭，正中下怀。

我佯装客气："哎呀！那多不好意思，那就恭敬不如从命了。这次就开您的车出去吧，正好让我们也参观一下您公子给您买的新款豪车。"

"好的好的，您二位稍等一下，我去换个衣服。"

看着邹数离开了办公室，王洁抬手就给了我一拳："你心眼咋这么坏？你明知道他是想给我介绍他儿子，你还不给我说，让我一直误会，好玩吗？你要不是我师兄，我一定和你没完！"

"哎呀，我真是忘了，后来看你误会了，觉得好玩就逗逗你，而且他儿子长得不错，确实和你挺般配啊。"

"师兄别说了，想想就尴尬。"王洁好奇地问我，"师兄，你怎么一直盯着邹院长的车不放啊？"

"我想凶手不太可能穿着手术服从车库出来，太惹眼。但他又没有把手术服丢在负二层，他在负二层滞留了很长时间，肯定也会想怎么处理手术服，要是你，你会藏哪里？"

"邹院长车里！"王洁惊呼道。

"嘘，小声点，目前这一切都是我猜的。院长为了散味道，车窗户都是开着的，凶手知道邹院长下班就开车走了，只要把手术服藏在他车里就好了，估计邹院长回家发现也就丢掉了，这样比丢在医院任何地方都安全。

凶手一直在负二层等着车开走，到时再踩着车轮印离开。医院经常死人，不见得院领导都会关注，但是他没算到这次警察介入了，邹数也返回了医院。一会儿上车我找机会检查，你做掩护啊！"

开车去饭馆的路上，我一路都在想东西会藏在哪里。

进了饭馆刚一落座，我向王洁使了个眼色，随后说我的手机落在了他车上，需要去取，邹数不疑有他，直接将钥匙递给我。王洁笑嘻嘻地跟邹数拉着家常，他更无暇顾及我这边了。

来的路上我已经观察过车厢，没有什么放手术服的地方，这次下了楼，我直奔后备厢，果然打开就看见了绿色的手术服，那双外科手套也裹在里面。我问饭店要了一个塑料袋，将手术服装在里面。回到饭桌上，王洁看到我手上的东西，松了口气。

饭后，我们急忙带着物证往局里赶。王洁看着街景，突然问我："师兄，你去邹院长车上找手术服的时候，他一个劲儿地问我，你怎么那么在意他的车。我都不知道该怎么回答，你为什么不直接告诉他，我们已经知道刘富春是被杀的，凶手就是医院的医生？"

"关键我们不知道凶手是谁。邹数要是知道我在他车上找到了凶手遗留的物证，免不了反应过激，我们也无法保证他会和什么人说。敌暗我明，为了避免打草惊蛇，不要相信任何人。"

回到局里，我第一时间赶到DNA实验室，如果王宇在手套上做出刘富春和凶手的DNA，这就是最好的证据，之后就差找到凶手拿口供了。

陌生DNA

在王宇开始做实验之前，我特意叮嘱他："死者是被凶手用手指按死的，你着重看一下手套的十个指头外侧面有没有死者的DNA，再就是手套内侧的DNA，很可能是唯一的物证。还要注意看一下手术衣内外表面的脱落细胞DNA。"

王宇一脸惊愕："陆哥，你说啥？被手指按死的？这什么大力金刚指，武林高手吧？你确定没开玩笑？"

"一两句话说不清楚，你按我交代的去做，一定要重视起来，这手套很重要。"王宇被我严肃的样子镇住了，立刻带着物证进了实验室。

林霄这时也回到办公室，看他那兴奋的样子就知道肯定有收获，毕竟这家伙没啥城府，情绪代表一切。

"老陆，有发现！"

"啥发现？"王洁也好奇地跑了过来。

"我和雷志走访了刘富春原来的同事和邻居，这家伙在单位就是个搅屎棍，基本是个人就和他不对付。邻居更不用说，基本都和他们家闹过矛盾，有几家还和他动过手，也都因为什么停车啊，楼上楼下吵闹这样的事情。

"我们走访的时候发现一件事，刘富春之前出过交通事故，他骑踏板摩托车撞倒了一个小女孩，导致对方当场死亡。警察判定是因为小女孩闯红灯横穿马路在先，所以责任不在他，也没有对他进行处罚。但重点来了，小女孩的妈妈是青山医院产科的医生，名叫韩丽红。这个刘富春当时摔得也不轻，右手肩关节脱位，还有软组织撕裂，可他居然忍着剧痛在现场辱骂韩丽红母女，还往倒在血泊中的女孩身上吐痰，韩丽红气得当场晕了过去。要我说，韩丽红就是杀了他的心都有。"

"这是个畜生啊！女孩爸爸呢？就光看着这畜生侮辱自己的孩子？"王洁暴跳如雷。

林霄喝了一口水，继续说道："韩丽红没有结婚，不清楚孩子的爸爸是谁。老陆，这要你去问问青山医院的人，你比较熟悉。"

"好，我去问问。"我无奈地拨通了邹数的电话，简单和他说明意图，询问韩丽红的情况。

邹数说："韩丽红从没有提起女儿的父亲是谁，院领导也多次找她谈话，但都没有答案。单亲妈妈很不容易，院里经常给她帮助，尤其在女儿去世后，她的精神状态一直很不好，再加上她是产科医生，女儿去世了还要面对产妇接生新生儿，医院怕她受刺激，就把她暂时调到了门诊。案发当晚，韩丽红和另外两个同事被派到省里开交流会了。"

"那就说这个韩丽红有不在场的证据。"王洁轻轻叹了口气。

林霄提醒道："住院部监控里还有负二层的足迹都说明凶手是个男的啊。"

"最想杀死刘富春的人可能是韩丽红，杀人动机是因为刘富春撞死并侮辱其女儿，但她没有作案机会。那杀死刘富春的男人如果是替韩丽红杀人，那这个男人会是出于什么目的呢？"

"这男的是不是喜欢韩丽红？"王洁试探性地猜测道。

林霄摇了摇头："也有可能这男的就是那个小女孩的亲生父亲。"

林霄的猜测显然更符合人情和逻辑，毕竟很少有人会为了喜欢的异性去杀人，但为了自己的子女杀人的可能性要大很多。

我想了想，对他们说："小女孩的血液样本在之前的交通事故中肯定送检过DNA，让王宇去物证室找出来，和手套内侧面的脱落细胞DNA比对一下，看是否存在二联体亲缘关系。如果存在，就能找出凶手的杀人动机了。"

"师兄，我觉得到这里案子基本已经破了，就看王宇哥那边的结果了。手套内表面如果顺利做出凶手的DNA，就算韩丽红不配合，大不了我们把医院所有的男医生都去做DNA比对就可以知道是谁了。外表面再做出死者的DNA，两边一关联证据就有效力了。"

"这是最理想状态下的结果。但出于个人情感考虑，最好还是韩丽红自己给我们交代，不要把这个事弄得全医院都知道。这个女人肯定是有难言之隐才把女儿的身世隐藏了这么多年，我们不要因为工作让她以后的生活难过。抓住凶手后他的口供很重要，要与物证和监控表现的客观事实相对应才可以，这个凶手的种种行为都说明他不是个好对付的角色，我们不能掉以轻心。"

"老陆，你的意思是我们把韩丽红带回来问一下？"

"对，等王宇这边的DNA结果出来，如果和我们预料的一样，我们就可以从韩丽红入手了。但目前还是不要打草惊蛇。咱们几个也要保密，整个案子到现在都是队里自己人在办，等出了结果再说，要是出了问题，我们就成了众矢之的了。"

DNA的检验还需要一些时间。它的整个过程大致分为提取、扩增、检测三个步骤，面对人体脱落细胞这种微量物证，首先要将脱落细胞用载体转移进离心管，再在试剂的作用下让细胞释放细胞核内的DNA分子链，用磁珠对其进行吸附从而提纯。然后进入第二步扩增，用特定的限制性内切酶，将提取提纯的DNA分子进行切割和筛选，再将筛选出来的DNA片段进行指数倍数的复制。随后将扩增的产物放去检测仪器中，对扩增后的片段进行荧光标记，让它们在电场的作用下移动。由于不同的DNA片段分子带电量有区别，所以在电场下就形成了位置区分，在参照物的对比下，就可以对基因进行识别。

三小时后，王宇面带笑容地走出实验室，我悬着的心立刻放下了。

"陆哥，结果出来了，手术服领口和袖口都没有检出人的DNA信息。这衣服应该是才洗过，右手手套的拇指外侧面检出的DNA分型和刘富春的分型一致，两只手套的内侧面均检出一名男性DNA信息。"

王宇的工作做得很仔细，法医物证DNA检验结果最考验检验人员的专业素质和工作态度。其次就是看天意了，环境的影响，脱落细胞的多少，都会对结果产生至关重要的影响。

"手套内侧的这个男性DNA和韩丽红女儿的DNA存不存在父女关系？"

林霄问出关键问题。

"不存在，他们不是父女。"

王宇的回答让我们所有人都傻了眼，不是父女，那这个人的杀人动机又是什么呢？难道真是冲冠一怒为红颜，要赌上自己的前途为韩丽红复仇？

"老陆，我们还去找韩丽红吗？"

"找，看看她到底隐藏了什么。对了，叫上老雷，办案单位不去咱们自己去喧宾夺主。"

"陆玩，居然主动和别人合作。你是良心发现了，还是吃错药了？性情大变啊！"

"别胡说，要看人的，比起侦查那几个糊涂蛋，老雷可是很有能力的，再说我和他关系也好，脾气也合得来，跳过他于情于理都不合适，调查本来就是他们办案单位的事。"

"嗯！陆玩同志觉悟提高了嘛，值得表扬！"林霄调侃道。

"那你以后叫我陆觉悟，谢谢！现在去拽上老雷，顺便在路上给他讲一下我们目前掌握的情况。"

扭曲的爱

"老陆，是这里吗？"林霄指了指车窗外亮着金港酒店灯牌的建筑。

"应该是，邹院长说韩丽红他们几个医生就住在这宾馆里。走！我们上去找她！"

老雷一把抓住我的胳膊说："会不会太冒失了？一会上去怎么问？直接问吗？"

"老雷你信得过我不？"

"信得过！哎，等等，你这样问我什么意思？"

"你信得过的话，一会我来问。"我说完雷志愣了一下，接着气愤地看着我说："合着你大老远把我拉过来让我观摩你替我办案子是吧！"

"那你想好怎么问，你来呗！"

老雷转了转他那双贼溜溜的眼睛，想了想说："你来吧！你来吧！让我开开眼。"

"看把你吓的，又不让你担责任，你看我来问她。"说着我就带着他们几人上楼了。

我们来到了 2208 号房间门口。敲响房门后，就听见里面传来一个温柔的女性声音："谁呀？"

"韩医生，我们是天港公安局过来的。"王洁柔声答道。

一位知性美女很快站在我们面前，一袭白色的睡袍包裹着纤细的身体，脸上的黑框眼镜更是让美丽的脸庞多了些秀气。

王洁拿出警官证，礼貌地递给她。韩丽红转头回到房里，坐在沙发上一言不发。我们四人面面相觑，也跟着进了屋。看她这反应，明显是有情绪。可能是对女儿死于交通事故，警察却只将责任认定在自己这一方感到不满，其实这也能理解，她不对我们恶语相向就已经很有教养了。

韩丽红擦了擦自己的眼镜，抬头环视我们几人，冷漠的目光里透出难以言表的压迫感："各位警官找我什么事？"

我开门见山："还记得刘富春吗？"

她的脸上闪过一丝愠怒，却摇头说："不记得。"

"他死了。"

她的愤怒变成了惊愕，随后恢复了平静："怎么死的？遭报应了吗？"

"也可以这样说，如果你听着心里舒服的话，那我告诉你这是人为报应。"

"你们怀疑我吗？"

"对，你是有很大的嫌疑。"

"和我有什么关系？我这三天都在这里开会，我的同事可以作证。"

"韩医生，我说过刘富春是什么时候死的吗？"

韩丽红知道自己说漏嘴了，将头转向一边，沉默良久，才慢慢说道："不管你们信不信，这事与我无关。"

看她冷漠又坚定的样子，我决定诈她一诈："凶手已经落网了。人不是你杀的，但你觉得你脱得了关系吗？"

"和我有什么关系？你不用吓唬我。"

"你觉得法律层面上和你没关系就没关系了吗？"

她的嘴角微微抽动："你们来找我干吗？不妨直说！"

"来搞清楚你们到底什么关系，你女儿和他什么关系。"

"这是我的私事，你无权过问！"

雷志突然严厉地对她说道："韩医生，事情查清后，我们会向社会发公示通报情况，你觉得这公示要怎么写？你要是觉得对你没有影响，你可以不配合我们。但我有几句话跟你说，不管你之前是因为什么对我们办案有抵触情绪，我希望你往前看。不要因为之前的事影响你以后的人生，就算人不是你杀的，你现在也是知情不报，你不说我们也会调查清楚。我们之所以来问你，一是对我们查案比较方便，二也是为了保护你的隐私，你也不希望我们天天去医院调查你吧？"

"你威胁我？"

雷志脸上笑道："你怎么想无所谓，我只是告诉你可能出现的结果。"

韩丽红突然大笑起来，笑着笑着，她的泪水顺着脸颊流下来，她哽咽着说："又不是我让他杀的人，他自己突然打电话跟我说他给女儿报仇了，我当时都傻了，我能怎么办？再说了，刘富春不该死吗？我女儿被他撞死了，他还当着我的面辱骂我女儿的尸体，还往我女儿身上吐痰，这是人干的事吗？就算他不杀刘富春，我也会杀的。"雷志这家伙的助攻看来有效果了，这种老狐狸就是懂得拿捏人。

"韩医生，我们来找你不是为了刘富春。我是来问你，你女儿的亲生父亲是谁？"我乘胜追击地继续发问。

韩丽红惊讶得张大嘴巴："你……这和刘富春的死有什么关系？我女儿都不在了，你们这是侵犯我的隐私。出去，你们出去！"

"韩医生，以后你晚上睡觉，躺在床上想起这个男人，你不会觉得内疚吗？我知道刘富春的死在法律上和你没关系，我们没有必要过来找你。起初我不清楚你知不知道这件事，但我觉得你有权利知道刘富春是怎么死的，可现在看你的表现，我觉得你更像是在利用他人。"

听到我这样说，韩丽红很气愤，着急地说道："我没有利用他！是张国伟自己去杀人的！是他说要给孩子报仇的！我是骗了他说孩子是他的，可他对得起我吗？我从上学的时候就跟着他，我的青春全都给了他，就因为他父母不同意，我被他拖了这么多年。我一直相信他能给我一个归宿，我骗我自己相信他，可他一次又一次让我失望。"她的神情愈发癫狂："我恨他不能给我名分，就和不认识的男人发生关系，可就那一次我怀孕了。我想打掉孩子，可我害怕了，我想报复他，但最后受伤的还是我！我不甘心！我说孩子是他的，我要让他养别人的孩子，我要用这孩子报复他，他也别想甩开我和别人结婚！他的确没结婚，我也没嫁人。如果孩子不出事，我这辈子会很幸福的。我真没想到他会做这种蠢事……"韩丽红泣不成声。

"韩医生，利用自己的骨肉复仇，你真是自私！她当你是全部，你却当她是个棋子！"同为女性的王洁听了愤愤不平道。

听了王洁愤慨的指责，韩丽红号啕大哭，几度昏厥。

安抚好了韩丽红，我们将她带回了天港市。为了防止她给张国伟通风报信，我们暂时让老雷想办法把她安顿起来，并且在没有下一步行动时对她进行保护性监视居住。

"师兄、林霄哥，现在我们直接去找张国伟吗？这会儿他应该在家吧？先把他传唤回去再审，人证物证都有了，拿下口供这案子就结了。"王洁看起来了无兴致。

我看着坐在旁边打瞌睡的老雷，忍不住用手捏住他的鼻子："别睡了，雷大领导，要去抓人了，轮到你们办案单位出场了，你要不要去所里汇报一下叫点增援来？"

雷志迷迷糊糊地被我叫醒，揉了揉惺忪的眼睛说："神经啊！这么晚了又不是什么穷凶极恶的悍匪，走走走，我们一起去顺便把它办了。"

"老雷，你该感谢我。"

"感谢你啥？大半夜不睡觉，拉我出来四处跑，我谢谢你啊！"

"这案子从我发现是命案的时候就应该从你们派出所移交给刑侦大队了，按理说破了案后也是我们刑侦大队的功劳，和你就没关系了，现在你还没移交我们都要抓人了，你成了咱们局里这几年来唯——个破获命案的派出所的人，你说你这个便宜算不算我送你的？"

雷志满脸堆笑："对对对，都是你大法医德高心好，是要感谢你。"

"怎么了？不得请我们吃一顿啊！"我心里已经想宰他一顿了。

"那是当然，当然要请你们吃一顿。不过我们现在不是要去找这嫌疑人嘛！工作要紧，工作要紧，先干正事。走走走，去找他。"雷志催促着林霄赶快开车。

林霄扯着嗓子说："唉！你看雷哥一说请客就要积极干正事了，哈哈哈。走吧，我们去找这个张医生。不过这案子办到现在想想有点不舒服。"

"是啊！刘富春再不是东西，他也是受害者。张国伟再是一个好父亲，也是杀人犯，法不容情。我们是执法者，不是道德的执掌人，对吧？"不知我的安慰对林霄和王洁有没有用。

"走吧，还是得麻烦邹院长，虽然这么晚打扰人家有些不好意思，但是没办法啊。"

"师兄，我一点都没觉得你不好意思。"王洁对我做了个鬼脸。

我们很快来到了邹数居住的小区，在他家楼下拨通了电话。已经很晚了，但邹数还没睡。我说清来意，他很快就下了楼，来到了警车旁。我赶忙将他叫进车里，神情严肃地说道："邹院长，我给您说实话吧，刘富春是被杀死的。"

邹数倒是很平静："我猜到了，不然你不会一直在医院查这个事情。"

"那我说点您不知道的，我白天和您出去吃饭，几次三番说您的车，其实是因为凶手把杀人时穿的手术服藏到您车里了。"邹数脸色一变，马上要下车查看情况。

"您别怕，证据我已经拿走了，也通过这衣服查到了凶手的身份，就是因为确定了疑犯我才敢和您说这事，请原谅我之前的隐瞒。"

邹数摆摆手，表示不计较我之前的行径，但还是克制不住怒意："到底是谁把这东西丢我车里，这不是陷害吗？"

"是张国伟！"

邹数一脸茫然："是他？他为啥要杀人？为啥要陷害我？"

"他没有陷害您。至于杀人缘由，我先不和您讲。他家在哪里？我们现在要去找他。"

邹数想了想，说："他今天应该在医院值班。我和你们一起去医院。"

警车刚开到医院，我们还没走到行政楼，就看见一堆人在往外跑，一边跑一边叫："有人要跳楼！快来人啊！"

孰是孰非

"张国伟！"邹数抓着我，给我指楼顶的那个人影，"陆法医，那人就是张国伟！"

"老雷，快去救人！"我们几个猛地蹿出警车，拼了命地往楼顶上冲，生怕我们还没上去，这个人就下来了。

等我们上气不接下气地赶到顶楼，一直在边缘徘徊的张国伟转过身，平静地看着我们，说道："你们就是查案的警察吧？不用来救我，我是不会让你们抓我走的，我要自己选择离开世界的方式。"他说着就准备往外迈腿，楼下围观的人被吓得大声尖叫。

"张医生，张医生，你别冲动，我从韩丽红那里带来一个消息，你别跳，我讲给你听。"

听到我提起韩丽红，张国伟停止脚下动作，迟疑地看着我："这事和她没关系。"

"是和她没关系，但和你有关系。和你女儿相关的事，你要听吗？"

"孩子死了，我要去找她。"张国伟又转头往楼下看。

"张医生，反正你已经这么决绝了，前后几分钟的事，不如听我说完。我不是来抓你的，我是来替韩丽红带话的。她就在下面，你如果跳下去，这辈子都不会知道这个秘密了。"

"那你说，就在这里说！"

"这么多人在这儿，我不能说，这涉及你和她的隐私，得你下来我才能讲。"

张国伟突然大笑起来："好，那我来告诉你，你想和我说什么，孩子不是我的，对吧？我早就知道了！"

张国伟的话像针一样刺进我的耳朵。完蛋了，怪不得他要跳楼，一般杀人犯在这种时候都会忙着跑路，而他因为彻底绝望，早就心存死志，我根本劝不回他。

"警官，你怎么不说话了？没想到我居然知道这件事吧？"张国伟歇斯底里地笑起来。

"就……就算孩子不是你的，你也不至于跳楼啊！有那么多家长，孩子不是自己亲生的，知道了不也挺过去了吗？何必为了这种事想不开呢！"一时情急，我也开始胡说八道了。

"你少在这里和我扯有的没的，被你们抓也是死刑，我跟你说……"他话还没说完，就被雷志从台阶上一把拽了下来。刚才我一直在吸引张国伟的注意力，雷志这才有机会从背后靠近他，将他扯了下来。别说雷志这家伙年纪不小了身手还是这么敏捷，可能是所里经常处理这种突发事件吧。换作我和林霄估计不会有这么快的速度和身体反应。

我一个箭步上前，和雷志一起将他压在身下。

"别动，张国伟！别白费力气挣扎了！"

张国伟在我和雷志身下挣扎许久，直到力竭。我们把他带到了他自己的办公室，除了我们三人和张国伟，其他人都被请了出去。

冷静下来，张国伟先是痛哭流涕，随后跌坐在地。

我也蹲在地上，和张国伟面对面："张医生，你什么时候死，我不知道，但你今天死不了！你是怎么知道韩丽红的女儿不是你的？"

"我早就知道了……很久前无意中看过她的手机。我不怪丽红，我知道她是为了报复我。说实话，要不是我妈以死相逼，我一定会娶她的。可我妈太强势了，我这一辈子都是我妈安排的，我无法反抗。我辜负了丽红，但我真的很爱她，我也把孩子当成自己亲生的来养。孩子是无辜的，我本来想等我妈去世就和丽红结婚，我可以弥补她的。可是囡囡被那个人撞死了，那个畜生应该为我的囡囡偿命！"

"那韩丽红知道你已经清楚真相了吗？"

"她以为我不知道。"张国伟苦笑，"干吗捅破这层纸呢？人生难得糊涂。我只是想要一个完美的结局。"

"完美的结局？你本可以和韩丽红好好过后面的日子，再要一个你自己的孩子，可你偏偏要杀人，搭上自己后半生。"

张国伟听后一把抓住我，指甲深深地掐进我的肉里："那囡囡就要白死吗？她那么小，被那人撞死还要白白受辱。那畜生住进了医院，我怎么可能不杀他？"

我无言地拍拍他的肩膀，待他稍微平静一点，我开口道："和我们说说吧，你是怎么复仇的？"张国伟只是瞪着我，不说话。

"你放心，我没有带录音设备，我只是好奇你的作案过程和我推断的是不是一样。"

他还是不说话，我摊摊手："那我来说说我的推断吧！你从知道刘富春

089

被打入院的那一刻起就有了为孩子复仇的想法。我不清楚你是怎么知道的，这不重要。你按捺住冲动一直等到深夜，那会儿是杀死他的最好时机。韩丽红不在天港市，嫌疑最大的她不会被怀疑。而如果这次不动手，以后可能就再没机会了。

"你穿上和保洁员一样的旧手术服去了死者的病房，这样可以骗过刘富春同屋的病友，你杀人时，对方会误以为是医生在给刘富春做治疗。你来到病房门口，却被一个细微的动作暴露了，没有一个保洁员会像外科医生那样戴手套。我就是从这点锁定了你的身份。你进入病房后，用提前准备好的吸入性药物迷晕了刘富春，等刘富春失去反抗意识后，你用力按压他的颈动脉窦，造成颈动脉窦综合征，最后导致刘富春死亡。

"不得不承认，这个杀人手段很高明，我差点就误判了死因。等确定刘富春死亡后，你立刻离开病房。你知道楼里都是监控，而你需要去一个监控盲区脱去这身伪装。熟悉医院的你一直沿着楼梯来到了负二层停车场，那里在装修没有监控。但你发现这里都是灰尘，会留下痕迹。如果从别的出口出去还是会被监控拍到，抹除足迹也很麻烦。

"就在这时，你看见邹数的新车停在停车场，车窗户还是打开的，于是你就把脱下的手术服和手套塞进他车里。你觉得他回家看到这些东西也不会多想，肯定会直接丢掉。你知道停车场的车辆出口处没有摄像头，就在下面一直等，等到邹数开车离开，你也踩着他的车轮印离开了地下车库，脚印也随之消失。你很聪明，我真的很佩服你的智商。张医生，整个过程我说得对吗？"

张国伟看着我，惊愕得半天说不出话来。

"张医生，有件事我想不通，你怎么会对监控这么清楚，按说刘富春入院治疗的时间是不可控的，你是怎么事先了解到监控盲区而做好准备的？"

"看来你们还没来得及调查我，我就是负责医院装修的院领导。"

"你迷倒刘富春时用的药物是乙醚吧，我一直回想那个味道是什么，刚才进了你办公室，我又闻到了。上学的时候我们用它麻醉过老鼠，剩下的药是不是还在你这里？"

张国伟指了指旁边的衣柜，打开后，我看见一个深棕色的玻璃瓶。衣柜下面还放了一双旧皮鞋，我把鞋递给了林霄。林霄看了看鞋底，朝我点点头，很明显这就是地下二层停车场留下足迹的那双鞋。

张国伟苦笑着对我说："警官，你的推断很精彩，整件事情基本和你说的一样。你第二次来医院，坐上邹数的车，我就知道事情败露了。但都无所谓了，我从小到大都在父母的控制下活着，最快乐的时候就是大学和丽红恋爱的日子，其次就是陪伴囡囡。囡囡走了，我也给她报仇了，其他的都无所谓了。"

一抹微笑从张国伟满是泪痕的脸上绽开。

003 呕吐物杀人事件

画面最开始是没人的，接着到晚上十一点三十五分，一个男人背着严祝进入了画面，他把严祝放到沙发上后给他盖上衣服，接着就和严祝的妻子离开了书房。

"有什么问题吗？"我问。

酒醉身亡疑云

不知道王浩这个死丫头从哪儿学来的吃法，用微波炉烤榴莲！林霄他们几个抢得差点打起来。唯独我受不了这个味道。

好不容易等到领导开会，不用继续忍受化学武器的折磨，林霄却拿他的臭手捂住我的嘴，榴莲味和中午吃的饭味混在一起，我差点就在领导面前吐出来。如果那样，徐老头会直接把我碾碎，抹到办公室墙上。

"你是不是有病？手那么臭，不知道的还以为你去掏粪了。"要不是林霄手上有久散不去的恶臭，我肯定狠狠地咬他一口。

"你才有病，整个局开会，就你呼呼大睡，还不停地打呼噜。领导用麦克风讲话都没你声音大。陆玩，你想死别连累我们！"林霄气呼呼地瞪着我。

我也有点生气："烦死了，一天天开会，很闲吗？我一大堆鉴定书要写，又不是没事干！"

"这么多人看着，我不信你敢走。"林霄嘴上虽然这样说，心却提到嗓子眼，他是了解我的，没我不敢干的事。

我立马拿起电话，用保证周围人都能听见的音量说："咋了？哪里？……哦……保护好现场，我马上就来，不要让围观的人拍尸体照片。"周围人都看向我，也没当回事。

我拉起林霄："高坠现场，走。"我俩就这样大摇大摆地走出会场，出去时瞥到了徐老头瞪我的眼神。要不说徐老头是个英明的领导呢，我一拿电话他就知道我要跑。

"你走就走呗，拉我干吗？你看主任的眼神，像要把咱俩吃掉。"林霄这个好学生，果然最在意的还是领导的态度。

"你放心，徐老头不会吃刚掏了粪的人。再说我不拉上你，到时候就只骂我一个人，多难看。"我又摆出林霄最讨厌的那副死皮赖脸的表情。

"滚蛋！"林霄像个受气的小媳妇，头也不回地朝着办公室走去。

我一把将他拽住："别回办公室，才说了出现场，现在回去，徐老头抓我们一抓一个准。走，我请你吃冰激凌，最贵的那个。"我把林霄拖出大楼。

"你闭嘴吧，楼后面那家小破店，最贵的冰激凌也就六块钱，不嫌寒碜。"

林霄嘴上这样说，但身体还是很诚实地和我走出大院。

他挑了三支雪糕，却没我的份儿，让我只能看他吃完以示惩戒。正当林霄剥掉包装准备开吃时，我的手机响了起来。

我接起电话就开骂："谁这么烦人，我……徐主任，怎么了？我和林霄准备去现场呢。"

电话那头一阵咆哮："陆玩，你再胡说我把你嘴撕烂，你俩是小孩子吗？开会还跑掉，你们两个兔崽子赶紧拿上装备，天悦国府小区有人非正常死亡，赶快去现场。"

林霄凑近我说："陆玩，你这张破嘴开过光啊，这么灵验，能不能说点好的？"

我立马紧闭双眼，双手合十，大声念叨："让林蛤蟆死之前等到天鹅，让林蛤蟆死之前等到天鹅。"

林霄狠狠踩了我一脚。

我缓了半天，给王洁打去电话："师妹，现在摆在你面前的有两个选择，第一是和我们出现场；第二个选择，帮我把鉴定书写了。"

"师兄，我要去现场。你堆的鉴定书太多，我一个人写不完。"

"那好，你赶紧拿上装备，出完现场回来你再写，哈哈哈！"

"……"

"自从王洁来了，你越来越懒，欺负人家小姑娘也不怕遭报应。"林霄一脸无语的表情。

"你懂啥？天将降大任于是人也，必先苦其心志，劳其筋骨，饿其体肤，空乏其身，行拂乱其所为……"

"你闭嘴吧！懒死你算了！"

就在我俩斗嘴的时候，王洁已经停好车，站在我们面前。

"师妹，车开得不错，今天你来开车。"

我话音刚落，就看见林霄一脸紧张："开什么玩笑！她拿到驾照还不到半个月，你想让她把咱们送到现场还是送到天堂？"

林霄的担心也不无道理，为了尽快赶往现场，还是由他踩着油门，驶出了公安局大门。

好不容易到了现场，竟然是一片别墅区。

大门是西欧风格，门柱的顶上雕刻着欧式雕像。车缓缓地开进小区，我仿佛置身于古堡的后花园，长长的廊桥两侧都是池塘和喷泉，廊桥上爬满蔷薇。路两边耸立的高大雕塑，全是由植物修剪出来的。

我的注意力全集中在小区里的景色上。不一会儿，我们看见一辆警车停在一栋别墅面前，车里坐着的是所里的老民警郑华隆。

林霄直接问：“老郑，啥情况？”

“不复杂。这家男主人昨晚喝醉被抬回来，今早他老婆发现他死了。”老郑面无表情地说，这种事见多了也就习以为常了。

我们三人穿上鞋套，戴上口罩、帽子和手套准备进入别墅。这四件套不是用来防护我们自己的，主要是防止身上的东西遗落，破坏现场。如果要检查尸体就得穿上隔离服。

当别墅的大门打开时，我整个人震惊在门口：“妈呀！”

监控中的男人

一幅人造的瀑布景观作为屏风映入眼帘，绕过去后视线立刻豁然开朗，十多米的挑空使房子的空间显得非常大。整个墙壁和房顶都是欧式的墙饰风格，配上人物油画，更显得高贵典雅。大厅的两边有延伸到二楼的精美扶梯，中间是红色绒毯，大厅的正中间挂着硕大的水晶吊灯，整个房屋气派极了。

正当我愣神时，一个穿着长睡裙的女人走了过来。她虽然素面朝天，但是举手投足之间透露着华贵的气质，只是那被泪水浸红的双眼让人心生怜悯。

“这位是死者的妻子王楠，也是报警人。”老郑介绍完转头跟女人说，“这是我们刑侦大队的陆法医。”

女人朝我点头，随后用手擦眼泪。

“王女士，你是什么时候发现你丈夫死亡的，当时是什么情况？”我问。

“昨晚我睡得早，十一点半被门铃吵醒，开门后发现我老公喝到不省人事被同事送回来。他满身都是酒气，我就让人把他扶到书房的沙发上，之后我就回屋睡觉了。结果早上我去看他，发现人死了。"说完，女人又哭了起来。

"尸体还在书房吗？"

她点了点头，指向二楼的房间。林霄还在拍房屋的门牌照片和位置概貌，我和王洁先上去看情况。

站在书房门口，整个房间都显得奢华气派，有一整面巨大的书柜。办公桌的旁边还摆着一件飞鹰扑食的黄花梨木质雕塑，对面是一套真皮沙发组和茶几。

"师兄你看这里的家具和装饰，肯定都价格不菲。"王洁指了指办公桌上的一支金笔说，"那支笔可能够我大半年工资吧！"只见那支金笔半截墨绿半截金黄，笔帽上还雕刻着金属花纹，非常精美。

"咱是来工作的，别分心。"我开始专注起来。

从我的视线望过去，死者躺在沙发上，衬衫最上面的两颗纽扣被解开，领带也松松垮垮地系在脖子上，西裤和皮鞋都没有脱掉，身上盖着西服。死者面容安详，不像已经死亡，反而像熟睡的状态。

林霄从楼梯口走上来，拿出足迹灯开始检查，随后拍了几张照片说："好了，你们可以进来了。"

"死者口唇黏膜以及眼球睑结膜点状出血明显，嘴唇呈青紫色，窒息迹象明显，这应该就是直接死因。不过是什么造成窒息的，暂时还不清楚。颈部没有损伤，未触及舌骨、甲状软骨有骨折等损伤。口唇里没有看见致使内黏膜破损的压力作用，可能是吸入异物造成的。"

王洁判断完死因后，我看没什么异常，便跟所里的老郑打了电话。基本确定是机械性窒息致死，等做完毒理检验，能排除中毒的话，就能确定不是刑事案件，直接通知家属办后事了。

"师兄，这个人昨晚喝了多少酒，这酒味一晚上都没散干净。"王洁一脸嫌弃。

"气味最容易附着在这种材质的西装上，虽然酒精容易挥发，但这种纤维制品是可以锁住气味的。你去闻闻他的西装外套和衬衫，哪个味道大就知道他喝酒时穿的是哪一件。"

王洁凑近死者的衣服说："他穿的应该是西装，因为西装右袖子上的酒味很浓。他很有可能右手拿着酒杯和别人碰杯时，酒洒在了袖子上。"

"丫头，越来越厉害了啊。"

"你们等我一下，有个事情要核实。"林霄说完跑到楼下，对坐在大厅的王女士问："请问昨晚书房里来过什么人吗？地上有一个男士的皮鞋鞋印，不是你老公的。"

"是我老公公司的副总陶君，昨晚是他把我老公背上去的。"

林霄也没再问什么。另一边我和王洁已经收拾好勘查装备准备出门。

王洁最后打量了下这个书房，好像发现了什么，于是又出去观察其他房间，接着回来说："师兄，你看这家人每一间房都有监控设备，有的房间竟然有两个以上的摄像头，整个房子都没有监控盲区。"

"有钱人的想法我们就是不理解啊。"我说。

"我们可以检查一下监控，看他具体什么时候回来的，不仅可以确定死亡时间，还可以排除刑事性质，工作会更准确。"

王洁的这个主意很好，我让她去找女主人拷贝监控视频，回去再检查一下，确保万无一失。

完成现场勘查工作后，我让林霄开着车在小区逛一圈。毕竟这种古堡庄园式的院落不是随随便便就可以进来的。

"老陆，你不觉得那个死者很眼熟吗？好像在哪里见过？"林霄问。

"你是不是觉得他这么有钱，应该长得像你爸爸啊。你这个逆子，我还没死呢，你就认他人做父。啊……啊！"这个开不起玩笑的人又动手了。

"我也觉得他眼熟，总觉得在哪里见过。"王洁立马在手机上搜索。

"你们两个可能是亲兄妹。"

"快看快看！"王洁把手机递到我面前，林霄也伸过头看。

"林霄，你开车就好好看路，小心把我们送走。"

手机屏幕上显示的是一则新闻：天华集团自主研发的数据传输设备领先全球。标题下面还有天华集团领导人团队的合影，其中天华的总经理严祝就是我们刚刚检查的对象。

"我的天，这么厉害的角色竟然住在我们天港市，这样的人就算不住在北上广，也应该住在省城啊！这是我这辈子第一次摸有钱人的手，虽然已经凉了。"王洁感慨道。

我心想再有钱还是死了，人生无常，谁能知道意外和明天哪个先来，严总的明天变成了永远。

"大人物出事肯定会惊动上面的。这会儿消息还在封锁阶段。"

"哦！不好了！"我一声尖叫差点把林霄吓死。

"你有病啊！一惊一乍的！"

"他这一死，科技股是不是要跌了？"我脸上没了血色。

"你买了多少科技股？"林霄关切地问。

"我没买！"

"那你喊个屁啊！"

"我烘托一下气氛，哈哈哈！"

我们刚回局里，一下车就看见徐老头站在停车位旁。

"主任，您亲自迎接我们，这让我们怪不好意思的。"我故意腼腆应他。

"你脸真大，我接你，知道死者是谁了吧，出去不要讲啊！尤其是你，一天天没事找事，情况怎么样？"主任又送我一个大白眼。

"应该是意外窒息死亡，基本排除……"王洁还没说完，我赶快抢过话头："还有一些监控没检查，我们看完再向您汇报。"

"排除什么？排除刑事案件？那尸体怎么处理了？"徐老头看来很怕这起事件造成不好的影响。

"应该可以排除刑事案件，尸体留在家里交给家属处理了。如果有明显的损伤或者是凶案依据，我肯定要通知殡仪馆将尸体拉回解剖室的啊！"听我这样说，徐老头没说什么，转头就走了。

"师兄，你怎么不让我说完？"

"看完监控再说，不要出纰漏，太轻易下结论，老头会觉得不靠谱。"

林霄去叫权彬检查监控视频。这工作说起来容易，但做起来费神。没一会儿，林霄回到办公室一脸严肃地说："陆玩，有点不对劲。"说着，他调出严祝家里书房内的监控，画面最开始是没人的，接着到晚上十一点三十五分，一个男人背着严祝进入了画面，他把严祝放到沙发上后给他盖上衣服，接着就和严祝的妻子离开了书房。

"有什么问题吗？"我问。

"你看严祝现在的姿势是不是和我们早上看到的姿势一模一样？"

"你是说他被放到沙发上后就再也没动过。"

受益人

林霄点了点头说："我和权彬按照 1.5 和 2.0 的倍速看了两遍视频，绝对没有错。他一直没有动过。也就是说，在副总把严祝背进来前，他就已经死了。"

"如果是机械性窒息，他会有挣扎的过程。就算是睡觉时窒息也会因为缺氧躁动而改变体位。"

看来这事不简单。

"我去跟领导汇报，你们带上勘查设备，我们再去他家一趟。"

这么大的集团总经理疑似被人谋杀，这样的剧情我以为只会出现在小说里。对处在利益中心的人而言，他的死会产生巨大的蝴蝶效应。

副总背严祝回家，那副总的嫌疑最大。连送回来的人是死是活都不知道？而且能背严祝上二楼，说明他绝对没喝多。

林霄开口："老陆，你说严祝死了谁会受益？"

"单纯从经济利益上看，最大的受益者应该是他老婆。但如果从公司的角度来看，受益的应该是接替他的人。毕竟，总经理这个职位是实权，他死了，接替他上位的人是不是陶副总？不过这一切都只是我的猜测。严祝的人际关系肯定比我们想象的要复杂得多，他死了，受益的人也远远不止这两个。"

我们又回到那个别墅小区。与白天不同，在各种灯光的映衬下，此时又是另一番美景，仿佛是一座城堡，显得更加梦幻。小区内的照明灯光都很充足，在这些光线的映射下，花草树木散发着别样的美。

我突然想到，好像还没有看过严祝家外面的监控，严祝进入大门到被背回家的这段时间会不会是作案时间？

"阿彬，一会儿你去物业，把死者昨晚进来的视频都拷回来。"

"好的！"

车子停稳之后，我们前去敲门。过了很久，才传来女人的声音："来了来了！"

来的正是严祝的妻子王楠："不好意思，一般都是阿姨来开门。今天家里出事，我没让她们来，我忘记要来开门了。"女人一脸歉意。

"王女士，严先生的遗体还在家里吗？"

"还在。我也不知道该怎么办，我老公的哥哥正在往这里赶，两边的老人年纪大，我没敢说，公司那边我也没说。现在屋里只有我和他，我还有点怕。"王楠说着不由自主地抬头看向书房的门。

"王女士，严先生的死存在疑点，我们来是为了搞清楚这件事情，所以我们要对严先生的遗体进行检查。如果怀疑是刑事案件，我们会对尸体进行解剖，希望你和家里人配合。"我在等她的反应，如果她强烈反对，那么她的嫌疑显然会增大。

"能不能等他哥哥来了再问他？"王楠看上去手足无措。

"可以。不过我们要先问你几个问题，昨天背严先生上楼的人是不是陶副总？"

"是的。他放下老严，喝了口茶就走了。"

"就他一个人开车送严先生回来的吗？"

"这我就不清楚了，应该就他一个人。他从来不喝酒，每次我老公喝醉都是他送回来的。我开门那会儿，陶君已经停好车了，但凡有个司机或者下属也不至于要副总来背。"王楠说的也在理。

"你老公经常喝醉后被送回来吗？"

"他经常这样，身体都喝坏了。"

我正在询问王楠，突然听到有人疯狂按门铃。刚一打开门，就冲进来一个中年男人，他气喘吁吁地抓住王楠的手臂，她顿时疼得五官收紧。男人丝毫没有发现自己的失态，大声地问："我弟怎么死的？他在哪里？"当我看清楚这个男人的脸时，不禁倒吸一口凉气，这男人和死去的严祝竟然长得一模一样。

"大哥，你别太难过了，人在书房。"

男人立马上楼，冲进二楼的书房。

"你是谁？"王洁的尖叫声要刺破房顶，显然也被死者大哥的长相吓了一跳。等我进入书房，男人正趴在严祝身上失声痛哭。我和王洁想将他从尸体上拉下来，可是他却死死地抱着尸体不放。

过了好一会儿，他终于恢复了平静："不好意思，是我失态了，我太难受了。"

我用手轻轻拍打着男人的肩膀说："请节哀。"

"这位是我老公的哥哥严祥。"王楠介绍，接着就对严祥说，"这几位是公安局的警官，这位是法医。"

"您是法医？你们怎么来了？警官，我弟弟的死有什么蹊跷吗？他是被人害死的吗？"严祥一把抓住我的手。

"现在还不清楚，所以希望你们能配合我们调查。目前可以确定的是，严祝先生应该是死于窒息，没有外力作用的痕迹，我初步怀疑是吸入异物造成的。由于严祝先生身份特殊，为了弄清楚原因，我想对尸体进行解剖。"

这时王楠无助地看向严祥，就像是一个没有主意的小孩面对外人的提问，等待家长的回答一样。严祥想了想说："如果结果表明我弟弟真的是被人杀害的，那估计整个公司以及整个行业都会受到不小的影响，你们能做到保密吗？"

"我们肯定会保密，如果牵扯到刑事案件，那后面的事情肯定要上报。不过，最终通报到哪一层面，肯定会和你们商量的。"

严祥听我说完，看了看弟弟的遗体，泪水又从眼睛里淌出来。

林霄走到我身边说："这里已经没有什么线索了，这也不是严祝死亡的第一现场。通知殡仪馆来拉尸体，我们可以走了。"

于是我们开车离开了严祝的家。

"老陆，你说严祝是不是在回家路上死的，那个陶副总可能开车没发现，就把他背上楼了。我记得你原来说过，这种深度醉酒的人，对外界的刺激反应都不会很大。也许严祝在后座上窒息挣扎，陶副总没有发现呢？"林霄一边开车一边问。

"林霄，我觉得一个人开车的时候，由于注意力集中，可能真的不会注意到其他的东西。"

林霄一个劲地点头。

"我的意思是，你是不是也没注意到一件事？"

"什么？"

"我们好像少个人？"

林霄回头只看见王洁一个人坐在后座，才意识到权彬还在物业查监控。这家伙不经常和我们出来，结果被我们集体遗忘。林霄抓住方向盘，瞅准时机一个甩尾，掉头原路返回。

等我们回去时，权彬还在那里认真地翻着监控。

"阿彬，还没好吗？"我装作不耐烦的样子，掩盖把他遗忘的事实。

"陆哥，我仔细看了所有的监控视频，发现严祝进小区大门时，下意识地松了松自己的领带。"

吸入性窒息

我们三个人齐刷刷地盯着权彬："你确定没有看错？"

"在监控里，可以看见副驾驶没有人，车子转弯的时候后座也就一个人。"权彬一脸笃定。

"开车和背严祝进屋子的那个人就是陶副总吧！"林霄激动地说。

接着权彬调取小区其他角度的监控，画面显示汽车到严祝家门口并没有停下，而是停在远处的一个拐角处。

此时的画面中，只能看到一个车屁股。

"快看，有人下车了！"权彬紧紧地盯着屏幕说。

"你怎么知道？"我们都没看到画面上出现过人影。

"车屁股晃了一下，说明有个重物离开了。"权彬这小子眼睛真是厉害。

"他们在干吗？"王洁问出了所有人的疑惑。

接着车子又发动起来，倒出巷子停在严祝家门口。陶君从驾驶室出来，到后座上将严祝扛起来背进家门。

"不对！倒回去！"林霄大喊，权彬拖动鼠标。

"你们看，严祝这会儿不动了。他刚刚在杀人！"我们惊恐地看着屏幕，权彬将视频来回放了很多遍。林霄说得没错，车停在严家门口后，在陶君背上的严祝看起来完全没有了反应。

"这辆车才是第一现场。阿彬，你马上回局里，赶快查这个车是谁的，查到了立刻汇报大队和徐老头。我们三个去解剖室，我倒要看看他用什么把严祝憋死的。"

物业经理帮忙开车送权彬回公安局，林霄踩着油门载着我和王洁赶去殡仪馆解剖室。尸体刚运过去，这时间应该还没冻硬。

一路上林霄和王洁都在讨论，严祝是怎么被杀掉的。但我更担心的是，如果真的是在车上杀的人，这么长时间过去了，车上的痕迹可能已经被陶君清理干净了。车上空间很小，清理起来相对容易，而且它不像房间，本身就可以随时移动，容易隐藏。要是找个地方一把火烧了，那就是永无对证。

我越想越担心："老林，你开快一点。"

终于到了殡仪馆，老林将车停在公安局解剖室的楼前。

"我去拖尸体，师妹准备解剖器械，老林拍照记录，还有跟权彬说让他给大队汇报完，赶快和侦查的碰头去找嫌疑车辆。"

等我将严祝用车推回解剖室的时候，王洁和林霄已经穿好防护服了。

"开始吧！"我和王洁站在尸体的两边，将要拍照的地方指给林霄，拍完后我们再进行下一步动作。早上的尸表检查并不全面，现在我们把死者的一身名牌扒下来，将他赤裸地暴露在解剖台上，仔细地检查全身。

尸表检查完后，我示意王洁开始解剖。手术刀划开死者皮肤的瞬间就像一艘破冰船在海面上切开冰封的神秘，尸体窒息的表征很明显。

"死者面部肿胀，口唇发绀且点状出血，眼睑结膜点状瘀血。解剖能看见内部器官，肺脏表面、蛛网膜表面、胃肠黏膜表面等都出现点状瘀血，肺脏检见明显气肿。除此之外，未见颈部肌肉存在损伤，未见舌骨甲状软骨骨折，未见明显机械性损伤，未见口唇损伤，各级气管未见水肿，未见异物阻塞气管。"王洁总结尸检所见的表征，她说，"师兄，所有的征象都符合窒息，未发现异物阻塞气道，也没有机械性暴力作用的存在，那他是怎么窒息的呢？是中毒性窒息吗？"

"解剖前毒理鉴定结果出来了，没有中毒指征。现场不存在电击条件，也没有触电情况，排除电性窒息。但是……"

我将死者鼻咽部和喉部打开说："咽喉处是什么？"

"这应该是胃内容物。是吸入呕吐物导致窒息，对吧？"王洁仿佛发现新大陆一般。

"客观看应该是这样的，但就这点量实在有点少，不能完全堵住咽喉。还有一般吸入性窒息都会吸到气管内，可是你看，呕吐物只分布在声门以上，气管里基本没有，这有点奇怪。"我陷入沉思。

"也许是进入气管内的呕吐物又被咳出去了。强烈的呛咳反射造成气管痉挛导致窒息。"

"气管痉挛一般都有呼吸系统的基础性疾病存在，气道黏膜未见病变，这要去调查才知道。你说有吸入呕吐物，引起呛咳反射后将呕吐物咳出去，又引起气管痉挛导致死亡，这整个过程太牵强了。现在能确定死因是窒息，但是客观不支持吸入胃内容物造成窒息这一原因。"

"师兄，那你觉得是什么造成的窒息呢？"

"我现在也不能确定。"什么东西能堵住呼吸道又消失呢？

"陆玩，你之前说窒息死亡的人会很痛苦，就像溺水而亡的人濒死前手会乱抓。我猜想这家伙也有可能，所以你俩刚刚讨论的时候，我发现了这个，你们看。"林霄举起手中的镊子，再拿出放大镜放在镊子尖端。

是一小撮黑色的皮革漆面！

"你从哪里找到的？"

"我刚给死者按指纹，在他的指甲缝隙里发现的，但实在太小了，看不出这是什么地方的。"林霄说着又将镊子放在眼前仔细查看。

"如果他真的是在车里窒息死亡，那这东西只可能出现在车里。"王洁分析。

"如果车停在那儿晃动是陶副总杀害死者的时间，那死者的指甲不该抓伤陶君吗？怎么会抓到这么奇怪的东西？"我有些疑惑。

"现在只能寄希望于那辆车了，但愿车上的线索和证据没有被破坏掉。"

我和王洁开始解剖后，林霄帮我们把记录做好。最后王洁将死者的脏器归位，准备缝合尸体的切口。这一步的工作非常不易，尤其是解剖时有大量的油脂浸透，缝合时会非常滑，不熟练的话，很容易扎到自己。法医被扎是经常的事，有时候两人配合不当，也容易被扎。

缝合好后，王洁将取出来的脏器、尿、血、指甲等线索，装进袋子准备拿回去做毒化和 DNA 鉴定。

"王洁，那个没装上。"林霄指着水槽里的瓶子提醒王洁。

"是胃内容物吗？"我问。

"没错。"

就在瓶子闪过眼前的一瞬间，我猛然觉得好像有什么不对劲："师妹，拿给我看一下。"我接过装胃内容物的瓶子，把它拧开，将东西倒在托盘上，接水冲淡。突然，我意识到不对："这个东西有问题！"

死者的"复仇"

林霄和王洁停下手上的动作，疑惑地看着我。

我将王洁缝合好的切口再次剪开，去除整个咽喉部，拿出托盘将咽喉处、声带以上会厌附近的呕吐物接住，接上少量的水散开这些呕吐物，拿到他们面前说："看看这个呕吐物和刚才瓶子里的有什么区别？"

两个人仔细观察托盘里的呕吐物，王洁一脸疑惑地拿着手中的镊子来回拨弄。

"师兄到底发现什么了？"

"你们看这个呕吐物，里面有虾还有类似鲍鱼或扇贝的残渣，但是你们看这个——"说着我将装胃内容物的托盘拿出来，"这里有牛肉和米饭的残渣，唯独不见海鲜，这说明阻塞声门的呕吐物不是死者最后一顿吃进去的东西。"

"陆玩，你的意思是这不是死者自己吐出来造成的窒息，而是人为灌进去的？"林霄一脸难以置信的表情。

"对！凶手要把故意杀人做成意外死亡。但是我现在有两个疑点，第一他是怎么灌进去的？如果强行灌入，挣扎时口唇或者咽喉都会留下损伤，这两处并没有发现损伤。第二是喉咙处的呕吐物不足以造成窒息，那死者的窒息又是怎么形成的？"

"陶君现在嫌疑很大，我们要尽快控制住他，耽误的时间越多，他毁灭痕迹的概率越大。"林霄提醒我们要赶快行动。

重新收拾完解剖室，我们决定先回局里和权彬他们碰头。现在还没有直接证据，如果陶君已经清理完车里的痕迹，我们传唤他，他也会抵赖的。我们用最快的速度开回去，一路上警灯和警报就像是一把利刃，劈开路上拥堵的车道。

看到我们回来，权彬焦急地向我们报告。

"陆哥，那辆车查到了，就是陶君本人的。我也通过交通路面查实，他的车昨晚开回家今天还没开出来过。"

"陶君今天也还没去上班，人应该在家里，侦查的肖良他们已经在他家布控了，要不要直接拎来？"

"不要，现在把他传唤过来没有意义。我们没有他直接杀人的证据，传唤他反而会打草惊蛇。"

林霄在一旁说："现在去申请搜查，直接搜查他的车，没必要遮遮掩掩。"

"林霄，如果我们直接问他，昨晚是不是杀了人，你觉得他会怎么说？"我问林霄。

"他肯定不会承认的，因为他觉得自己做得天衣无缝，除非我们有证据。"

"你说得对，他不会承认是因为他自信，我们要先攻破他的心理防线，让他自乱阵脚。人在情绪崩溃时会失去理性的判断，这样才会漏出破绽。"

林霄看着我说："你是不是有办法了？看你那个表情我就猜到了。"

"有是有，但是有点麻烦，我们诈他一下。"说完我看着权彬，"阿彬，我的计划里你是个关键哦！你可不要搞砸啊！"

"陆哥，你这样说我有点怕。"权彬有些慌乱。

"怕个屁，站直了！"

"遵命！"

"阿彬，你去陶君的小区物业盯着监控，一会儿他可能要跑路。找侦查的人把他堵在小区里，不要让他跑了。林霄也和你一起去，你们等我信号。"交代完后，我看向王洁，"师妹，走！拿上次急救培训我们没用完的输液管，我们去严家让严祝帮忙说句话。"

"师兄，你别说得这么吓人……"

"好了不废话，分头行动。"

我开着车带着王洁向严祝家驶去。一天来了三趟这个豪华的小区，突然觉得也就那样。果然物质的刺激会让人疲倦，人更需要精神上的满足。这话要当着林霄的面说出来，那家伙肯定会嘲笑我。

"师兄，其实我想去他们那组，我都当刑警快一年了，还没抓过人呢。"王洁说话的语气中充满了羡慕。

"哎！我能理解你，我刚刚做法医的时候，也想去参与这样的抓捕行动，甚至想亲手擒拿嫌疑人。但自从我亲眼见到兄弟们在抓捕过程中受伤后，我内心是害怕的。"

"师兄你遇到什么了？给我讲讲呗！"

"我工作的第二年，有一次抓捕行动，我和三个侦查员去抓人。本想着我们踢开嫌疑人家门直接把他按倒在地，结果那家伙因为有好多仇家找他，就在门口装了个监控。我们到门口时，他在里面就已经发现了，等我们踢开门的瞬间，他上来就给我们侦查员一刀，虽然穿了防刺背心，可那背心不防脸，那个兄弟当场就破相了。我当时直接吓傻了，脑子一片空白，连面部出血后止血的按压点都想不起来。按理说，做法医的什么损伤没见过，再血腥的伤口我都不怕，但是一个好好的人在你面前被砍得嘴巴豁开，那种恐怖直达内心，完全受不了。"

"啊！哥你别说了，你越说我越想去参与抓捕！"

"……"

车到了严祝家，我们上去按门铃。不一会儿大门打开，开门的是严祥。看着他的那张脸，我和王洁想到一小时前解剖台上已经死去的严祝，仿佛给我们开门的是刚刚被我们解剖的尸体。

"两位警官，请进。王楠不舒服睡着了，要我把她叫起来吗？"严祥脸上的悲伤还没有消失。

"我不找王女士，我来找你。"

严祥听了我的话，一下子愣住了。

"我有什么可以帮你的吗？"他问。

"你和严祝是双胞胎吗？怎么这么像？"

"我俩确实很像，但我们不是双胞胎。从侧面看，我的脸比我弟弟长一点，但从正面看不出脸长，看起来就更像了。"严祥说着将头微微低下，果然和后面墙上结婚照里的严祝一模一样。

"太好了，现在要你帮个忙。"

"什么？"

"假装成你弟弟和嫌疑人视频。"

"警官我弟弟到底怎么死的？"严祥激动起来。

"你别激动，我们也想把事情搞清楚，所以你要配合。"我尽力安抚他的情绪。

"是谁杀了我弟弟？"严祥眼中充满愤怒。

"陶君副总经理，你认识吗？"

"知道这个人，没见过面，但是我弟弟和他关系一直很好啊！是他杀了我弟弟？"

"我们还没证实动机。一会儿你穿上你弟弟的睡衣，我给你挂上输液器和氧气罐，你要表现得很虚弱，直接用你弟弟的手机打视频通话给他，将手机投屏到电视上，我们要看看他的反应。"我一边交代一边让王洁做好准备工作。

"我要说什么呢？"严祥问。

"你就说，没想到吧！我还在，咱们没完！说完你直接挂电话就好了。"

严祥稳定了一下情绪，拿起严祝的手机拨通陶君的视频电话。

"嘟嘟嘟……嘟嘟嘟……"

"咔嗒"一声，电话那头居然挂断了。

"再打，打到他接！"我对严祥说。

"嘟嘟嘟……嘟嘟嘟……嘟嘟嘟……"

"咔嗒！"又被挂断了。

严祥深吸一口气，继续拨打。

"这是有多心虚啊！"王洁在一旁感叹。我一脸严肃地看向她，示意她不要出声。

"嘟嘟嘟……嘟嘟嘟……"就在我们以为又要被挂断的时候，对方接通了。电视机上出现了陶君的脸，此时的他蓬头垢面，两眼通红，布满血丝，整个人精神萎靡。当他看到严祥装扮的严祝时，整张脸吓得惨白，张着嘴巴惊恐到一句话也说不出，就像是灵魂出窍后只剩下一副躯壳。

"没想到吧！我还在，咱们没完！"严祥按照我的要求说完了台词。

陶君明显愣在那里，双唇煞白，愣了半天开口："严……严……严总，我……我也不想啊！可是，谁能保证你不说出去呢？我没想对你怎么样。我……我也没办法……我……"说着说着陶君好像想到什么，他马上挂断电话，再打过去就没人接了。

我赶忙掏出手机，拨通了权彬的电话："阿彬，你们注意了，陶君可能要跑，拦住他，不要和他说任何话，等我来。"

如何灌入呕吐物

我和王洁火速赶往陶君住的地方，说实话找严祥演这出戏，能达到什么效果，我完全没有底。

"陆哥，陶君被抓了，现在在咱们警车里。"看着权彬一脸得意的样子，我却觉得这家伙完全没明白我的用意。

"详细讲讲抓他的过程。"

权彬仔细回想了一下说："我按照你交代的，一直在物业这里监控着他家的门。就在半小时前，他突然从家里面出来，衣服都没穿好就匆匆忙忙地往外跑，进了电梯到地下车库。我一直在监控里追踪他，但他发动好车子后，突然又回到家里拿了一个黑色垃圾袋，丢到地下车库的垃圾桶后，急急忙忙地上了车。肖良就是趁着他返回家里的时候，坐上他的车后座的。所以他还没开出，就被肖良逼停了车。"权彬仔细地回想着，生怕漏掉什么。

"他丢掉的垃圾袋，你们有没有找回来？"我紧张地问权彬，这家伙有时候反应迟钝，生怕他出什么幺蛾子。

"拿回来了。林霄哥看他丢垃圾桶后就去拿了，恶心死了。你猜这一袋是啥东西？"权彬说着便控制不住地干呕起来。

"一袋子呕吐物。"我已猜到。

"牛啊，陆哥！就是一袋呕吐物，你说他是不是变态？"

听到这里，我心里出现了一个疑问。如果是呕吐物，那应该是他用来堵严祝喉咙剩下的，为什么不直接从下水道里冲掉，反而要带下来丢进垃圾桶里？

权彬将袋子递给我，我接过袋子的时候，一股刺骨的冰冷从袋子的表面传到了我的手上。我打开袋子仔细检查里面的东西，真是包罗万象，什么食材都有，除了食物碎块还有很多水。可以断定，他凑集这些呕吐物花了很多心思，这家伙为了杀人真是煞费苦心。现在都混在一起，也没法通过 DNA 证实究竟都是谁吐的了。我现在很好奇，这家伙是怎么将呕吐物弄到严祝咽喉里的，都到声门附近了。

"林霄呢？怎么没见他？"

"林霄哥去检查车子了，就在地下车库，我们把车开回去。"权彬在地下车库的监控视频上给我指出 C-1 的位置。

我刚走进车库，就看见林霄在那里低头认真工作，我大喊一声："哒！你这厮,有发现啊!"

"吓我一跳,你过来看!"林霄将我带到车的后座,在座椅靠背的地方有一处明显的抓痕,漆皮都被抓掉了,"你看这块的缺损是不是和死者指甲缝里的那块漆皮很像啊?"

我拿过相机,翻出尸检的照片,死者手指甲缝隙里的那块漆皮,可以断定就是后座椅背上的,这车就是杀人的地方。我对林霄说:"这块漆皮可以确定杀人地点。"

"那可不止,你看抓痕在椅背上的分布,是从上到下由重到轻,那就是说明他抓的方向是自上而下,抓痕的走向是右上至左下,位于左后椅背中偏下部。我大概能判断,死者当时的体位是躺在后座,头朝左侧脚朝右侧。"林霄说道。

"老林,我一直有个疑问,如果死者在案发时挣扎的反应这么大,就凭陶君一人将呕吐物准确地灌入严祝的喉咙处,还没有造成严祝其他部位的损伤,这很难。"

"会不会有第二个人,帮忙控制住他?"林霄猜测着。

"应该不会,这么隐蔽的杀人手段,多一个人知道就多一分危险。"

"受害人躺在后座上,凶手要是往他嘴里灌呕吐物,他一定会直接坐起来。凶手要是控制住他,就没法灌东西。我猜他是不是骑在受害人身上,用自己的体重压制住受害人,再往他嘴里灌东西?"林霄设想严祝处于醉酒状态,陶君骑在他身上,等他发现或者反应过来可能已经无法反抗了。

"老林,我们模拟一下你刚才推测的行凶状态。你当受害人,我来当陶君,你躺在后座我骑在你身上,我试试可不可以这样控制住你。"

"你的身高和陶君差太多,我和陶君差不多高,我来扮演凶手。"林霄说完就示意我躺在车的后座上,他骑坐在我的胸腹部,我试着伸手抓向林霄的头颈处，只要林霄挺直身体，我就抓不到他的头颈处。

"老林，陶君头颈处有抓伤吗？"

"没有！"

"林霄，你要是想往我嘴里灌东西就要俯身，那我也就可以抓你的头颈处，这就和事实不符了。如果你骑上来的时候，将我的手也压在胯下，那我就不会抓伤椅背。你说他是怎么做到的？"我越来越疑惑。

"要是我只骑你左边的一只手臂，而你右边的手臂我没有压。我俯身做灌入动作的时候，我的手肘可以将你右边的手臂挤压在椅背上。陆玩我有个想法，你解剖的时候说死者喉部的呕吐物都是在声门以上，而且量很少。你判断不应该引起窒息，那会不会死者窒息根本不是呕吐物阻塞造成的，而是我这样骑在你身上造成的。死了之后再将呕吐物灌进去伪装成吸入性窒息。"

林霄的推断让我一下子茅塞顿开，他说得没错，也许一开始我就被误导了。我质疑过呕吐物的量不容易造成窒息，如果死者是被挤压胸廓造成的窒息，那就很好解释了。

"师兄，你们两个在干吗？是不是疯了！"王洁大喊着跑进地下车库。我都忘了监控里能看到，林霄还骑坐在我身上，他还在一脸沉思。

林霄连滚带爬地从我身上下来："我去，这丢死人了。"

"你们俩在干吗？物业办公室都炸锅了，全都在看你们。"

"师妹，我说我俩为办案你信吗？"

"我信有啥用，关键是别人怎么看。"

"管他们怎么看。赶快给权彬说，让他把这段监控删了，你去解释一下，我们在还原杀人现场。"王洁听完后又跑了出去，林霄一脸生无可恋的样子，我也很无语。

刚才的思路全部被打乱了，我重新思考林霄的推断。我拿起他的相机，翻看着尸检的照片，突然一个细节进入我的视线，就像是当头棒喝一般。我一把拉过林霄说："好了好了，反正丢人都丢过了，你看这个。"

"有话快说，别让我猜，烦着呢！"林霄还在生气中。

"死者衬衫的扣子都是这种金属质地的，他的西服追求奢华高端，不光是衬衫，还有西装、马甲也是这种金属纽扣，他还有胸标和领带夹。这么多东西，如果是一个人压在他胸上，那肯定会在胸前或皮肤上留有印记或者损伤，但你看尸表照片，胸口什么都没有。"我将照片放大。

林霄拿过相机仔细地看着说："那又回到之前的疑问，你说如果不是这样，他怎么一边控制死者，一边往死者口中灌呕吐物呢？"

"先不说这个，我刚才忽略了一个重要的问题。"

"什么问题？"

"在临床上，做全麻醉需要气管插管，也就是将特制的气管导管通过口腔，经过咽喉插入患者气管，这与凶手将呕吐物灌入受害人喉咙或者气管的操作很相似，它们都需要从气管的入口处进入，这也就说明凶手在完成这个操作的时候，必须处在受害人头顶的位置，并让受害人保持一个平躺且头向后仰的状态。而死者躺在后座时，头超出座位范围，座位的边缘处于顶部，重力作用下头会后仰，呼吸道也处于相对打开的状态，方便操作。"林霄听完我的分析，一脸茫然。情急之下我躺在座位上，按照刚才描述的姿势做给他看。

"你是说这样气道是打开的吗？"林霄再次向我确认。

"是的，这样做容易灌入呕吐物。如果真的是这个体位，那凶手就应该是面对后座蹲在地上的。"

"那你觉得是谁控制住了死者？"

"安全带！"我俩异口同声。

林霄思考片刻说："就算是安全带困住了他，但是没有固定的话，还是可以挣扎的。换了是你，你会怎么固定受害人？"

"我们这样想，你的手固定在哪儿你就会抓哪儿，对吧？如果死者右手被固定在后座靠背上，他就会在后座椅背上留下抓痕，我们找一下有没有另一处抓痕。"

"有的。我还没来得及说，但位置很奇怪，抓痕在副驾驶椅背朝前的那面。"林霄不解地看向我，他的意思是死者在后面躺着，怎么可能抓到副驾驶椅背的前面。

"我现在躺在后座上，你把副驾驶的靠背放倒。"林霄照做。

"你看，现在将我的左肘固定在副驾驶头枕处，我的手正好可以在副驾驶椅背的表面处留下抓痕，副驾驶的靠背向后放倒，正好将严祝的身体挤在后座上。"

我给林霄演示，而那处抓痕就在我的手下。

"这样的体位与两处抓痕完全吻合。"

"我推测一下，陶君要动手的时候，严祝已经醉到不省人事，这时陶君扶他躺在后座上，用安全带将他两只前臂固定在左后座和副驾驶的头枕处，他应该还将前排的两个椅背全部放倒，并向后调整座位，这样严祝的躯干也被卡在后座上。此时严祝还没有醒来，他将严祝的头像我说的那样，仰在椅子上就可以直接灌呕吐物了。"

"对了，老陆，我在后备厢还发现一个东西。"

寻找作案工具

"大哥，你能不能一次把话说完？还有啥东西？你是不是忍不住在车里生了个蛋？"真让我火大。

"你看你一不高兴就挤对人，你来看。"林霄带我来到车后，打开后备厢，里面有一个车载冰箱，冰箱里有几个冰球模具。后备厢里还有一副网球拍，一兜子网球，一双运动鞋，就再没有其他东西了。

"你让我看的就是这堆破烂？"

"等着，"林霄将车载冰箱搬开，在它的后面有一摊呕吐物，就像是后备厢的肿瘤，扎眼地立在那里，在呕吐物下面还有比它大两倍的印记，被液体浸润，"刚才垃圾袋里的那些太混乱了，这有一份独立的，我们提回去让王宇做一下DNA，看看是谁吐的。看样子也是海鲜，和死者喉咙里的成分很像啊。"

"车里的痕迹你都拍照了吗？"

"嗯嗯，都固定了，没有意义的指纹痕迹我都没取，取了安全带拭子回去做DNA检验，车里基本就这样了，咱俩去他家再看一下，说不定有意外之喜。"林霄收拾相机，提上勘查设备准备上楼。突然他停下手中的动作问我："老陆，陶君还在警车里呢，不管他吗？"

"不管他，他现在肯定慌死了，咱们越不理他，他心里越慌。我们让他自己把自己吓死。走，我们先去翻他家。"

我跟着林霄从地下车库走上去。林霄从陶君那儿问来了密码，打开防盗大门，呈现在眼前的是一套三百多平方米的大平层式公寓。中间客厅豪华大气，房间除了卧室、书房，还带有健身房和家庭式电影院。

"一个人住这么大的房子，不害怕吗？何况还自己动手杀人。要是我杀了人，晚上睡在这地方我肯定睡不着。"林霄摇着头。

"咱们先从两处开始，昨晚严祝家的视频里，陶君穿什么衣服你还记得吗？我们先把他的衣服找到，看看有没有什么发现。再检查一下他家的监控，看看他回来后都做了什么。我把权彬叫上来，该是他大展身手的时候了。"说完，我便打电话把权彬叫上来。

林霄突然抓住我的手激动地说："老陆，陶君跑路都跑到楼下了，又折返回家拿出那个装呕吐物的袋子，随后将袋子丢在垃圾桶，你记得不？"

"我记得啊，我还看过呢！"

"他家里有监控，我们查一下他把那些呕吐物藏在家里的哪个地方。我在想他要将呕吐物灌到死者喉咙里肯定要用到注射器之类的工具，很有可能和呕吐物存放在一起。刚才他折返时，丢掉呕吐物，但是没有见他丢掉灌呕吐物的工具，说不定那东西还在他家。"林霄的眼睛突然放光，就好像发现新大陆的哥伦布。

"陆哥，我来了，找我什么事？"权彬从门口进来，干劲十足地问我。

我指着客厅的监控摄像头对他说："快来，把这个监控搞定。我们来看看他杀人后都干了些什么。"

"好嘞，你就等消息吧！"

大概过了十几分钟，权彬在陶君家的书房里大声地嚷嚷起来："陆哥、林霄哥，快来看，我搞定了。"我和林霄来到书房，权彬正在操作陶君的电脑。

"你破解了他家的监控吗？"我问。

"嗯嗯，一般这种家用的，都是用家里的网络连接电脑，很容易搞定的。他家的监控保存到云数据，拍下的视频都保存在云端里，可以随时查看近段时间的视频。"权彬越说越得意。

林霄示意权彬将视频跳到昨晚陶君回家的时候开始播放。只见视频里，陶君回到家没走几步，就离开了监控的覆盖范围，一直都没出现过。直到早上他的手机响起，他才拿起来出现在监控视频里。只见他看了一眼就放下了。接着手机又响起来，他犹豫一会儿又挂断，但是手机那头执着地打过来，他看着手机呆滞地站了很久，才接通了手机视频。我知道这是我让严祥假扮严祝发来的视频通话，陶君整个人站在那里，似乎惊恐万分。他丢掉手机就往外跑。没过多久，他又回到家里，直接钻进厨房拿出一个我们早已熟悉的塑料袋就跑了出去。

"他家这个监控就对着大门，啥也看不见。"我气愤地说道。

"监控可以远程网络操纵，陶君放在这个角度没动过。"权彬也无奈地摇头。

"老林，你仔细看，这个袋子就是装呕吐物的那个对吧？"我拉着林霄指着屏幕。

"对对，就是这个袋子。"

"监控这个角度，只能看见他拎着塑料袋离开家门。"此刻我好想像游戏界面一样控制视角去一探究竟。

"陆哥，没办法的，出了大门就是监控盲区。"权彬遗憾地说。

"这一袋子呕吐物肯定是他弄的，他要把呕吐物灌入死者喉咙里肯定要用管子、针筒这样的工具。我们现在要好好搜查他家的各个角落，找类似的工具，这是很关键的物证。我们分组进行全屋网格化搜索，林霄负责卧室和书房，阿彬你负责客房、健身房还有厨房，我来找客厅和阳台，找完了我们再分配其他未找的区域。每个区域都要按一个方向扫描式地搜索，一定要仔细，遇到柜子也要打开找，平面和立体都要找。"

我们按照刚才的分工，开始对房屋展开搜查。因为是对未知的物体进行搜查，可以说是半盲目性的，基本上要把十几厘米长的管状物品都带回去。不过，有一点对我们是有利的，如果真的是用于作案的工具，那上面肯定会有大量死者的DNA和陶君的DNA。这不仅可以确定作案工具，还可以侧面证实杀人行为。

没一会儿，我们几个人就找到七八件十几厘米长的管状物品，却没有发现什么注射器之类的工具。

"没有注射器光弄个管子，他怎么把呕吐物灌到死者咽喉深处的？"权彬提出疑点。

"也不一定要注射器。"林霄说完，我们几个人都看着他。

"用气球套在管子上，气球里提前装好呕吐物，管子插入死者的喉咙，这头一捏气球不就进去了？"

听林霄说完，权彬已经开始在一旁干呕了。

"不用气球，漏斗也行，只要插入喉咙那头的位置，这一头放个漏斗，重力就可以让呕吐物顺利流进去。"等我再说出自己的推断时，权彬已经恶心到流泪。而我和林霄仍然面不改色地讨论怎么在口中灌入呕吐物。

咣当！陶君家的门突然被一把推开，王洁气喘吁吁地跑进来："师兄，不好了，陶君企图自杀，可能伤得不轻。"

致命邮件

"怎么回事？"我和林霄异口同声地问。

"趁看着他的兄弟不注意，陶君从车上飞快地逃出，跑两步，撞在了墙上。"

"下面是谁在看守的？不知道上铐子的吗？"我有些恼火。

"上铐子了，但是没铐在车把手上，只是简单地把双手铐在身前面。"王洁可能被我的反应吓到了，都不敢高声言语。

"陶君怎么样？"我看向王洁。

"挺严重的，撞到头了，当时就晕厥了，脑震荡没跑了。"

"不是我说，侦查这几个人真是不靠谱。每次出事都是他们那边捅娄子，从中队长往下没有一个灵光的。"

"陆玩！"林霄大声地叫我的名字，同时眼睛瞟向门口。我一看原来是侦查的人，还有几个在这边。

我强压住心中的不悦，对王洁说："师妹，你拿物证袋把这些管子提取了，回去做 DNA 检验。老林，你让权彬把陶君的电脑和手机提回去仔细检查里面的文件，之后你和我再好好找找，看能不能找到有用的信息，还有车里我们也再去找一遍。"

我们开始有条不紊地执行手上的任务，陶君的这套房子也是真的大，想要找一个东西本来就不容易，更别说这东西我们根本没见过。仅凭猜测在这里瞎找，效率十分低下。

"老陆，在陶君昨晚杀完人回到家后的监控视频里，他进门手里没有拿东西吧？"林霄说完，我努力回想。

"他回来的时候屋子里黑得很，监控的夜视功能好像也没开，只看到个影子。"

"这家伙会不会把这个东西扔了？要不就还在车上。走！我们去车上找，碰碰运气。"

我和林霄又来到地下室，将陶君车里所有能放东西的地方都翻了一遍，不出意料啥也没有。

"老林，你说他当时会不会把呕吐物灌入严祝嗓子里，就把工具丢在现场了？"我问这样的话，只是聊以自慰罢了。其实陶君可以把东西随手丢在回来的任何一个地方。

"先不说作案工具，你觉得陶君一个在职场上摸爬滚打这么多年的老江湖，为了升职加薪就杀人，这不牵强吗？"

"你也觉得他杀人是另有原因的吧！本来这个问题可以从他那儿审讯出来，谁知道这个家伙还能在有看守的情况下撞墙自杀。"

"他越是自杀，越说明他想要隐藏重要的事情。"林霄像洞察到腐臭的秃鹫，突然变得敏锐起来。

"唉！希望他不要出什么意外，我们能直接从他嘴里问出来。"

收拾好勘查设备，带上所有提取的物证和检验材料，我们几人开车回局里。这辈子都没怎么接触到这种级别的有钱人，以为有钱人的生活快乐又幸福，没想到他们也会出现这样的事情。俗话说，人为财死，鸟为食亡，但这种阶层的人又不缺钱，把自己弄成凶手，然后又想要自杀，图个啥啊？也许他们的生活就像生了虫的蜜桃，外表看着光鲜亮丽，其实里面早已破败不堪。

一进公安局大门，就看见千山派出所的朱胜霏拎着一把砍刀站在局大楼门口，鬼鬼祟祟地从玻璃门往里探头。老民警的这个架势，怎么看都像对单位不满来寻仇的。

"八戒，你在干吗呢？看谁不顺眼啊！"我大声对朱胜霏喊。他转头看到我就像看到失联多年的亲兄弟一样扑过来，一边跑还一边说："哎呀哎呀，见到你太好了！"

"干吗？我是不会帮你砍人的。"我调侃道。

"陆法医别开玩笑了，我是来送检的。这是昨天一起伤害案的物证，我让我徒弟把这个物证放我车里，带过来做 DNA。这死孩子懒得很，往车里一丢就跑了，连个物证袋都没套。我准备提着刀上去，可是局领导刚开完会，要是被领导们看到还不骂死我。你们来就好了，帮我带上去给检验DNA的王宇。"朱胜霏说着就往我手里塞。

我赶忙退两步躲开："老朱，你过分了。你没拿物证袋怕挨骂，就直接给我，不管我会不会挨骂。不地道啊！"

"哎呀！你帮帮忙，改天请你吃饭啊！"说着他又往我身上递，我躲得快他完全没办法。看我不上当，这货转身将刀子横放在权彬的胳膊上，权彬手里端着管子一下躲不及，前臂上突然搭了把砍刀，整个人动也不敢动。朱胜霏掉头就跑，一边跑一边大喊："下次你们去所里，我请你们吃大餐，对不住了兄弟！"

"好你个猪八戒。"虽然嘴上骂着，但也只能接过来，然后硬着头皮回实验室，还好没碰到什么人。

权彬将所有物证交给王宇，王宇就开始在实验室忙起来。DNA检验对于刑事案件有很重要的作用，不过一次需要三小时以上。这对于嫌疑目标不明确的案子，时间上就有点被动了。

我们在办公室稍事休息，房间里还能隐隐约约闻到他们早上吃榴莲时留下的气味。相对于香味，人对自己厌恶的臭味更加敏感。我又有一种想逃离的冲动。

林霄坐在椅子上，一边用手抓着头发使劲地在那里挠，一边对我说："咱们要不去问问严祝的老婆王楠，我觉得她可能知道陶君的杀人动机，或者我们去走访陶君的同事，肯定会有所收获。"

我听完摇摇头："王楠那边可以去问，不过你看她那没主见的样子，你觉得她会知道严祝公司的事吗？不过死马当活马医，去问问也行。至于同事我劝你不要问，现在这事，他们公司还在保密阶段吧！"

看着林霄无精打采的样子，我也觉得困意袭来，不知不觉我进入梦中的世界。好巧不巧，刚做梦就看到一个面色发紫、双眼肿胀的人站在我的对面，仔细一看这个人还有点眼熟，好像就是死去的严祝。我吓得掉头就跑，可不管我怎么跑，他都出现在我的面前。我害怕到闭上眼，答应一定会将凶手绳之以法。再睁开眼，他就不见了。

"陆哥，醒醒！在这儿睡小心着凉。"王宇拿着一堆文件站在我的身边。

我一把抓住王宇："谢谢你，谢谢你。"

王宇被我突如其来的道谢搞得一头雾水："陆哥，你是谢我提醒你不要着凉吗？"

"我刚做了个噩梦，吓死我了。要不是你把我叫醒，我还在梦里看那个鬼呢！咋了？啥事啊？"

"你们带回来的呕吐物，我都做了。你猜什么结果，所有的呕吐物 DNA 都是严祝的，他怎么做到吐那么多的？"看样子王宇有点反胃。

我突然想到，陶君好像是不喝酒的，那这些呕吐物都是严祝的，那说明陶君长时间在搜集严祝醉酒后的呕吐物。而且要满足这么多次的收集，那两个人要经常一起出去吃饭。这也会给别人造成一种两人关系很好的表象。

"那些管子上有没有检出？"

"完全没有。"听到王宇这样说，我心灰意冷。这些管子如果没有检出严祝的 DNA，那就说明都不是作案工具，那很大可能作案工具就不在陶君家里。

"陆哥，有个很奇怪的事。"王宇对我说道，我从他表情里看到了不安。

"什么？"

"朱师傅送来的那把刀上竟然有严祝的 DNA，这两个案子不相关吧！"

"当然不相关，你没搞错吧？你是不是做实验污染了？"我顿时紧张起来。

"绝对没有，我先做的刀子，后来做你们带回来的管子。管子上没检出，肯定不会是管子把刀子沾染了。而且两个案子的检材，我一直是分开放的。"王宇一脸委屈。

"刀子上还有什么吗？"

"没有了，只有严祝的 DNA。昨天两个人打架，都说刀子是对方拿过来的，朱师傅才送来做 DNA 的。这是把新刀，基本没做出什么，除了严祝的 DNA。"王宇解释道。

我想了想对王宇说："你去把刀子再做一遍。这次万分仔细，确定没有被污染，再看看什么结果。"

"陆哥，你们都在这儿啊！哟！王宇你 DNA 结果出来了？这次挺快啊！"权彬也来到办公室并且调侃着王宇。

"阿彬，你有什么发现吗？"这家伙肯定有什么发现，进来的时候脸上的表情已经暴露了他兴奋的心情。

"有，当然有的，我在他手机里发现一个任职通知，再过一个月，陶君就要去广州的分公司做负责人了。"权彬兴奋地说，"那就是说，他变相升职了。那他应该不是为了上位才杀人，谁会知道自己马上升职了，还去杀人的？"

"那他就是有什么事，必须要杀掉严祝。你刚才说去广州，那他是不是必须在去外地任职之前杀掉严祝，严祝到底知道他什么秘密？"

"陆哥，我也是这样觉得的，于是我查了他的电脑和手机，又有了一个重要的发现。你猜是什么发现？"权彬这家伙也学着我的语气，吊大家胃口。我第一次感觉自己说话说一半有多么可气，不过想到林霄平时就这么被我折磨，我是不会改变的。

"你不说我们就走了。"

"我说！我发现他的一个邮箱里有好几封邮件被删过，他每天都有邮件，但是有几天删得很干净。我猜是批量删除操作，所以那几个日期，一封邮件都没有，我觉得很奇怪，所以尝试恢复那几天的邮件，结果让我发现了这个。"权彬说着从电脑上调出了一堆图片。图片是用相机拍的，上面是一些纸质文件，文件拍得很清楚，全都是一些资金流动的记账，但有个共同点，全是陶君签的字。毫无疑问，这些钱都出问题了。

"这些照片是陶君贪污或者挪用的证据吗？"我问权彬。

"我猜是的。"

"这些邮件是谁发给陶君的？是不是想要敲竹杠啊？"

"陆哥，我现在还没有查到是谁发的，除了这几张照片，看不出有敲竹杠的意图。给我的感觉更像是一种警告，像是想让陶君遵从自己，并不是勒索这么简单。"

"那这也没法证明就是严祝发的啊！而且陶君为什么会联想到严祝呢？"这让我很费解。

"除了严祝，陶君不会关联上任何人。"林霄不知道什么时候站在了我的身后，他非常笃定陶君看到照片就会知道是严祝发的。

"林蛤蟆你别张个大嘴胡说，凭什么？"

"凭这个！"林霄指着其中一帧照片。

冰球的关键作用

林霄指的照片，里面的文件旁压着一支精美的金笔。

"这是严祝的钢笔。可是陶君怎么知道？"我激动得喊起来。

"这支笔是陶君送给严祝的。"林霄说道。

"你怎么知道？"我好奇地问。

"我在勘查的时候看到放置这支金笔的架子，上面写着一段祝福语，是严祝生日时陶君送的。"

"那就更奇怪了，严祝为什么要发这么明显的照片？"

权彬兴奋地说："我就说是为了威慑陶君，并不是什么小角色来讹钱的。"

"至少现在推测出来的杀人动机，比升职加薪让人信服。"林霄说完，我也觉得陶君涉嫌贪污或者挪用的事，才是整个事情的导火线。但他此刻在医院还不清楚是死是活，想要问他，目前是不可能的了。

"我们把陶君可能涉嫌经济犯罪的情况反映给经侦大队，让他们调查研究吧，现在只能祈祷陶君能救治回来，取得他的口供。还有一件重要的事情，应该把凶器找到，毕竟要徒手把呕吐物灌入咽喉处是做不到的。"

"走，我们再去严祝家的小区，仔细找一找，兴许可以找到。"林霄表情坚定地说。

"好的，我们三探严府。"

"怎么从你嘴里说出来我们像飞贼一样。"

"走走走！事不宜迟。"我们两人又开着车向那座豪宅奔去。一个现场去三遍，传出去会被人笑死。不知道的人还以为我们办事效率低下。

当我们按响严祝家的门铃时，门很快就开了。

站在门后的是严祥，他见到我们急切地询问情况。但是我们并没有见到王楠的身影。严祥紧张地询问我，那表情就像是电影里拆炸弹的男主，手控制不住地颤抖，脸上豆大的汗珠像雨点一样渗出。

"严先生你放心，我们已经基本查实你弟弟是被谋杀的，嫌疑最大的人就是陶君。我们过来，第一是和你们家属说明情况；第二，顺便来这边再搜寻一下作案工具。"当我说明来意后，王楠不知什么时候出现在我们身后，速度之快让我无从反应，就像是刚才一直在那里躲着听我们讲话一样。

与早上不同，她穿着一身长裙，脸上化着精致的妆容，好像要出门一样。我看着她的样子有点吃惊，她似乎也察觉到我发现了异样，脸上露出些许尴尬说："警官你们来得及时，我刚要去老严公司帮他收拾一些东西，出这事也不能一直瞒下去，要和公司高层商量一下如何应对各个方面。你们说是陶君杀的我丈夫，他为什么这么做？他们关系一直很好，每次我家老严喝醉酒，都是陶君亲自帮着送回来的，他为什么要这样做？"

"可能你先生发现了他的一些不可告人的秘密。"我模糊地回答道。

"什么秘密呢？"

"具体情况我们也在核实。不过应该是他杀的人没错，作案手法和痕迹还有工具都吻合，你们放心，我们一定会将凶手绳之以法的。"林霄转移了话题，毕竟陶君涉嫌经济犯罪的事情我们没有证实，不能轻易透露。

"警官，你们有什么需要我大哥会配合你们的。我还有点事要准备一下，先上楼了。"王楠礼貌地打了招呼，从楼梯上去了。

"警官，我弟弟的遗体是不是还在殡仪馆？你们什么时候调查完？我想着人不在了早点让他入土为安，可能还要举办告别仪式。"严祥伤心地问我。

"你放心，我们很快就会有个结果，到时候会通知你们的。严先生我多嘴问一句，你弟弟有孩子吗？"

"唉！他们两口子结婚这么多年也没怀上，试管做了好几次都没结果。怎么这个也和我弟弟的死有关系吗？"

"这倒是没关系，只是出于职业习惯问一下。现在我们要去勘查一下屋外的情况，如果有需要再来找你。"说完我和林霄便提上勘查箱来到了之前小区监控里陶君停车只露个车屁股的地方。这个地方是小区道路的一个供车辆掉头的拐角，旁边就是茂密的灌木和花草。

"滴滴滴……"正当我们准备去事发地搜寻时，我的手机响了起来。

"王宇，怎么了？第二遍结果怎么样？"我看手机上显示着王宇的名字便接起来问道。

"陆哥，绝对没错！刀上就是严祝的 DNA。"听王宇这么说，我简直五雷轰顶，这是什么情况？两个完全没关联的事怎么会检出对方的 DNA？

林霄看着我惊恐的表情一把拿过手机，询问情况。手机那头的王宇将刀上检出严祝 DNA 的事情说了一遍，林霄也被震惊到了。

"老林，我现在脑子有点乱，是不是撞邪了？"

"你别胡说，我们整理一下，刀是朱胜霏给我们的对吧！朱胜霏给你你不要，因为这刀没用物证袋包住怕被徐老头骂，碰了这刀子的只有权彬和朱胜霏本人。"

"对对对！权彬和我们一起搜查的陶君的住处，那就是说很可能严祝的 DNA 是权彬在陶君的住处沾染上的，权彬的警服袖子接触过刀子。那权彬又是从哪里沾染上的呢？"说到这里我急忙拿起电话打给权彬。

"阿彬，朱胜霏强塞给你的那把刀上做出了严祝的 DNA。"

"不会吧！怎么可能？"权彬也是难以置信的语气。

"真的，做了两遍。我在想那把刀朱胜霏怕我们不拿直接横放在你的前臂上，刀身直接接触你的衣服袖子，可能就是那时候把严祝的 DNA 染上去的。你好好想想你在搜查陶君房子的时候都翻检过哪里。"我让权彬仔细回想着。

"健身房、客房、厨房，就这几个地方！"

"那你具体都经过了哪里？可能袖子蹭到什么地方了。"

"陆哥，我很小心的，除了检查冰箱抽屉那会儿碰到了袖子，其他时候都没有碰到。"

"你现在把衣服交给王宇让他在袖子上采样确定一下上面是不是有严祝的 DNA。"

林霄听完了我和权彬的通话，一边思考着一边说："冰箱里？陶君把呕吐物放在冰箱里了吗？他是怕味道大吧，毕竟都是醉酒后的呕吐物。"

"老林，他把呕吐物冻成冰块，用的时候还要化开才能灌，他不嫌麻烦吗？"我反问林霄。

"也许就是这样呢？你还记得吧，后备厢里有一堆呕吐物可能就是融化时掉出来的。"林霄推测着。

"别猜了，我们两个先找物证。"我说。

我们两人戴上手套和口罩，准备再搜寻这一片绿化带。突然，听见灌木里林霄大声惊呼："陆玩，你看这个东西像不像是我们要找的？"

我迅速跑到他跟前，只见他拿着一根长约 15 厘米、粗约 2 厘米的略带弧度的金属弯管。这节弯管的弧度，说真的，和临床上的气管插管非常接近。这节弯管一端有一个类似气球的开口橡皮碗套，另一端接着一节软管。

"老林我敢用我的脑袋保证，就是这个东西。这个和临床上医生的气管插管很像。"

"那你说这玩意儿怎么用？"林霄拿出一个物证袋，将东西装好，"算了，回去做两头的 DNA。如果一头检出严祝，另一头检出陶君，这案子就结束了。"

正当我们俩准备离开的时候，我突然感觉旁边房子二楼的窗户上有一个影子，可我抬头后那个身影又从窗户上消失了。

"老林，那个窗口好像有人在看我们。"

"你是不是太敏感，咱们哪次勘查现场没有人围观？"林霄的说法也打消了我的疑虑。他说得没错，看热闹的人永远都会在各个角落窥视你，再将看到的添油加醋传得面目全非。

"老林，也许是我疑心病太重，这东西找得也太容易了吧，按理说这种高档小区的物业都是很仔细的，怎么打扫卫生的时候没清理掉？"

"我是在草丛中找到的，昨晚到现在没清理掉也正常吧，再好的物业也会有偷懒的保洁。这地方本来就偏僻，不管怎么样，回去 DNA 确定了就是有效证据。"林霄说得没错，但是我心里总有种异样的感觉。

回到单位，王宇已经在等我们了，并且重点讲了要检验的部位。这种奇怪的工具肯定是人为制作的。

"林霄，现在要等王宇的 DNA 检验结果，反正没啥事，我们再去买几个雪糕吃。"我拉着林霄往后面的商店去。

"你疯了，吃多不怕拉肚子啊！"

"雪糕吃多了拉肚子都是小时候大人骗我们的，吃多了最多是头疼。"

"小时候偷吃冰棍，我妈突然回家，我一紧张把一大块冰棍咽下去了，食管直接被撑开，我差点被噎死。"林霄开始回忆童年的美好，而我在旁边听得突然呆住。

"林蛤蟆，我知道了！我知道这家伙是怎么杀人的了！"我抓着林霄的手死命地摇晃。

"疼疼疼，你轻点。有话说别动手，快被你掐死了。"林霄掰着我的手。

"我之前不是一直怀疑死者呕吐物的量不至于造成窒息吗？其实造成窒息的不只有呕吐物。"

"那还有什么？"林霄问道。

"应该说是冰。凶手将呕吐物冻成冰块，因为呕吐物里有大量的水分，在被冻成冰后体积会增大差不多三倍，这些冰冻的呕吐物会在死者咽喉部融化，造成窒息。除此之外，也能解释为什么他的后备厢会有一个车载冰箱。他在家里用呕吐物做了很多冰球，随后他从里面挑出来合适的放在车载冰箱里保存。因为经常和死者出去吃饭应酬，他只要等待一个死者严重醉酒的机会就可以下手。他早就做了这些准备。"

"所以我们刚才在后备厢里看见的那堆呕吐物下面有一片水渍，连他自己也不知道自己弄掉了一块。"林霄说道。

"对！那堆呕吐物就是遗留在后备厢里的冰融化出来的。"

"那他为啥要用冰格模具将呕吐物制作成球状？"

"这个好理解。第一，球状表面光滑，不会划伤咽喉部的软组织，因为自己呕吐出来的再被自己吸入窒息这个过程是不会划伤咽喉的，但是冻成不规则的形状，用力往咽喉捅入的时候会划伤咽喉，容易引起法医的怀疑；第二，球体容易往里捅入，人的口腔后面是由软组织组成的腭咽弓，可以看作一个类似单向瓣机械形状。一旦他制作的冰球推到严祝的腭咽弓之后，只要冰球大小合适，就很难被呕出来。陶君为了实现这一计划，肯定没少下功夫学习人体构造。"

林霄低头发着呆，没一会儿说："我看过一部电影，上面说用冰做子弹，打入人的身体，最后解剖找不到子弹，你说陶君是不是从这里找到的灵感？"

"不知道他是不是也看了这个，但情节很扯淡啊，子弹头飞出是靠火药燃烧产生的推力，要是冰做的子弹头，火药燃烧瞬间就把它烧化了。如果真的有这样的情节，导演和编剧可能没脑子。"

"对对对，电影里的侦探也是这样说的，最后发现是用骨头做的子弹头，所以打进人体就分辨不出来了。"林霄继续讲着电影的情节。

"扯远了，老林你说陶君为啥不把呕吐物做的冰球倒在马桶里冲掉？"

"可能是来不及吧！"

"我刚开始也是这样想的，但是刚才看到冰箱里的冰球模具，我才确定。你看那些模具数量有很多，他可能为了行动成功制作了很多大小不一的冰球，冰球本来就会漂浮在水面，再加上数量很多，一下冲不掉，想要冲掉最好的办法就是等冰球融化，但是他火急火燎地出门，只能带出去丢掉，这才是最快的毁灭方法。"

"陆玩，那你的意思是呕吐物不是灌进去的，而是做成冰球捅进去的？我们捡回来的那个奇怪工具怎么用？直接用这个金属管子将冰球捅进去的话，那这个橡皮碗的结构不是很多余吗？"

"你说对了一半。等放进去，凶手再对着软管一吹气，那边的橡皮套膨胀，对冰球的张力就消失了，抽出管子后冰球就留在咽喉处了。" 别说林霄，我一个见过临床正规插管的人都觉得这东西做得精妙。

"陆玩，如果你的推断是对的，那王宇的 DNA 结果就能给你证明。"

"嘀嘀嘀……"突然的来电又打断我的思绪，王洁的名字在屏幕上闪烁。

"喂，师妹，陶君情况怎么样？"

"抢救回来了，目前生命体征平稳，侦查员想在医院病房对他进行审讯，但医生不让。我表明情况后，医生才同意。师兄你也过来吧，他意识刚清醒。"王洁在电话那头说。

"那他有没有出现近事性遗忘？"我关切地问道。

"应该没有，他看起来一切正常。"

林霄疑惑地问我："你说的那个'近事'是啥来着？"

"近事性遗忘，是指有一部分颅脑受伤的患者对受伤前的事情记忆缺失。走，我们去医院看一下，这货就算不能录口供，至少先听听他说了什么。对了，先把执法记录仪带上。"

当我们来到医院，王洁就像一只等着开饭的猫，在病房门口打转转。

"师妹，他怎么没在 ICU？"

"他现在情况很稳定，有一个血肿，但是不大。师兄，我们进去吧。"我和王洁进到病房，林霄也混了进来。陶君躺在病床上，双眼无神地看着天花板。我们进来之后，他努力想坐起来，我顺手把他扶起来。

"谢谢！"陶君微弱的声音艰难地从嘴里挤了出来。

"你怎么样，有没有好点？"

陶君缓慢地点了点头，接着又闭上眼睛。

"你不舒服，我就简单地问你几个问题，严祝是不是你杀的？"

陶君点头："警官，严总死了吗？早上和我视频的是不是他？"

"不是他，是我找的人。"

"我猜到了，你把我骗惨了，差点被你骗得自杀。"

"你是怎么杀严祝的？"

"唉！我做了那么多准备，就是想骗过你们，结果到头来还是被看穿了。"

"那你为啥要杀他？"

"我不爽什么事他都要压我一头，我虽然是副总，但就是个摆设，只要有他在，我就啥也不是，于是我憋屈到想杀了他。"陶君的眼神里充满怒火。

"就因为这个？"

"对。"

"陶君，你看这是啥？"我把手机递到他面前，上面显示的是他邮件里的照片。他顿时傻了眼，半天没说出话来。

提线木偶

"陶君，我不问你经济上的事，我是刑警，我只问你杀人的事。你不要再隐瞒，对你没有好处，你撒谎抵赖还是坦白从宽记录仪都会拍下来，怎么决定取决于你，我不过是想给你个机会，你要想好。"听我说完，他沉默了一会儿，终于开口说愿意交代。

"你是怎么杀人的？"

"我用冰球堵住了严祝的呼吸道。"

"不是普通的冰球吧？是呕吐物冻成的冰球吧？"我死死地盯着他。

他将目光移到了旁边："是的，是用呕吐物冻成的冰球，我想伪装成严祝吸入自己的呕吐物致死。"

"你怎么想到这个方法的？"我质问他。

"严祝和我出去陪客户与合作伙伴吃饭，因为我自己不喝酒，所以好几次他喝醉都是我送他回家。每次把他放在沙发上的时候，他老婆都会说让他侧着躺，不然吐出来的东西吸进去容易窒息。然后我就想到这样杀了他不会引起怀疑。"

说到这里他一脸失望："我开始没想杀他，但是他三番五次像神经病一样给我发邮件，里面都是我挪用公款的证据。可是到了公司他又像没事人一样，什么都不提，我实在受不了这样的折磨。我问他怎样才能放过我，他却说什么都不需要我去做。我就是觉得他在玩弄我，所以我才决定杀掉他。"

陶君的回答让我吃惊，他说严祝三番五次发邮件威胁他，可是这样做除了激怒陶君有什么用？目的何在呢？一个这么大的公司领导，会做这样的事吗？听起来更像是恶作剧啊！

林霄示意我出去说话，我和他走出病房。

林霄说："老陆，你不觉得这个陶君一点都不像是个大公司的副总吗？"

"你是指什么？"我不知道林霄的感觉是不是和我的一样。

"我是想说我觉得他有点憨，就是没城府没心眼的那种，这种人怎么当上副总的？"

"老林，刚才这个陶君说，严祝三番五次给他发邮件，像不像小孩恶作剧让人火大？一个公司老总怎么会三番五次刺激一个性格憨蠢的人？像是想把陶君激怒。这个陶君也奇怪，我让严祥和他视频，他就被吓得落荒而逃，这个人有问题的。"

"不管他有没有问题，人是他杀的，这绝对没错了，案子算是了结了。"林霄语气轻松了许多。

可我觉得整个事情都不太对劲，虽然陶君的杀人方式有点出乎意料，但是很顺利地就抓到了他，还找到了证据，不对……不对……证据！我好像发现哪里有问题了。

"老林，我发现了一个问题，你等一下。"

我迅速拿起手机打给权彬："阿彬，帮我核实两件事，那些邮件都是从哪里发出来的。"

"陆哥，等一下，我刚刚查到了，这些邮件都是从严祝家的电脑发出来的。"

"我知道了，好的，回来给你们说个大新闻。"

我挂上电话一脸沉重地看着林霄。

"林霄，我跟你说，杀人的既是陶君也不是陶君。"

"陶君这个傻子，被人家利用了。我告诉你，真正想要严祝死的是他的老婆！"

"啊？不会吧！"王洁一声惊呼，差点没把我吓死，她从病房里出来刚好听到我说的话。

"嘘！师妹你小点声。"我激动得想要捂住她的嘴。

"老陆，我也不信。"

"你俩听我分析一遍，我从头跟你们说。我们第一次去现场勘查，严祝死在沙发上，他老婆是怎么说的？她说陶君将严祝背回家放在沙发上，走的时候陶君将西装外套盖在严祝身上，对吧？"

"对对。"众人异口同声。

"我们去现场的时候，王楠哭得稀里哗啦，但严祝喝成那样，衣服也没给脱，还穿着皮鞋，盖着西装外套就放他在沙发上睡了。王楠一没给他盖个毯子，二没给他脱鞋脱袜，她爱严祝吗？我不觉得。这是第一点。其次陶君说，每次严祝喝多了都是他背严祝回家，王楠都跟他说不要让严祝躺平，要吐了会容易窒息。我有种感觉，王楠是在故意提示陶君作案的方法。刚才我让权彬查了那几封威胁的邮件，是从严祝家的电脑发出来的。还记得邮件里那张有钢笔的照片吗？"

"记得。"

"那个照片上钢笔是放在文件左边的，文件上有用钢笔标注和圈起来的地方，用钢笔画完习惯性地将钢笔放在了文件的左边再去拍照，说明这个人是个左撇子。"我刚说完，王洁一脸激动。

"对对对，师兄让我闻死者的外套袖时，我就发现死者右袖的酒味重，因为死者用右手和人端酒碰杯，所以严祝是个右利手。那就是说发邮件的可能不是严祝，而是他老婆！"

"完全没错，我们王洁现在美貌和智慧并重了。除此之外，陶君说邮件收到过很多次。为什么会有很多次？因为王楠要反复刺激陶君，她要让陶君愤怒，只有让他愤怒到了某种程度他才会去杀人。陶君说他去找严祝问到底要怎样，严祝每次都装糊涂。我猜严祝可能真的是不知道，因为这一切都是他老婆在搞鬼。"

"老林，记得我们为了找证据最后一次去严祝家吗？"

"记得。他老婆不知道我们折返回去，穿得十分漂亮准备出门，见到我们她很尴尬。"林霄也记得王楠那次很反常。

"她那会儿根本没有半点悲伤的样子。我们找到那节管子时，在窗口看我们的就是王楠。"

"老林，那个窗口就是她家卧室。我把全部细节都串联起来了，陶君昨晚把车停在那里杀害严祝的时候，王楠就在窗口看见了。陶君这个蠢货不小心将管子丢在那儿。他开车离开之后，王楠又把管子捡回来，那里是监控盲区，我们看不到。"

"一进门我就和严祥说过我们是来找物证的，王楠不是说她有事要离开嘛，其实她是将管子放回那个拐角现场，还担心我们找不到所以一直在窗口看我们。这就是为什么我会疑惑保洁打扫卫生却没有捡走管子。借刀杀人的人最希望的就是人死掉，刀也消失，不是吗？我现在都怀疑，这个杀人方法都是王楠教给陶君的。"

"是的，师兄，刚才你俩出来，我就问陶君是怎么实施杀人过程的，他和我说用管子把冻成冰球的呕吐物捅到严祝嗓子里。我问他怎么没处理掉家里的呕吐物还有车载冰箱，他说和自己想象的不一样，原本以为很多事计划得天衣无缝，但到自己真的杀了人，看着别人在自己手里死掉的过程对心理的冲击力很大，杀人之后那种紧张和恐惧难以想象，就会忘掉很多细节，太慌张了就会有很多东西没来得及处理。我问他是从哪里学来的，他说是一个网友送给他的一本小说，我估计就是王楠。这个陶君智商绝对有问题，他是不是天华集团哪个高层的亲戚？不然怎么可能进得了这种公司。"

林霄想了想说："你说的这些好像解释了很多事情，但王楠杀人的动机呢？"

"这我就不知道了。刚开始我们就讨论过严祝死了，谁会获利，王楠就在直接获利者之列。严祥说他们两人一直没有孩子，王楠比严祝小那么多，她可能觉得没必要把青春浪费在严祝身上。没有孩子，严祝死了，剩下自己一个人会很惨，估计生不出孩子也是严祝的原因。与其被严祝耗死，不如杀了他继承他的遗产重新生活。当然这些都是我的猜测。"

"师兄你的猜测太恐怖了，这不是老婆，是魔鬼。师兄你咋知道他们没孩子是严祝的问题？"

"像他这种人，如果老婆生不出来，早出去找别的女人了。"

林霄摇头："陆玩，关于王楠是不是幕后策划者，我们没有证据。杀人的行为是陶君完成的，证据、口供、动机他都具备。这个事牵扯不到王楠，所以哪怕你分析得再有道理，法律也不会根据道理和推测裁决。因此你刚说的话，我们三个人知道就行了。这种大公司，没有确切证据，会很麻烦的。"

我不甘心，但林霄说得没错，没有证据能证明王楠是幕后黑手。我估计她会带着所有的钱和秘密远走高飞，而愚蠢的陶君都不知道自己做了谁的棋子。

事情过去三个月后，我的推测似乎得到了证实。

"老陆，我跟你说个事，你猜对了，严祝他老婆卖完所有的资产移民了。她这一走就说明你猜得八九不离十。"林霄说完，开始叹气，我感觉他对婚姻有了一层阴影。

我叹了口气对林霄说："好了，干活儿吧！我们的工作确实需要接触人性的阴暗面，但也有更多的美好需要我们去守护啊！"

004　浴室谋杀案

　　我的脑子也在飞速地回忆，这个小区应该交房有五六年了，如果是之前用剩下的电线，放在床下应该积灰很多。如果是最近放进去的，他家应该有修理的痕迹。当然，不排除有带出去用的可能。可为什么我们差点当着他的面看到这卷线让他那么紧张呢？

意外身亡

明明是阳光明媚的四月下旬，我却依然感到心烦意乱。

很多年没有碰到这么麻烦的事了。上一次还是跟着师父做检查，那会儿有他顶着，我并不慌，但现在是我一个人在处理这件事，如果出了问题肯定也是我一个人来扛，想逃都逃不掉。

为了保持清醒，我狠狠地揉了揉自己的脸，拨通了徐老头的电话。手机那头传来"嘟嘟"的等待声，每嘟一下，我的心就跟着紧一下。

"陆玩，你还坚持要做吗？"徐老头接通了电话，听起来有些不高兴。

"这事肯定有问题，我一定要做！但是……"

"你先告诉我，你能保证有好结果吗？"

"我不敢保证。但这个案子只有通过解剖才能知道结果。"

我讲完后，徐老头那边很久没有声音。

"陆玩，你有多少把握？"

"没把握。"我斩钉截铁地答。

"一定要做？"

"对，一定要做！"

又是很久的沉默，徐老头说："行，你去做吧！"

他挂断了电话。

我很清楚，这件事如果没有结果，对徐老头会有很不好的影响，跟着受牵连的还有我的职业声誉。但是，有的事哪怕不容失误，也要做！因为真相才是维护正义的最终追求。

我戴上手套，转身进入解剖室，对着早就等在一旁的王洁说："剖！"

三天前。

"师妹，你下午抓紧时间把手上的活儿清一清，明天趁你嫂子不在家，哥带你去玩。机会难得，你要准备好三天的换洗衣服。"

如果是王洁刚来的那会儿，我这样和她开玩笑，她肯定会当场暴跳如雷，让我别胡说八道。但经过长时间的相处，她对我的话已经有了免疫力，反而会说："好好好，你再说一遍我录个音，等嫂子打死你，我再去看现场。"

"什么样的师傅就有什么样的徒弟，你再这样跟着陆玩胡说八道，以后就真难嫁人了。"林霄看着王洁，摇了摇头。

王洁戏瘾上来了，学着《甄嬛传》里的华妃拿腔作调："不容本宫放肆，本宫也放肆多回了，还差这一回吗？"

"瞧瞧，现在这说话的语气和神态，简直和陆玩是一个模子刻出来的。"林霄假装痛心疾首。

王洁哈哈大笑，也摆出我那副死皮赖脸的招牌笑容，随后问我："师兄，你是说真的还是逗我玩，咱们要出差吗？"

"不是出差，是去省厅。省厅办了一个业务培训班，大师兄点名要我带你去，咱们学校的老师也被邀来讲课，龚师兄说几个师兄弟姐妹正好可以和老师聚聚。"

"真的吗？你是说龚君伟师兄？他现在是刑侦总队的支队长了吧？"王洁

兴奋得从凳子上跳了起来。

"是的，今年提拔的，你以前见过龚师兄吗？"

"市局招我们进来的时候给我们开过一个欢迎会，正好龚师兄那天在市局办事，他听到有咱们学校毕业的，就过来看看。那是我第一次见他，本以为大师兄会很严肃，没想到他非常和蔼可亲，一点架子都没有。"

"你认识他就更好了，明天系里的孙老师也会来，师兄晚上做东请我们吃大餐。这次去培训一共要三天，在省厅住两个晚上，估计你和别的女警一间房。等你收拾好，我顺便带你认识下其他同行。"我话还没说完，王洁就乐得屁颠屁颠地去忙了。

对于一线工作的法医来说，这样的培训其实是一种变相的福利。虽然还要上下班，但暂时远离了工作压力，身心得到放松。干我们这一行最累的，不是在解剖室里把尸体翻来翻去，也不是在现场忙上忙下，最累的是心。面对破案的压力，面对复杂的死因，常感到力不从心，没有方向。如果这时再有上面的压力，人会更加疲惫。

培训会上，王洁成了亮点。我们这行本来女法医就稀缺，更别说我这师妹颜值在线，活泼可爱，一露面就吸引了大家的注意。才半天的会议就已经有好几拨人来介绍对象了。看着这群殷勤的同行，我有一种错觉，来的不是培训会，而是相亲大会。

"陆玩。"一个熟悉的声音从我身后传来，转头就看见龚师兄亲切的笑容。

"龚总队！"这么多人在旁，我不好直接叫师兄，让人觉得我在套近乎，所以在公众场合，我都称呼师兄的职位。

"一进报告厅就看见一群人围着你，走到哪里都是焦点啊！他们是不是在拉着你跳槽？我几次想把你调到省厅来，你都不愿意，你可不能去他们那里哦。"

我凑近小声说："师兄，我要是个单身汉，你让我上刀山下油锅我都不眨眼，但现在拖家带口去省城，我家那位工作不能辞啊！"

"那我们说好了，要是我帮你解决了弟妹的调动，你来不来？"

"来！但我得把王洁带到能独当一面才能走。"

"好，这可是你自己说的。走，你和我去接一下孙老师。"

接下来的两天，培训进展得非常顺利。王洁下课后，还跑到省城的商场里一顿狂扫。

手机铃声突然响起，林霄的名字在屏幕上晃动，我心里有一种不妙的预感。

"喂？咋这会儿来找我，有人欺负你了？就说没我罩着不行吧！"

林霄不屑地冷笑："少在这里臭屁，你不在，办公室安静多了。不废话，今天有一个非正常死亡的犯罪现场，我刚看了回来，是爸爸带着女儿去看电影，回来发现老婆躺在浴缸，昏了过去。120还没到，人就已经死了。尸表没有伤，我就让人把尸体送到殡仪馆。本想等你培训结束再看一下，但局领导很关注这个事，老大叫你赶紧回来。"

"尸体表面没有损伤，家里就一个人……有没有他人入户的痕迹？"

"应该没有，门窗都完好，还是从里面锁死的，屋内也没有翻动或者打斗的痕迹。"

"门窗锁死，那他家是不是用的燃气热水器？会不会是煤气泄漏导致一氧化碳中毒？"

"应该也没有，男主人说进屋子时没有闻到。因为你俩不在，现在还没有抽死者的血液做毒化检测。"

"你把尸体照片发我看一下，包括最后从浴缸里捞出来的尸体。"

虽然我不在单位，但搭档这么多年，林霄很熟悉我尸检的内容。以往都是我检查他拍照，就算我不在，他也知道应该拍哪些部位。

林霄发来十几张照片，上面看不出尸体有特殊的尸变和外部损伤。一般来说，一氧化碳中毒致死的尸体都有典型的樱桃红样尸斑，这具尸体并没有这种特殊尸斑，但不能排除林霄他们去的时间离死亡时间很近，尸斑还未明显形成，又或者是现场光线原因，照片效果不明显。

局领导既然很重视这件事，那估计里面有什么隐情，看来我和王洁的这趟短假是放到头喽。

我去叫王洁，房门一开，一股化妆品香味扑面而来。

“陆玩，大晚上不睡觉瞎转悠什么？”

开门的是江州市局的叶惠姐，这大姐从认识我起，就热衷于给我介绍对象。我有了女朋友她都还在推荐，一直到我结婚才死心。王洁这回和她住一起，我能想象她经历了怎样的洗脑。

“哈哈哈，姐，看你说的。”

我俩互相打趣了一阵，我正色道：“姐，我来接王洁，单位出案子了。”

“你这浑小子也真是，这么晚你们还开车回天港。路上慢一点，记得照顾好我侄媳妇儿！”

她身后的王洁臊得满脸通红。我向叶惠姐敬了个礼：“保证完成任务！”

带上王洁，我们很快开上高速公路，往天港的方向飞驰。王洁显然对这次培训意犹未尽，问我这样的培训会一年开几次。看她憧憬大城市的样子，我仿佛也回到了刚参加工作的时候。

“师兄，到底啥事非急着让咱们往回赶？”

“一个非正常死亡，应该不严重。”

“那为啥火急火燎的？”小姑娘噘着嘴，一脸闷闷不乐。

"死者家庭背景不一般，局里比较重视。"

王洁来了兴趣，瞪大眼睛看着我："啥背景？"

"她妈是王母娘娘！"

平静的男主人

两个小时的车程后，我们回到局里。我把王洁买的大包小包搬到楼上，急匆匆回到办公室。

推开门的那一刻，有一束微弱的光从下而上，映在林霄脸上。他一脸僵硬地看我，被这漆黑的背景一衬托，我的魂差点都被吓出来了。

"林霄你在发什么神经！"我紧张到脏字都没说出口。

"等你们呗，刚趴在桌上睡了一会儿，听见你们上楼就起来了。"

"你咋不回家？哦，今天你值班。"

"走吧，去解剖室看那具尸体。"林霄拖着疲惫的身体站起来，仿佛背着两座大山。

看他如此疲惫，我做着准备工作，不解地问："为啥这么着急？你电话里给我说局领导关注，到底啥情况？"

"死者有一个姐姐，是省报法律、财经板块的主编，你也知道省报的影响力很大；她还有个哥哥，是一个知名网站的副总。她的家属对死因存在异议，现在局里担心他们操纵媒体，产生的舆论会影响公安工作，所以比较重视。"

"我一个法医都还没看尸体，也没做出死因的结论，他们有啥异议？"

"他家人非说死者是被她丈夫杀害的，现在局里就等你找死因了。"想到我马上要背负的压力，林霄脸上浮现出一抹同情。

我气急："去他的，他们说是被杀，就是被杀的？那要我们干吗？"

我叫上王洁，以最快的速度赶去解剖室。

林霄从知道我离开省城开始就让人把尸体从冰柜里拉出来解冻。这家伙果然靠谱。

因为是死在浴缸里，死者没有穿衣服，这让尸检更便利了。

尸表检查完毕，没有任何损伤，也没有出现特殊的尸斑。我抽取了尸体的心血，保险起见还抽了尿液，准备送去做毒理检验。一般像这种没有外伤的死者，首先考虑是否存在基础疾病，其次考虑是否存在中毒情况。

有的中毒具有代表性，比如氰化物中毒体口鼻处会有特殊的苦杏仁气味，急性有机磷农药中毒后瞳孔会缩小，这些情况很容易被识别出来。但还有很多药物中毒是不具有代表性的，这就需要进行毒化分析。

"尸表没什么问题，回去查一下死者的就医记录，看看有没有什么基础疾病，剩下的就等毒化分析报告出来再说。"我示意王洁打扫战场。

"最好是检出煤气中毒，要不家属那边还要到局里闹。"林霄补充。

我问林霄："他们有什么依据说死者是被她老公杀死的？"

"他们说死者和她老公关系不好，俩人经常吵架。"

"就凭这个？这娘家人是想分人家财产吧。你勘查现场时，死者老公是什么反应？"

"很平静，一直在安抚女儿，也是他打120报的警。感情不好的话，他这种反应也正常。"

第二天刚上班，王洁就拿着理化检测报告，一脸愁容地来到我面前。看着她闷闷不乐的样子，我心里咯噔一下，紧张地问："师妹，你别告诉我理化报告里多是阴性结果。"

"虽然我也很想说不是，但事实上死者的血液及尿液都没检出任何有毒物质。"王洁一脸失落，"师兄，我们现在怎么办？"

"别急，我们去查一下死者有没有什么疾病，看看她的医保使用记录和就医情况，再回来解剖。人不可能就这么死掉的。"

"我昨晚让所里的办案民警去查了，他说死者近一年来都没有生病，也从来没有大病的就医记录。那天出现场，我也问了她老公，他也否认死者有疾病，这和死者娘家人给的答案倒是一致。"林霄长叹了一口气。

"那只能去解剖了，没有去医院并不代表没有疾病。"

"陆玩，你觉得以现在掌握的信息，这个事件能否排除刑事案件？先不管家属怎么想，那不是我们能控制的。我们的目的是用事实说话，现在这就是事实，如果不是刑事案件，我觉得就不要再做多余的动作了。"林霄语气严肃，不容我反驳。

我知道他说得对，站在鉴定者的角度，我们首先要做的就是断定死亡的性质，揭示事情的真相，结果应该是中立客观的，而不是为了给谁一个解释。

"我并不是要将事情复杂化，我只想要知道她真正的死因。因为我只是做了尸表检查，她的死因目前没有结果。只有解剖后才能判断是否是溺死的，退一万步讲，只有把所有情况都排除掉，才能下非刑事案件的结论。"

林霄思考了一会儿："好吧，你要解剖的话，我和你一起。"

"去解剖之前，我想去她家再看一下，更重要的是我想见一下她老公。"

林霄很快带我和王洁来到死者居住的小区。因为男主人上班不在家，我们在小区的花园里等了很长时间。

等到后面，林霄烦躁地抱怨："老陆，你不觉得这男的太不正常了吗？他老婆死了，昨天被拉到殡仪馆，也没说去处理后事，还有心思去上班，仿佛死掉的是个陌生人。"

"谁知道呢。这要是我，别说老婆死了，就是你死了，我都会哭得死去活来的。"

林霄刚要骂我，还没出声就有一个男人出现在视野里。男人朝林霄挥挥手，林霄介绍："这个男人就是死者的丈夫，名字叫常蔚，在市地质勘探局工作，是地质勘探专业的工程师。"

男人的年纪在 45 岁左右，一米八几的身高，长相俊朗。从他黝黑的皮肤和健壮的身材可以看出，应该常从事野外作业。他的打扮很随意，纯黑色的夹克配着洗到发白的牛仔裤，透露出一股廉价地摊货的感觉，和这个小区实在不搭。

这小区算得上天港一流的高档小区，至少能排前五。高层的住宅在小区深处，靠前的是一排排独栋别墅，绿化很好，球场、泳池、健身房等设施一样不少，就连小区外访客车位上停放的豪车也多到吓人。

"林警官你好，你们今天来是有什么事吗？"男人主动和我们打招呼。

"这是我们局里的两位法医，陆警官和王警官。"

男人分别和我们握手，把我们带进他家。

进了家门，我很吃惊。虽说这是高层住宅楼，但房子的面积不小，整个房子是四室两厅两卫的格局，面积得有 180 平方米左右。屋里的陈设虽不是什么昂贵的古董家具，却也不是平价的行货。

"常先生，您爱人是做什么工作的？"我好奇地问道。

"她和我是一个单位的，是我们处的制图，平时也负责内部管理工作。"常蔚向我们解释。

"你家里出了这样的事，你们领导还让你去上班？"

"是我自己要去的，我去把瞿玲，也就是我爱人在单位的东西拿回来。"

"能把你爱人出事时的情况再给我说一下吗？"

"昨天下午五点半左右，我们吃完饭，我带女儿去看电影，我老婆说不想看外国电影就没去。我们看完电影回来，进家连叫几声都没人回应，我到处找她，最后发现她昏迷不醒，躺在浴缸里。我赶忙打了120，医生来之后人已经死了，我赶紧打110报警。"男人说完停顿了一下，"警官，我能去你们公安局开死亡证明吗？"

"等我们尸检过后就可以去派出所办理了。"

"那我老婆是溺水死的吗？"男人一脸焦急。

"这就是我们来找你的原因。我们要重新勘查一下你家的现场，还要对你老婆的遗体进行解剖。"

"还要解剖？"男人面露难色，"解剖这事我做不了主，要问她娘家人。现在她娘家人根本不和我联系，你们要不去问他们？"常蔚说着说着，表情愈发尴尬。

"公安局有权对死因不明的尸体进行解剖检查，还请你明白。我们现在先去看浴室的情况，有可能还需要看其他房间，如果你想的话，可以在一旁陪同。"

听到我的要求，常蔚没有表现出强烈的抗议，反而面带微笑地说："当然可以，你们请自便，如果需要我做什么你就直接说。"

"那现在需要你回答几个问题。"我直直地盯着他的眼睛。

一卷电线

面对我突然要求增加的提问，男人愣了一下，随后说："您问。"

"你带着孩子离开家的时候，你老婆在做什么？"

"她还在吃饭。"

我又问了几个问题，但并没有得到有用的信息，随后我和王洁、林霄一起走进卧室内的卫生间。卫生间非常大，被一道玻璃门分成干湿两块空间。浴缸旁边就是一个落地窗户，窗户上的玻璃采用的是单向透光的设计，从里面可以看到屋外的车水马龙。窗户的上方是一个可以打开透气的安全窗。浴室内有独立智能的排风系统，当浴室内的湿度和温度到达一定数值时，排风系统会自动工作，交换浴室与外界的空气。浴室也有自动检测煤气的装置。从这些设计来看，根本不会有煤气中毒的可能性。

浴缸长 1.2 米，宽 0.7 米，深 0.6 米，浴缸表面的材质为亚克力，清水与人体皮肤接触，不可能打滑。浴缸旁边的墙上还装了一个手机支架，泡澡的同时还可以追剧。

"这家的主人挺会享受啊！"王洁不由得感叹。

"你看这个才享受呢！"我给王洁指了指浴缸旁边的马桶，"这个马桶是全自动智能马桶，不仅可以清洗私处，还可以语音操作自动开盖，根据环境温度调节马桶圈温度。"

我们这次来他家就是为了看尸体的位置，现场的很多痕迹意义都不大，指纹、足迹只能判断有没有人入室，或者有没有其他外人来过。

我们刚离开浴室，常蔚就迎了上来，拿着洗好的水果递到我们三人手上：

"辛苦了各位，来吃点水果，到这边坐吧，喝口茶解解乏。"

王洁拿着勘查箱，接过常蔚递来的奇异果，一时没拿稳，水果滚到了床下，王洁一边说抱歉，一边弯腰去捡果子。常蔚突然从我身后迈过来，迅速蹲下身，他一手往后拽王洁，一手往床下摸，嘴里说着："我来我来，床下太多灰别把手弄脏。"

常蔚的力气很大，差点把王洁拽倒。捡起果子后，他迅速起身背对着床，不自然地朝我们笑笑。

从我进入这个家开始，对这里的第一印象除了档次高，就是屋子干净到令人诧异。他说床下灰多时，我有些意外。

"三位警官，我们去客厅坐下来聊吧。"常蔚招呼着我们。我故意走在最后，在他们要离开时，抽出脚，在床下迅速扫了一下，接着踩上拖鞋，跟着他们走了出去。坐上沙发后，我低头看了看袜子，上面一点灰尘都没有。

我给王洁发微信："刚才看到床下有什么东西了吗？"

"没看清。"

"我支开他，你再去看！"

我清清嗓子："常先生，能带我参观一下你家的其他房间吗？"

"可以。"

常蔚带着我挨个房间参观，走到他女儿的卧室时，首先映入眼帘的是满墙的奖状，有三好学生奖，还有参加舞蹈大赛、诗词朗诵大赛等比赛获得的奖状，可见孩子的优秀。小姑娘的房间被收拾得井井有条，书桌上放着几个相框，里面的常蔚和女儿笑得很甜。

"你的女儿真优秀！"听着我由衷的称赞，常蔚露出高兴的神情。

从常家女儿的房间出来，王洁坐到了我刚才坐的位置，这是在告诉我她已经完成了任务。

我们起身和常蔚告别，告诉他我们会尽快完成尸检工作。

"陆警官，你们如果知道了我老婆的死因，还请告知一下。人就这么突然离开了，我们总想知道原因。"

他看似恳求地看着我，我却从他的眼里看不到任何温度。

到了楼下，林霄发动汽车。车子刚出小区大门，我和王洁异口同声："这个男的有问题！"

"师兄，你也觉得吧，他不太对劲。"

"师妹，你先说说你的依据。"

"一进去我就觉得不对劲，主卧墙上的照片都是他老婆的，没有一张是常蔚的，更没有夫妻俩的合影。"

我也迫不及待地补充："而他女儿房里的照片上面则只有常蔚和女儿两个人，没有她妈妈。"

"师兄、林霄哥，你们俩相不相信相由心生，就是很多人的性格和长相是有关联的。"王洁一脸神秘。

"咋了，你这是相亲相太多，都成半仙了？"我不给面子地狂笑。

王洁气得狠狠地掐了一下我的大腿。

"王洁，掐腿干什么呀，你应该掐他的嘴。"林霄在一旁补刀。

"我说真的，师兄、林霄哥！我仔细看了那个瞿玲的照片，那女的长得一脸横肉，嘴角下弯，这种人十有八九都是刁蛮不讲理的性子，脾气也大，这面相就是凶恶之相。"小丫头一脸认真。

"可别神婆了，再这么下去就更找不到对象了。"话音刚落，我就迎来王洁一个大白眼。

林霄突然插了一句："之前不是说了吗？两口子关系不好。"

"我觉得女儿和妈妈关系也不咋样。"我补充。

"师兄，你为啥觉得他有问题？"王洁问我。

"你把水果掉到床下，他的反应太过了。他说床下有灰尘，但是我拿脚蹭了一下，根本没有。他把家里打扫得一尘不染，说明这人可能有洁癖，有洁癖的人看到灰尘一定会忍不住去擦掉，没道理其他地方干净就这里落灰。而床下没有灰尘就说明他近期肯定擦过，所以我让你去看床下放了什么，这东西绝对是近期放进去的。"

"师兄，这次可能是你太敏感了，床下面没什么，就是一小卷电线。"

"电线？什么样的？"

"就是普通电线，卷起来的，头上的一截还没有绝缘皮。"王洁观察得还挺仔细。

"电线上有积灰吗？"

"没有，看起来很新，而且卷得也不紧，像是人手工卷起来的。"

我的脑子也在飞速地回忆，这个小区应该交房有五六年了，如果是之前用剩下的电线，放在床下应该积灰很多。如果是最近放进去的，他家应该有修理的痕迹。当然，不排除有带出去用的可能。可为什么我们差点当着他的面看到这卷线让他那么紧张呢？

林霄突然打断我的思路："就算夫妻关系不好，他的反应也太冷漠，甚至不如一个陌生人。还有一点，他好像很想知道死因，没记错的话，关于死因这里，他问了你两遍。"

我回想见常蔚的整个过程，如果家属很难过很伤心，问我两遍死因我倒是不难理解，但把这男人的冷漠和对死因的执着放在一起想，很难不让人起疑心。

"林霄，先别回去了，我们再去见一个人。"

"谁？"

"他女儿，常蕊。市一中，高一一班，学习委员。"

冷漠的女儿

天港第一中学，这学校可不一般。五年前天港市教育局为了在省内提升自己地区的竞争力，打造了一个名校培养计划，就是所谓的招牌学校。做法就是吸引中考成绩优异的学生报考这一所高中，保证优质的生源。这样做后，周围区县的好苗子也拼命往这里挤，虽然确实将学校打造成了一个招牌，但这也造成了优质教育资源严重集中的结果。

天港一中名声在外，不是浪得虚名。整个校园的氛围都很积极向上，遇到的孩子全都干净挺拔，校服上连一个褶子都没有。

想想我小时候，衣服很难是干净的。那会儿我天天帮院子里的大孩子藏烟，和他们偷酒瓶藏废铁，和这里的孩子根本没法比。

我们来到高一年级老师的办公室，找到了常蕊的老师，说明想要找常蕊了解一些情况。

令人意外的是，这位白老师并未同意我们的请求，她说："警官，虽然协助你们是我作为一个公民的义务，但你们这样直接来学校询问我的学生，还是在没有得到她监护人授权的情况下，我不知道你们的询问会不会影响到孩子的心理，所以我不能答应你们与孩子会面。"

白老师义正词严，我一时间竟无法反驳。

林霄开口说："白老师，我们会注意询问的语气和内容，你可以在一旁陪同她。我很理解你作为老师想要保护学生的心情，但我们也有我们必须要搞清楚的问题，如果你执意阻止我们的调查行为，我们可以走官方途径，也可以私下去找这孩子，但如果是那样的话，你就更没法保护她了。"白老师思考半天后，很不情愿地同意了我们的诉求，前去班级叫常蕊。

王洁小声嘟囔："这老师怎么这么抵触我们？"

林霄煞有其事地回想："好像从我们提到常蕊开始，她的态度就一百八十度大转弯了。"

我们正说着话，常蕊已经跟着老师来到办公室。小姑娘看到我们，一时怔在原地。回过神来，她用手理了理自己的校服，身体笔直地坐在我们对面的椅子上。她看起来很平静，微微扬起的嘴角露出一个礼貌的微笑："叔叔好，阿姨……哦不，姐姐好。"她那与年龄不符的稳重和礼貌大方的问候，让我觉得刚才白老师的担心完全是杞人忧天。

"小姑娘，你就是常蕊？你的爸爸是常蔚，妈妈是瞿玲，对吗？"

"对。"

"关于你妈妈的事，我们有几个问题想问你。"我试探性地问她，怕丧母的悲伤会刺激到这孩子。

"叔叔你问吧，我没事的。"

看她稳重的样子，我实在难以相信她只是一个15岁的少女。

"昨晚看完电影回家，你爸爸是直接去了卧室的浴室吗？"

"他是这样给你说的吗？"她的回话出乎我的意料，这孩子居然没有直接回答我的问题，而是反问我一句。我一愣，看她的神情，她似乎已经判断出我见过她爸爸这一事实。

我只好硬着头皮继续追问："并没有。那你爸爸是不是一进屋就直接去了主卧的卫生间？"我的语气尽可能强硬，希望能在气势上压倒她。

"叔叔，我不清楚，我爸爸先进的家，我在后面看手机，走得很慢。等我到了家门口，我爸已经从家里出来，让我不要进去，还把手机拿走打了120。"

"那你是什么时候进的家门？"

"过了一会儿我才进去的。"小姑娘依然很平静。

如果是这样，昨天的情况从她这里就什么都问不到了。

"你爸爸妈妈关系好吗？"我不死心，继续追问。

"什么样是关系好？"

"他们会不会经常吵架？"

"是夫妻都会吵架吧？不过我爸妈吵架很多时候是为了我。为了孩子吵架，也不算感情不好啊。"

这个小女孩很聪明早熟，回答你问题的同时还在反驳你已经认定的主观判断。

"你妈妈有饭后泡澡的习惯吗？"

"我妈妈泡澡没有规律的。"

"她出事你不难过吗？"我忍不住问出心里最大的疑问。

"警察同志，这样问不合适吧？"白老师显然是出于愤怒，直接阻止了我的提问。

"没关系的，白老师。"女孩拉了拉老师的衣角，又看向我，"叔叔，我已经哭过了，现在不想哭了，因为哭也没有用，我妈妈再也回不来了。这一切就像你问我的那些问题一样，没什么意义。"她保持着微笑，每一句话却都在反击我。

我注意到她的右手食指缠着创可贴，右手的拇指也有一道很长的划伤，便尽可能温柔地问："你的手怎么受伤了？"

"昨天上楼摔了一下，碰到台阶上了。"

"好的，我的问题问完了。谢谢你小姑娘，你很坚强，希望你照顾好自己。"

结束了对小女孩的问话，我们三人从学校出来。回到车上，林霄不急着发动汽车，他的手指点着方向盘："这哪儿像是15岁的孩子，冷静稳重又聪明，老陆这一趟没问出什么有用的东西啊。"

王洁坐在副驾驶，身子转向我这一边，一脸沉思，说："说真的，我一点都不反感这孩子，反而有点喜欢她。不过师兄，下一步该怎么办？这孩子这边啥也没问出来。"

"谁说没有问出来？这孩子问题大了！我现在至少敢说，瞿玲的死绝对不是意外或者疾病，这里面绝对有问题，我要是判断错，我就把头砍下来！"

林霄侧过身子翻了我一眼："你看他那个兴奋劲，一刻也闲不住的样子。真不理解你，遇到这种难搞的事，不怕麻烦，反而往前冲，你是不是受虐有瘾？"

"我就是喜欢难搞的案子。越是不清不楚的事情，越可疑。走，我们去殡仪馆解剖室，这父女俩越是奇怪，我就越要解剖尸体，搞清楚死因。"

林霄一脚油门，我们离开学校往解剖室开去。一路上，常蕊的样子在我脑海里挥之不去，一个孩子到底遭遇了什么才会对自己的母亲如此冷漠？

远超出她年龄的成熟甚至让我心生怜悯。她的老师是不是也因此才要保护她？

不对，那个白老师肯定知道什么我们不知道的事情！

车子开到了解剖室。下车后，我对王洁说："师妹，赶快去和殡仪馆管理员联系，让他把瞿玲的尸体拉出来解冻。我们去找点东西吃，解剖完大概要三个多小时，死因不明确的可能耗时更长，多准备一些福尔马林，估计这个尸体的很多器官都要做病理切片了。"

王洁马上就去做准备工作，林霄从后备厢里拿出相机，一边查看电量一边检查内存。他摆弄完相机，抬头看着我说："老陆，你解剖之前我要给你说个事。"

"干吗一脸严肃的？你要说啥快点说。"他这个死样子我太了解了，这表情就是要泼凉水的前奏。

"你解剖之前得给领导请示一下，毕竟第一次勘查后领导都认为这是一个非刑事案件。你要是解剖后确定是非刑事案件，家属再到局里闹，领导就太被动了。你最好先说一下，不要自己决定。"林霄总在最关键的时候提醒我，虽然大多数情况下我不愿意听，但是这事他说得对，我不能让徐老头太被动。

我很快拨通了徐老头的电话，清了清嗓子说："徐主任，我们今天调查了昨天那个非正常死亡的事情，发现有很多疑点，为了找到死因，我想要解剖这个尸体……"

徐老头语气严肃地打断了我的话："陆玩，我正要给你们打电话。这个尸体你不能碰！你们赶快回来！"

尸检

"为什么？为什么不能解剖尸体？我现在严重怀疑这个女人的死是刑事案件。"

"局里面下的命令。"

徐老头所说的理由并不能说服我，我不服气地说："不是她的娘家人坚决认定是她丈夫杀死的吗？还去局里闹了，局里不是也一直催着我们拿出一个结果吗？"

"死者的娘家人通过一些关系，委托上一级公安机关接手了案件。"

"什么意思？公安机关的管辖权是有明文规定的，怎么能说移交就移交？就算是上级机关也只有协助指导的权力，最多是监督权。按照程序，如果对我们的鉴定结论存在异议，是可以申请上级机关对我们的鉴定进行重新鉴定，但是哪有直接干预我们办案的？"我很生气，快要控制不住自己了。林霄在旁边一个劲地拉扯我，示意我闭嘴。

徐老头语气变得很无奈："我实话给你说吧，这个死者的娘家人有能力引导舆论，局里的意思是交给上级机关处理，我们这种区县局的说服力度不足。"

"说白了就是不想担这个责任呗！"

"陆玩，你别犯浑，我提醒你一下，服从命令听指挥，就这样！"徐老头挂了电话。

王洁不知所措地看着我，林霄则轻轻拍了拍我的肩膀："陆玩，不要解剖了，如果你带着王洁解剖，就是违抗命令，不要拿小姑娘的前途试错。"

"我不是不明白这个道理，可是最先接触案子的是我们啊！你也看到了，常蔚肯定有问题，现在把案子交出去，谁知道会出什么情况？人命关天，错过机会就什么证据都没有了！"明知道气愤最没用，但我越说越激动。

我摘下帽子口罩，快步走出解剖室，准备透透气。

回想这三天的经历，我实在不甘心，又给徐老头打了电话。

经过一番争论，他问我是不是一定要做，我说是，他最终同意了解剖。

我回到解剖室，招呼王洁和我一起解剖。

"师兄，刚才你给徐主任打电话，我在旁边没听明白，他是说要把这具尸体交给上级解剖吗？"

"不只是尸体的鉴定，整个案子都要交过去。"

"师兄，我有个想法，也许不成熟，但是你可以听一下。"我停下了手上的动作，耐心等她的下文。

"局里要把这个案子交到上级公安机关，也没说是交到市局还是省厅。如果是交到省厅，那就是龚师兄来主检，到时候给他说一声，我们去帮忙不是一样能参与吗？"

王洁的话瞬间点醒了我，果然情绪激动会影响判断，我对这丫头真是刮目相看了。

林霄也说："王洁说得对，就算这案子不移交给省厅而是给了市局，你师兄作为全省法医的扛把子，去参与工作也没什么不行，谁会出来干涉？我们对这案子有疑心，到目前为止只是猜测，连推断的依据都没有，这尸表检查你也看过了，解剖也不一定能得到预期结果。你师兄如果参与进来，对尸检也是极为有利的，你觉得呢？"

林霄这番话说得很有道理，我在想接下来该怎么处理。林霄遇到事情要比我冷静得多，也很细心，有这样的搭档是我命好。

从解剖室出来，我拨通了龚师兄的电话，详细地说了目前案子的情况和我们所掌握的线索。

龚师兄听完后对我说："这案子最后谁来办没关系，不管领导层面最后决定哪一个单位来立案调查，我都会出面来处理。就算交给你们市局也没事，我可以去和他们刑事技术的负责人交涉，大家一起来完成尸检工作。只是听你说的情况，目前尸表没有任何损伤，也没有疾病史，毒理检验也没发现什么问题，那现在的重点就是死因的确定。你们要不等我一会儿？我现在过去，快的话一个多小时就到，我也问问你们市局的老胡主任要不要一起去，我们可以省市区三级公安机关法医联合解剖。"

"好的好的，有师兄坐镇，我这就安心多了。那我把我们解剖室的位置发给你。"挂断电话，我将电话沟通的结果告诉林霄和王洁。

王洁用一块白布将瞿玲的遗体盖好，她安静地躺在这冰冷的解剖台上，不知道她死的时候是不是很痛苦，她死的那一刻是否清楚自己为什么会死。我们要做的就是要她开口"说话"，让她把生命最后一刻的经历告诉我们。

作为一个法医，查明真相很重要，但更重要的是坚持心中的正义。

等待是漫长的。"车已经进入了殡仪馆大门。"似乎过了很久，我终于收到了师兄发来的信息。

"老林、王洁，龚师兄他们到了，我去门口迎一下。师妹，你去准备两套隔离服和手术衣。"交代完后，我赶忙从楼上跑下去，大老远就看见一辆警车开了进来。龚师兄和市局的刑侦支队刑事技术主任胡法医从车上走了下来。

"师兄！胡主任！辛苦你们了，这么大老远还劳烦你们跑过来。"我连忙上前与两人握手寒暄。

"哈哈，还有什么是你陆玩搞不定的？咱们市局下属区县分局里面的所有法医数你陆玩能力最强。我早就想把你要到市局来了，问你几次都不愿意啊！"胡主任连吹带捧，高帽子戴得我都有点不好意思了。

"胡主任，你知道我想要陆玩来省城的，一下车就和我抢人，你心眼怎么这么多？"龚师兄打趣道。

我递上两支香烟："两位领导不要拿我开玩笑了，这么远过来坐车辛苦了，上去休息一会儿吧！"我给警车司机也递了一支烟。

"小陆，我们就不休息了。路上你师兄已经把情况说了，我们上去先干活儿，忙完正事再宰你一顿饭就好，哈哈哈。"

"胡主任可别顾着宰我师弟，别忘了，你还欠我一顿呢！"龚师兄拍了拍胡主任的肩膀。

胡主任刻意挤出一脸无奈："龚支队，我欠你的我还，来这里了，我总不能喧宾夺主啊！"

两位领导说着话就上了楼。换好衣服后，他们戴上口罩手套，和我一起走进解剖室。

王洁与林霄向两位领导简单打了个招呼，我们便开始手头的工作。

我向他们介绍情况："两位领导，之前我已经做了尸表检查，没发现任何损伤和异常，您二位要不要看一下？"

"毒化那边排除中毒了吗？"胡主任问道。

"是的，已经排除了所有常见毒物，并且实验数据也在毒理库里比对过，死者没有中毒。"

"直接解剖吧，我们来看看所有的组织器官，看有没有内在的病变。"龚师兄示意我们开始解剖。

我准备采取传统的一字式术式下刀。深吸一口气定神，当手术刀接触到死者皮肤的那一瞬间，龚师兄突然说道："等等，陆玩，我有一件事要和你确认！"

口腔内的色素改变

"师兄，什么事？"

"死者家的热水器是燃气的吗？"

"是的，他家的热水器很高级，还有节能智能通风系统，如果燃气泄漏会立刻启动通风系统，而且死者的体内没有检测出煤气中毒的征象。"

"行，你先解剖吧。"

身边站着两位经验丰富的老法医，读书时期被老师盯着考试的紧张感久违地回到我心中，但一旦开始解剖，我的心思就又回到了尸体上。

尸体解剖检验发现死者呼吸道喉头、气管处的黏膜存在炎症肿胀，口鼻深处存在少量白色泡沫。但未发现肺脏体积增大和肺脏溺死斑等特殊改变。除以上阳性表征外，没有发现任何其他的异常。

"师兄，你看死者的口鼻和气管都有明显的溺水迹象。"王洁用手术钳撑开尸体的上呼吸道向我们展示其改变。

"没道理啊，浴缸总长 120 厘米，浴缸底部应该还不到 120 厘米，而死者的身高 165 厘米，如果发生溺水，她只要腿蹬一下就可以坐立起来。"我转头问林霄，"老林，你第一次去现场时，浴缸里的水有多深？"

"45 厘米。我去的时候医生已经将死者抬出来抢救了，以这种水位高度判断，死者不应该会溺水。"

龚师兄俯下身子，仔细地观察着死者气管内黏膜的情况，接着拿起手术刀在肺脏做了一个横切口，随后用力挤压肺脏，观察切面情况。他说："虽然气管处和口鼻处都有溺水的表征，但是肺脏并没有明显的溺水征象，说明溺水是有的，但这不是致死原因。"

"龚师兄，我在想死者会不会因为溺水引起了心脏疾病最终造成死亡。"

龚师兄说："不排除这种可能，现在肉眼检查各个器官没有看见存在器质性的病变，检查心脏也没见冠状动脉狭窄，但有没有其他疾病还要做病理切片镜检。"

胡主任在一旁一言不发地看着尸体。龚师兄看向他，说道："老胡，说说你的看法。"

胡主任慢悠悠地说："我遇到过一个案子和这个很像，死者也是全身没有伤，也没有中毒。他是被电死的。"

"电死的尸体应该能见到电流斑的形成，可这个死者完全没有。"王洁不解地说道。

"小姑娘，不是所有的电击致死都会有电流斑留下，有两种情况就没有电流斑。一种是电流斑不在体表而在体内，我遇到的一个案子就是这样，死者体表没有损伤，最后发现是被人将金属导体插入肛门后通电致死的。这种电流斑因为太隐蔽，很容易被疏忽。另一种情况和这具尸体很像，死者在水中浸泡，电源不直接接触人体，而是通过水导电使人触电，这种间接性电击就不容易形成电流斑。这是由于水与身体接触，皮肤电阻减小、导体接触面积大而导致的。"

"有没有这种可能，死者触电后导致骨骼肌痉挛，致使轻微溺水，所以气管有了溺水反应，但是还没等到严重溺水时，死者已经身亡，或者电流导致呼吸中枢麻痹，所以没有吸入大量的水。"我说了自己的猜测，巴巴地看着两位前辈，想从他们那里得到肯定。

龚师兄说："我们再仔细找一下电流斑。除去体表，重点放在人体开放性通道，各种地方的黏膜都看一遍。"

我们随即检查了尸体各处，连鼻孔和耳朵都没有放过。

这几人里，王洁毕竟是新人，容易有疏漏的地方。

我问她："口腔里检查过了吗？"

"刚才用手指检查过牙齿。"

一般的尸表检查中，口腔部位主要检查牙齿。因为牙齿的排列有很大的个体差异，还有治疗特点、义齿等特殊信息，这些有时可以作为个体识别的依据。但检查口腔时往往很容易忽略口腔内的黏膜。

我用手术钳翻开死者的口唇，用力松动她的下颌关节，打开口腔。林霄帮我打着手电，借着外部光源，我看到在死者右上第二磨牙位置的口腔颊黏膜处有一块色素改变。

"这里的黏膜好像不一样！"

"陆玩，直接用手术刀取下来。"龚师兄指示道。

王洁用手术钳配合我撑开口腔，我拿着镊子夹住黏膜变色处，用手术刀将其取下。当这块变色的黏膜展示在解剖台灯光下时，大家都很吃惊。

"这块就是电流斑吧？"不止王洁觉得像，我也觉得非常像。

龚师兄仔细观察着这块黏膜，随后拿起手术钳，再次撑开尸体口腔，借着灯光观察。没一会儿他起身说道："这一块应该不是电流斑，但有件事可以确定，死者肯定遭到电击了。"

看着我和王洁不解的眼神，龚师兄解释道："与这块黏膜相接触的磨牙有三分之一的牙冠是劈裂后修补的钛合金义齿，也就是我们常说的'假牙'。这块看着和电流斑极其相似的伤处，实际是钛合金义齿被电流刺激，温度升高后造成的电热烫伤。你们看，这块黏膜损伤的形状和义齿在黏膜上投影的形状完全一样。陆玩，为了验证我的猜测，你用这块黏膜损伤做病理切片，电流斑在镜下会有很明显的特征改变。"

"现在我知道你开始问热水器是不是燃气的原因了，其实龚支队长一开始就怀疑死者是被电死的，只是觉得可能是电热水器漏电造成的，我说得对吧？"胡主任看着龚师兄。

龚师兄点了点头。

我激动地看向林霄和王洁："林霄，还记得常蔚家主卧床下的电线吗？我总算知道他为什么怕我们看见了。线索一联系起来，他的嫌疑程度更大了！"

林霄叹气："现在我们可能遇到了更麻烦的问题。"

"是啊，死亡现场是自己家，实施杀人的又是共同生活的配偶，现场所有物品上的痕迹、指纹、DNA 都不具有说服力，况且从死亡到现在已经过去这么长时间，该清理的怕是早都清理了。"

大家都沉默了。

其实命案现场最害怕的就是我说的这种情况，死者和凶手经常出入的场所会使很多客观痕迹失去证明力，更别说凶手有充裕的时间清理现场。现在要想找到证据简直比登天还难，这个事情要从长计议。

完成了尸检工作，我们一起去吃晚饭。胡主任当场表示，就算案子交给市局立案侦查，我们三个也可以参与后续工作，如果有好的侦破方向，我们三个做主力都可以。

送走了两位领导，我和林霄、王洁开车往局里赶。一路上，我都在想怎么找证据锁定凶手。

回到单位大院，我打开车门，王洁看着窗外，若有所思，林霄则盯着方向盘发呆，他们俩都不动。

"你们俩在想什么呢？"我率先打破了沉默。

"我在想，床底下的那捆电线估计只是用剩下的，已经没有信息价值了，他用来接电的电线已经被处理掉了。"林霄越说越无奈。

"那你呢，师妹，你又在想什么？"

"我在想那个小女孩。她如果知道杀死妈妈的凶手是爸爸，会是什么反应呢？恐惧，还是愤怒？这孩子给人的感觉很奇怪，就像是没有感情的机器人，虽然面带微笑但是很淡漠。"

"我在想，如果我们没法从物着手，不如从人着手。人一定有软肋。我们还需要更了解我们的对手，才能把他变成我们的猎物。"

"师兄，听起来好厉害，你打算怎么做？"

"我……不知道。哈哈哈！"我嘴上说着不知道，却仍然摆出一副胸有成竹的样子。

"看把你厉害的。"林霄不屑地看着我。

"这个常蔚的嫌疑越来越大了。明天我们去调查常蔚身边的人，搞清楚他到底为什么想到去杀人。如果只是因为夫妻感情不好，不至于到杀人这一步，里面肯定有其他的利益纠纷。"林霄提出一个建议，虽然我觉得没什么新意，但至少指出了一个行动的方向。

我拍了一下林霄："走，今晚好好休息。"

扫地机器人

听到"咣当"一声撞门响，我挣扎着从宿舍床上爬起来，只见林霄拎着个早餐袋丢给我，里面是两个包子："快起来吃早饭，瞿玲的案子局里没有移交给市局办，由大队接手。徐主任给大队汇报了咱们昨天解剖的结果，大队要听你汇报情况再决定是否立案，你快起来。"

"我就说，咱们局还能阿猫阿狗叫两声就不敢干活儿了？"我麻利地从床上下来，穿上警服叼着包子去洗漱。

等我们来到局里，大队听完我和林霄的汇报后决定立刻立案调查，侦查员也将常蔚传唤到局里。这给了我们更大的便利，我们决定再探常家。

来到常家，我和林霄直奔卫生间。

"你觉得他是从哪里接的电？"林霄虽然在问我，但以我对他的了解，他一定有自己的猜测，只是想知道我俩的看法是否一致。

"这个浴缸靠着窗户，如果我是凶手，要用床下那种电线将电引到浴缸肯定要具备两个条件：第一是电源离浴缸很近，如果太远，看到地上拖着一根线，谁都不会进入圈套；第二是电压要大，一般不会采用移动的蓄电池，汽车的电瓶才 12V，根本不足以电死人。凶手使用的应该是 220V 的室内电源，而且这样做非常方便收拾现场。能满足这两个条件的地方就是那儿！"我指了指浴缸旁边的智能马桶，这个智能马桶的电源插座完全符合。

林霄点了点头："我现在有个疑问，凶手应该不会就这么把电线搭在浴缸边上，这个浴缸也是绝缘的，他是怎么让电线和水接触的呢？"

"我们换一个角度想，如果是你，你会怎么做？"

"我会从浴缸底部进线，将电线接在浴缸下水的水漏上，这样一旦打开水漏就会触电。"

"那就要给浴缸钻个洞。"

我和林霄开始检查浴缸，并没有发现浴缸上有任何开孔。我们正在疑惑，门外传来了权彬的叫喊。

"你查监控发现了什么？"我期待权彬能带来好消息。

"楼道和电梯的监控都显示常蔚在出事的时间段里回到家后又下过楼，那时他手里拿着一节电线，还被弯成奇怪的形状。等他再出现，就已经是带着医生上楼的画面，这时候手里的电线已经不见了。"

权彬将平板递给我，他已经拷贝好监控视频，正在播放监控录像。

"等等，这里能不能放大？林霄，你来看看。"

"怎么了？"

"你看常蔚手里的电线是不是很奇怪？"

"你是说他将电线形状弄得很奇怪？"

"不是。你看电线的长度，这根本不够从智能马桶电源接到浴缸，差老远了。"

林霄接过平板仔细查看，视频里常蔚正下楼去接医护人员。

"陆玩，你看他着急给医生护士带路的样子，像是杀了人吗？"

"也许人已经死了，装个样子呗。毕竟监控、保安、医生都看着呢，很多凶手都会掩饰自己的真实情绪。"

"这家人是做什么的？这家里的东西都好高级啊！"权彬插了一嘴。我转过头，看见他正在摆弄一个扫地机器人，便解释道："这两口子是事业单位的普通员工。你是不是挺费解？我刚开始也不相信工薪阶层能买这么好的房子。"

"这女的娘家挺有钱的，娘家贴补也不一定。"林霄补充道。

"阿彬，你又在摆弄啥呢？一个劲儿地夸高级。"我看权彬还在玩那个扫地机器人，生怕他弄坏了人家的东西。

"陆哥，这扫地机器人自带摄像头，有监控的功能！"

"这有啥高级的？"

"一般家庭的监控是固定死的，固定死就会有盲区，这种扫地机器人自带监控，主人可以根据需要控制它，实现对全屋进行监控。"权彬一脸得意，仿佛他就是这机器的设计者。我检查了一下这台扫地机器人，发现里面的储存卡不翼而飞，但也有可能是云储存，用不着储存卡。

"好了，你别在这儿叨叨了，和打广告一样，你没事去看看他家的电脑。"

权彬接着去检查常蔚的电脑，我和林霄还在原地苦思冥想。我反复看着电梯和楼道门厅的监控，突然想到一个问题。

"林霄，侦查员现在应该在审讯常蔚吧？"

"对。怎么，你又要去插手？"林霄一脸警觉。

"不去，因为问了也是白问，他都把房子清理干净了，敢报警就说明根本问不出来。"

"那你要干吗？你不去呛人就谢天谢地了。陆玩，我都怕你了，你真是凭一己之力让侦查中队对咱们避之唯恐不及。"林霄无奈地摇摇头。

"他们要审就去审吧！走，咱俩去常蔚的单位去问问他同事，说不定有突破。"林霄一脸不情愿地被我连拉带拽拖到车上。

不到20分钟，我们来到了天港地质勘探局。接待我们的正是常蔚的顶头上司，勘测组的负责人张主任。

张主任满脸堆笑，等听到我们想要了解常蔚夫妻的情况时，他沉默了一会儿，慢条斯理地说："常蔚是个好同志，工作完成度高，也经常帮同事加班，在单位口碑很好。至于他们两口子的矛盾，谁家没个脸红吵架呢？有几次是吵得挺凶，单位出面调解，两个人都是我们单位的员工，单位领导怎么会不关心呢？但那都是很久以前的事了。他老婆的事我们都觉得很惋惜。他没啥事吧？怎么还惊动公安局了？"

我忽略他的疑问，继续提问："他们两口子之前是因为什么闹到单位来的？"

"唉！还能有什么事，婆媳关系呗！常蔚的老妈想孩子，就过来看看孙女顺便住几天，没待几天两人就吵起来了。"

"那次闹得严重吗？"

"那次我不在单位，不知道现场啥情况，但听别的同事说挺厉害的。瞿玲她们部门的同事应该了解得多一点，你们待会儿可以问问。"

张主任很快为我们引荐了瞿玲的两个女同事，两人一胖一瘦。才说清我们的来意，胖大姐就直接问我："警官，你们是来调查瞿玲死因的？你们是不是觉得她不是意外身亡的？我也觉得她不是。"

"对对，我们都觉得不是。"瘦大姐也附和。

"你们为什么这么觉得？"

"警官你可不知道，瞿玲脾气特别大，而且极不讲理，尤其是对他家老常，整天跟训儿子一样地呼来喝去，我们都惹不起她。有一次他俩吵架，两口子吵急了，她直接当着婆婆的面用拖鞋扇了老常一巴掌。她婆婆在旁边气得说：'你当着我的面打我儿子，你再扇一个我看看！'结果她又扇了老常一巴掌，最后就和婆婆闹到单位来了。"胖大姐越说越起劲，这绘声绘色的描述仿佛她在常蔚家偷安了个摄像头，每天的工作就是偷窥一样。

瘦大姐接着说："全单位都知道老常怕她，常蔚他们部门的人也坏，经常拿他开玩笑，部门吃饭还故意拍视频给瞿玲看，没两分钟老常就被电话骂回家了。还有一次，瞿玲在办公室吹牛说他家老常听话，大家说不信。她直接一个电话把老常叫到办公室，老常唯唯诺诺地来了，她就向我们炫耀说：'我让他来，他敢不来？'"

胖大姐一脸好奇："警官，你就和我们说实话吧，瞿玲是不是老常弄死的？"

"我们就是来了解一下情况，你们不要乱猜。"

胖大姐说："警官，就算你不说，我们也都是这样想的，是个人就受不了瞿玲。上次老常他妈来了，老常出野外不在。老常他们家是智能家电，可以网络操控开关断电。瞿玲折腾老太太，在手机上把电断了。但老太太也不简单，她是个大学老师，文化水平很高，人家自己下载了个 App，把家里的网络电插座都弄通了，这可把瞿玲气了个半死。后来她趁着老太太出门，把大门的指纹锁密码改了，老太太进不去屋，一生气直接回了自己家，再没去过瞿玲家。你说说，这样的女人，哪个男的能受得了？"

"对对，关键瞿玲第二天还在办公室炫耀，说她把婆婆关门外面。我们问她就不怕老常回来找麻烦，她说老常不敢。本以为老常回来两个人会干仗，没想到老常吭都没吭一声。要不说单位里的人也瞧不起老常。"瘦大姐越说越气。

"那常蔚的妈妈是个怎样的人？"

瘦大姐一脸激动："老常的妈妈我见过的，他家常蕊小学时和我儿子在一个班，有时候我接孩子会帮着把常蕊带回来。那时候因为有瞿玲，他妈妈经常见不到孙女，只能等孙女放学，祖孙俩见见面说说话。我有时候也会和她聊天，老太太一个人生活很孤单，所以也喜欢和我聊。"

"那她有没有表现出对瞿玲的不满？或者对常蔚两口子有什么情绪？能和我仔细说说吗？"

"我想想……好像没有，有时候我也会说起老常在单位遇到的事，当然也会提到他受瞿玲欺负的事。听到这些，老太太总会转移话题或闭口不谈，我也能理解，谁想听到自己儿子这么窝囊的事，有时候她听了也只是叹气。其实我说给她听，无非是想通过她告诉常蔚做人要硬气一点，我们做同事朋友的都这样说。他妈妈也肯定会意识到问题的严重性，她是大学教师，有知识有文化，肯定可以帮常蔚想办法。"

"瞿玲平时是怎么评价她婆婆的？"

"我来说，我来说！"胖大姐抢过话头，"瞿玲那个人，从来没给过她婆婆好脸色。刚生孩子那会儿，婆婆来带孩子她就看老人不顺眼，回来上班更是天天说她婆婆坏话，什么衣服洗不干净，做饭不合胃口，感觉她婆婆连呼吸都是错的。我就纳闷了，以她的经济实力也不是请不起保姆，看不惯婆婆，干吗还让人家来带孩子？"

"那他们婆媳两个产生过直接冲突吗？"

"那倒没听说。瞿玲说每次骂老太太，老人都躲开任她发火，但老太太越这样瞿玲越火大。反正老太太心理素质是真挺好，关键是有修养，冷静，从来不拱火。"胖大姐继续说，"我要是常蔚，我早就不和她过了，这哪儿是老婆，这就是母老虎。"

"大姐，这样说的话，瞿玲的这些家事，你们也看不惯喽？"

"谁能看得惯？谁不是娘生爹养的，干吗受这个气？刚开始单位还有很多人同情老常，时间长了大家都在看笑话，再后来都麻木了。瞿玲这性格在单位也和很多人结下了梁子，反正在她心里不管什么事都是别人不对。"正说着，瘦大姐似乎是突然意识到我的身份，扯了扯胖大姐的衣角，示意她不要再说下去。

两位大姐绘声绘色地描述常蔚两口子的关系，我知道里面避免不了添油加醋，但事情肯定是真实发生过。王洁第一次去现场就说瞿玲面相凶恶，果然被她说中了。从两人的关系出发，常蔚是有杀人的动机和理由的，但离婚就可以解决的问题，何必要闹到杀人这一步呢？

我正听八卦听得入迷，电话响了。

"喂？师妹，什么事？"

"师兄，侦查的人说常蔚承认杀人了。"

畸形的家庭

"怎么回事，常蔚交代了？他怎么说的？"

"我也不清楚。师兄，你们快回来吧！我在门诊验伤呢，我忙完就过去问问。对了师兄，那块口腔黏膜组织切片结果出来了，没有发现黏膜上皮细胞发生纵向拉伸和栅栏状、旋涡状改变，只有热作用下上皮细胞融合坏死脱落，细胞核水肿伴空泡改变，应该排除电流斑可能，就是热灼伤。"

"好吧！我知道了！"

挂断王洁的电话，我和两位热心的大姐道了别，和林霄开车往回赶。

林霄很兴奋地同我说，回去要问常蔚是怎么把电接到浴缸上的。我看他兴奋的样子，却一点也高兴不起来。

常蔚肯定是查了很多资料，才学会用水将老婆电死这种隐蔽的杀人方式。用这种手法就是为了掩人耳目，他又费了这么大的劲儿伪造自己不在家的证明，应该清楚我们没有掌握实质性的证据，那他是傻了吗？突然承认自己杀人？

从监控一开始显示他丢掉电线，又显示他主动接医务人员，再到后面他积极配合的态度以及王洁看到床底时表现出的慌张，这些矛盾都集中在他身上，让我越发糊涂了。

"老林，你说会不会有一种可能，常蔚布下陷阱杀了瞿玲，后来又后悔，所以才打 120 积极救治。"

"你一会儿问他吧！"

正说着，我们回到局里，勘查设备都没有放下就直接去了审讯室。

还没走进审讯室就听见里面乱哄哄的，叫喊声、哭声、骂人声混杂在一起。

正要进屋，门突然从里面被推开，狠狠地砸在林霄脸上，林霄瞬间捂着鼻子蹲在地上，鲜血顺着指缝流下来，疼得他直流泪。

我刚要张嘴骂人，只见里面冲出来的不是别人，正是侦查中队的刘峰。他捂着胳膊，五官都要拧到一起。我以为他是和林霄隔着门撞的。一问才知道，常蔚趁他们不注意，要撞门自杀，刘峰拦着他，自己却撞到了铁门上，刘峰的手臂别在铁门栅栏上，被撞到骨折。

常蔚很快就被控制住了，情绪非常激动。人暂时是问不成了，我赶忙扶起林霄，带他回办公室拿无菌棉给他止血，顺便在他的鼻骨处按压检查，看是否骨折。

"还好你的鼻骨够硬，居然没断，铜头铁臂小钢蛋。"我故意拿他开涮，林霄疼得直皱眉头，也不愿意理我。

权彬正巧从外面进来，看到林霄的惨样，一脸不解："林霄哥这是咋了？"

"偷看女邻居洗澡被人家打的。"

"陆哥，你又胡说八道了。"

"真的，幸亏我跑得快，要不我也被打。"

林霄白了我一眼，看向权彬："你别理他。常蔚的电脑手机上有没有什么发现？"

"正想找你们说呢，没发现！不光没发现，瞿玲死的时候常蔚不是带着女儿去看电影嘛，但他手机上根本没有购票记录。"

"是不是他把购票订单删掉了？"

"林哥，你觉得我想不到这点吗？"权彬有点生气。

"哈哈，我就是猜测，那你的意思是他没有买票？也许是用现金现场买的呢？"

我补充说："有这种可能，如果用现金买票，那售票员也就成了他的证人。对了阿彬，常蔚的手机还在你这里不？"

"在的，电脑也在。"

"他有没有搜索过关于电击致死，或者怎么杀人不留痕迹之类的信息？"

"没有，我确定没有这方面的搜索痕迹。"权彬肯定地告诉我。

"他的手机密码你破解了吗？我想看一下他的手机。"

权彬很快拿出一台破旧的手机，递给我的时候特意嘱咐："陆哥，点的时候用点力，他这屏幕有点不好用。"

手机上贴着一张便利贴，上面写着密码。我按密码输入后，手机一点反应也没有，我茫然地看着权彬："这啥玩意，咋还黑屏了呢？"

"你再等一下，他的手机反应很慢。"

大概过了几秒钟，手机才显示出图标，这些图标还不是一下显示出来的，而是从屏幕由上到下，一点一点显现的。

"我的天啊，这手机扔了都没人要，我妈用的都比这个快。"林霄在一旁摇头。

"这是常蔚的手机？住着豪宅的人用这么破的手机，他自己是不挣钱吗？"

林霄叹息着说："豪宅是她老婆的，手机估计是她用剩下的。就这家庭地位，看来刚才那两个大姐说的也不是空穴来风。"

"这算啥？我破解了他手机后查看了他的支付宝，他支付宝和其他的支付软件没有绑定一张银行卡。每月初他老婆都会给他打一笔零花钱，你们猜有多少？"

"三千？"林霄脱口而出。

"一千？"我直接砍掉三分之二。

权彬冷笑着摇了摇头："四百！"

"啥？那还过个屁！"我跳了起来，"这日子活得还不如狗，买狗粮都不止这点钱！"

林霄也在摇头："可想这男人活得多窝囊。"

"到底是什么支撑他在这样的家里卑躬屈膝地活着？"权彬十分费解。

"是孩子。"我肯定地说，"从他和女儿的合照里可以看出来，照片里的他笑得很开心，那笑是真正发自内心的。我觉得他没有离婚的原因就是舍不得女儿。"

"我也越来越理解他为啥杀妻了，要是我早就离婚了，他怕离婚要不来女儿的抚养权。毕竟老婆娘家势力那么大，而自己口袋里连一千块都拿不出来。"林霄的语气充满了怜悯。

"权彬，把他的微信聊天记录调出来，我们看一下。"我转头嘱咐道。

"我已经拷出来了，咱们直接在电脑上看。"

在常蔚的聊天记录里，和他交流最多的就是女儿，其次是母亲，他几乎没有主动和老婆聊过天，因为瞿玲总在使唤他。

其中常蕊和常蔚的几段记录引起了我的注意。

"爸爸，你带我走吧！我们去个没人找得到的地方！"

"傻孩子，你不上学了吗？你考一个好大学，这是爸爸最大的愿望了。"

"爸爸，我可以去别的地方上学啊！一样可以考大学！"

"别的地方你就上不了这样的学校了，你好好学习，你上大学了爸爸就去你大学附近租房子照顾你。"

……

"爸，你们离婚吧！"

"蕊蕊，你是不是觉得爸爸很懦弱？"

"没有！我从来都没觉得你懦弱，我知道你都是为了我才这样生活，你很坚强，你比别人都厉害，你是在为了我容忍这一切！爸爸，你相信我，我一定会好好学习考一个好大学，不会辜负你的期望。"

……

"爸，我今天得了全省物理竞赛二等奖，不光有奖金，我还得到了参加全国竞赛的资格。"

"我们家蕊蕊好厉害，这辈子有你，是爸爸最大的幸运。"

"我会考上好大学的，你也要记住你答应我的事，陪我一起去上大学！"

想到那个稳重得如同小大人一般的女孩，虽然她表面说"哪有夫妻不吵架"，可她自己明明也在这畸形的家庭里深受其害。

"师兄，你们怎么没去审讯室？我还去那里找你们了。林霄哥，你的脸怎么了？"王洁推门而入。

我和林霄异口同声："你是从审讯室过来的吗？"

王洁点点头，我赶忙问道："常蔚怎么样？情绪稳定了没？"

"听看守的辅警说还好，他怎么了？"

"你看你林霄哥被常蔚打的。"

"刚才就想问了，林霄哥脸上是怎么回事？"王洁关心地问道。

我摆出一副惊恐的表情："我也不知道，一开门就看见常蔚在打来福！"

"你给我滚！没个正经！"林霄狠狠捶了我一拳。

供词不实

《九品芝麻官》的梗逗得王洁和权彬哈哈大笑。我笑了笑，正色道："不开玩笑，师妹。也不知道侦查那帮人给常蔚说啥了，他一个劲说自己杀的人，还寻短见。"

"我去看的时候他还好好的，只是坐着发呆。"

"走！我们去看看这个倒霉蛋。"

我们四人一起来到审讯室，与其他被抓进来的人不同，常蔚很安静地坐在角落里，呆呆地看着墙壁，随即沉重地叹气，默默流着泪。我不知道他在想什么，但能感觉到这不是因为杀人而流的泪。

"常蔚！"我轻声唤他。他转过头，看到我来明显愣了一下。

"陆警官，早上那位警官没事吧？我不是故意的。"常蔚说的第一句话居然是在担心早上被他撞伤的人。

"他没事。你呢？你为什么要自杀？"我直勾勾地盯着他。他却移开目光，不与我对视。

"故意杀人会被枪毙，反正也活不了了，我想自己了结。"

"你如果死在这里，我同事是要被处分的。"

"对不起，我不知道。我……我没想给你们带来麻烦。"他的眼里满是内疚。

"你要是真不想麻烦我们就不应该杀人，更不应该选择这样隐秘的方法。"

他沉默不语。

"常蔚，你为什么杀人？"

他突然崩溃地吼道："陆警官，你知道我这么多年过的是什么日子吗？我就不是个男人，单位同事笑话我，看不起我，父母我照顾不了，家里的亲戚朋友都不和我来往，这一切都是瞿玲造成的。我没有尊严，没有人在乎我，我过年过节不能去自己家，只能去她家当牛做马。她一个不高兴就把我丢在高速公路上，任何场合只要她愿意，随时会把我骂得狗血淋头。我受够了，我不想再这样没有尊严地活着了，就这样一了百了吧！"

"你真的觉得没人关心你吗？你女儿呢？她这么努力学习难道不是为了考个好大学和你一起离开吗？"我说话就像石头一样砸在他心上，常蔚开始埋头痛哭。

"常蔚，聊点你作案的事吧。你是怎么杀的人？"

常蔚情绪稍微和缓了一点，平静地说："给浴缸通电。瞿玲有泡澡的习惯，我就是利用这个习惯杀了她。"

"你就不怕电到你女儿吗？"

"不会的，我一进家就去浴室拔了电源。"

"然后你就把电线扔掉了吗？"

"是的，我丢掉了。现在应该已经被收走了。"

"你就不怕电到你自己吗？"

常蔚语塞。

我不紧不慢地说："你是不是断掉电源总闸后，将电线通电连到浴缸，离家去看电影的时候再合上电闸的？"

常蔚点了点头，随后低头看向地板。

"回答我！"

"是的。"他头也不抬地说。

看他的样子，我实在不想继续问下去了。

人就是这样，当你面对一个十恶不赦的暴徒时，你会愤怒，愤怒会让你失去悲悯之心，你会毫无顾忌地惩罚他。但当你面对一个人，他的良善都用罪恶做伪装，你又怎么下得去手裁决他？

"林霄，走吧！"

林霄没有多问，直接和我离开了审讯室，王洁和权彬紧跟在我俩身后，很是茫然。

从办公楼里出来，看着蔚蓝的天空，我用力伸了个懒腰，很想大叫两声，把心里压着的巨大阴霾驱散掉。

"师妹，你去拿一下 2535 的车钥匙，咱们出去散散心。"

"散心？去哪里啊？"王洁疑惑。

我没有回答她，只是催促她快点回来。

"老陆，我知道你在想什么。是不是突然不想办这个案子了？"不愧是相处多年的老搭档，林霄一语点破了我的心思。

"你说对了一半。我不光是不想继续办这个案子了，我甚至后悔之前执着地去找死因。"

林霄认真地看着我："走吧，我们一起去把事情搞清楚。"

"师兄你们两个在说什么，什么搞清楚，不是已经清楚了吗？"王洁将车钥匙递给我，还是满眼问号。

"走吧，和我去了你就知道了。"

这次我开着车，车开得很慢，一点都不像是要去查案。我要去面对一个我内心深处不想面对的事实，可我的工作就是揭露黑暗，哪怕我不想揭露它。

有时犯罪就像是阳光下的阴影，不论阳光多么强烈，都无法让阴影消失。

我们来到了常蕊的学校。

"师兄，我们来这里干吗？"

"来确定一件事，或者说来终结这个案子。"

"烦死了，从刚开始话就不说完，吊人胃口。"王洁生气地噘着嘴巴。

林霄拍拍她的肩膀："他还真不是卖关子，他是难以接受事实。"

"什么事实？"王洁追问着林霄。

"这案子破不了的事实。"

"为什么？"王洁和权彬异口同声地发问。

"没有能直接证明凶手施行杀人行为的证据。"我转头对林霄说，"老林，你去和那个老师沟通一下，把常蕊叫出来吧。"

林霄去了白老师的办公室，我们三人则在教学楼下的门厅等待。

"叔叔，不用去找老师了，我来了。"

一个小姑娘的声音从我身后传来，我们齐刷刷地回过头去，常蕊就站在离我们不远的地方，亭亭玉立。她穿着一身干净的校服，个子虽然很高，稚嫩的面容上洋溢着孩子的气息，脸上却挂着不符合她年纪的冷笑。她那双能够洞穿人心的双目直直地盯着我，没有躲闪也没有回避。

我有些不适。

"警察叔叔，我们去学校的阶梯教室谈吧，那里没有人。"她头也不回地朝阶梯教室走去，我们没办法，只能跟了上去。

到了阶梯教室，她转过头，脸上还是刚才那副礼貌而冷淡的微笑。

我深吸一口气，说："常蕊，为什么把妈妈杀掉？"

微笑的人偶

当我问出这句话时，王洁和权彬都吃惊得瞪大眼睛。女孩的神情却没有丝毫改变，就像是个永远保持笑脸的人偶。

"我没有杀人。"她依然微笑。

"你没有杀人？你是在赌我什么都不知道？"

"叔叔，你怀疑我是因为你们第一次来找我那会儿，我没有表现得很悲伤吧？可我哭不出来，人最难控制的就是情绪。"她收起笑容，陷入沉思。

"常蕊，回答我的问题！为什么杀掉自己的母亲？"

"警察叔叔，你这样随便讲话不合适吧？我没有杀她，我不难过只是因为我妈走得很快，没经历什么痛苦。"女孩冷静地和我谈论着母亲去世的过程，像个局外人一样，没有任何情绪波动。

我压抑着心里的愤怒："你怎么知道她不痛苦？你又没死过！"

常蕊不语。

"常蕊，你是看着她死掉的吧。"

"师兄，你在说什么？她那会儿不是在看电影吗？怎么会看到她妈妈的死亡过程？"王洁一脸不解。

我看着常蕊："是你说还是我说？"

常蕊微笑地看着我，眼里却有几分轻蔑："叔叔，你是想让我自己说出经过吗？你在录音吧？"

看她的神情，也许她知道我们并没有掌握实质性的证据，所以才如此猖狂。

"把你的手机给我。"

"学校里不让学生带手机。"

"王洁，搜她的身。如果搜不到就去她班里搜书包，搜寝室。"常蕊看我不把事情弄得尽人皆知就不罢休的样子，稍微犹豫了一下，将裤兜里的手机递给我。

我翻看着她的手机，捣鼓了半天也没有找到想找的东西。

"卸载得够快的啊！"我将手机交给权彬，"阿彬，看看她手机有没有装过控制智能插座和扫地机器人的软件。"

权彬不愧是我们电子物证的顶梁柱，没一会儿就把常蕊手机里的全部软件找了出来。

"常蕊，你不愿意说，那我和你说。你应该给你爸爸打过好几个电话了吧？他一直没接。我相信你已经猜到了他是被我们抓住了。你这会儿也在权衡吧，如果我们没有证据证明他杀了人，那你也就不用担心了。如果我们有证据证明是你杀了人，那你也不怕，因为你还不到 16 岁，不用负完全刑事责任。如果我们阴差阳错地找到证据证明他杀了人，那你就会跳出来承认一切保护他，你是这样想的吧？你也在观察，看我们进行到哪一步，好决定自己要不要跳出来。"

小姑娘嘴角扬起一抹笑意："叔叔，那你们有证据吗？"

"有证据我就不会和你在这里谈了，不是吗？"

"叔叔，那你是来逮捕我的吗？"她的脸上竟看不到一点恐惧。

"我只是来证实我的猜测。"

她扬起头，神色倨傲："那你说吧，叔叔。"

"说实话，两个小时前，我还认为是你爸爸杀的你妈妈，直到我给他提供了一个与事实不相符的作案行为，他不仅没有发现漏洞，还主动承认是自己所为，那时我就知道他不是凶手了。他跳出来承认一切是为了保护你，更确切说是要保住你的前途。当我意识到你可能才是凶手后，我将之前的所有疑点全部串联起来，发现全都解开了，所以我更确信你就是凶手。"

"师兄，你是从什么时候开始怀疑她的？"

"常蔚之前有意隐藏床下那捆电线，我们解剖也发现尸体是在水中触电导致窒息的，所以凶手肯定碰过电线。常蔚可能是发现床下的电线没来得及处理，所以才慌慌张张地隐瞒。而我第一次见到常蕊，发现她的拇指指腹和食指桡侧均有一个划伤，她当时说是在楼梯上摔的。但是这两处伤痕很明显就是去捋电线的绝缘皮被铜芯划的。我从那时候就开始怀疑她了。"

"然后呢，师兄？"

"我先说一下她的杀人过程吧。我们当时推断凶手是将电引到洗澡水里让死者触电而亡，这就固化了我们的思维，所有人都觉得凶手是用电线将智能马桶电源直接接到洗澡水里，但现场的条件完全不能做到。随后我们看到监控里，常蔚下楼去接医护人员时，手里拿着根奇形怪状的电线。那根电线的长度更不足以将马桶下的电源接到浴缸里。

"我一直都在想凶手是怎么做到的，在哪儿学到的用水让人触电而不留损伤这样的知识点，肯定是上网查。我还真看到一条新闻，一个小男孩对着变压器撒尿被电击致死。我们一开始都想错了，凶手其实不用将电引到浴缸里，水就是导体，也可以导电，凶手只要将电引到水管上，死者只要开水淋浴就会触电身亡。后面我再打开监控，发现常蔚丢掉的那节电线，正好是从马桶电源连接到淋浴上水管的距离。"

王洁不解地问："如果是这样，死者一碰到水龙头就会触电，可她是洗了一半澡才触电的。"

"听我接着说，我刚开始也有这样的疑问，直到权彬和我说他家的扫地机器人很高级，带监控，手机可以操纵它的行进路径并能通过上面的摄像头观察家里的情况，后面还发现他家有能联网的可控制的插座头，这两个东西都用上，她只要从扫地机里看到她妈在浴缸里打开花洒再通过手机遥控马桶插锁通电就可以完成杀人行为了，所以虽然她和爸爸人在电影院，但她还是用手机完成了整个过程。常蕊，我说得对吗？"

常蕊面无表情地看着我，像会呼吸的木偶。

"常蕊，你唯一的破绽就是回到家还没来得及将电线处理掉就被你爸爸发现了，他急着去扔电线反而没有注意电梯和楼道门厅的监控已经将他和手里的电线拍了下来。我说得对吗？你还有什么愿意补充的吗？"

我说完这一切，常蕊仍然没有任何情绪波动。她远比我想象的要成熟稳重，一个十几岁的孩子能将所有的事情计划好，还知道怎么应对我们的调查，我怀疑背后有人教她。

想要攻破这个案子，除非她爸爸跳出来指认她。但这也是不可能的。

"陆哥，你看这个。"权彬说着将常蕊的手机递给我，权彬复原了她删掉的浏览记录。她手机上查找浏览了大量电击致死的文章和信息，但这些同样没有证据效力，不能直接证明是她实施了电击。

"警察叔叔，我还要上课，你们没事的话，我就先走了。如果还需要我做什么，请向我的班主任请假。"

"你我都知道没有证据不能拿你怎么样，我只想知道你为什么要对亲生母亲下手，难道只是因为她欺负你爸爸吗？"

"叔叔，我再说一遍，我没有杀她。我妈的死是个意外，你们从我这里得不到任何想要的东西。我提醒您一下，如果没有证据，你们就要把我爸爸放了，传唤的时间快到了，至于我家的事，就不麻烦您操心了。"

离开学校前，我们询问了常蕊的班主任。据老师说，常蕊曾两度自杀过，她的母亲有极强的控制欲，长期对女儿和丈夫进行辱骂和精神虐待，老师可怜常蕊，所以在学校里将她保护得很好。

回去的路上，林霄的车开得更慢了。我看着街景，心情愈发烦闷。

很难相信这么一个挖出了疑点却因证据不足而无法侦办的案子出自 15 岁少女之手，到底是怎样的母亲会将一个少女逼出杀心？更让人羞愧的是，对她我们根本束手无策。

"陆哥，你看这是什么？"坐在后座的权彬探着身子，将一个东西递到我面前。

"常蕊的手机还在你这里？"

"我有一个问题想要搞明白，所以私自把她的手机带回来了。"权彬一脸严肃。

"有什么问题？"我问道。

"杀人者可能有帮凶！"

死胡同

权彬的话就像炸雷一样惊动了所有人，林霄一脚刹车将车停在路边，车里的气氛凝固到冰点。权彬看起来似乎被我们三人盯得发怵，弱弱地解释："我猜的啊，这事要不就是有帮凶，要不就是凶手另有其人。"

"依据？阿彬，依据是什么？"

"刚才恢复了常蕊手机里的数据，发现她曾安装过家里扫地机器人和智能网络插座的 App，我就又把这两个软件下回来，也都登录上了。后面开始尝试恢复之前的数据，扫地机器人监视器的操控数据都保存在云端，我查了一下，常蔚带女儿看电影的那段时间，操作扫地机器人的账户并不是常蕊，而是别人。”

林霄稍加思考：“常蕊会不会有别的手机，用那个号连了扫地机器人？”

“这就不知道了，也不排除这种可能。我还看了智能网络插座，这个没有操控数据记录。我现在要拿手机回实验室破解其他软件，看看有没有什么重要的信息。”

林霄点着油门，车子再次飞驰起来。

回到局里，权彬第一时间拿着手机去了实验室。

我坐在办公桌前，心情十分烦躁。如果真按权彬所说，常蕊有一个帮手，那刚才去常蕊那里无疑是打草惊蛇，原本以为找出常蕊已经是事情的结尾，没想到事实比我想的要复杂。也许常蕊真的是用另一个账号掩人耳目，我不能小看这小姑娘，她的心智绝对可以媲美一个作案高手。

等待将时间无限拉长。我看着时间一点点流逝，心急如焚。

“陆哥，结果出来了！”突然，权彬一脸兴奋地冲进办公室。

我和林霄、王洁也激动地从座位上弹了起来。

“我破解了她手机里的所有资料和软件，仔细检查了她聊天软件里的信息，发现她没有和任何人提过作案。后面我又联系了网警大队，让他们协助从 App 公司的数据里查到了另外一个用户的注册信息，然后得到了注册的电话号码，你们猜怎么着？”

说到关键点，权彬一脸神秘莫测。

“咱们打他一顿吧！”随着我的提议，林霄已经挽起了袖子。

“别别别激动，这个电话号码登记的身份信息是常蔚。我挺纳闷儿，后面想到用常蔚的手机拨打这个号码试试看，结果显示的是妈妈，这是常蔚母亲的电话号码。"

"不会吧，一个老太太？你们该不会怀疑是老太太用这种手段杀人吧？"王洁一脸惊愕，连连摇头。

"怎么不可能？完全有可能！你千万不要小瞧她，常蕊的老师说，常蕊成绩优异性格沉稳都是因为奶奶平时教导有方。常蕊从小就是奶奶带大的，祖孙俩关系很近，除了常蔚父女俩，奶奶也是在那屋子住过的，里面的情况她都了解。关键是这老太太和一般的老太太不一样，她退休前是大学教师，有知识、爱学习，以上情况都满足作案条件。至于杀人动机，我想就不用说了，谁看到自己儿子那样不心疼？"

"老陆，咱们现在没有证据，要不破釜沉舟，既然老太太最在乎的就是常蕊，我们就直接传唤常蕊让老太太知道，看她什么反应。"林霄说完后，大家都看着我，等着我拿最后的主意。

"咱们去找常蕊这事她奶奶肯定已经知道了，估计常蕊也和她说了我们没掌握证据这件事。如果是这样，她不会跳出来。当然，还有一种可能性，就是常蕊用奶奶的手机号登录作案，奶奶也不知情。所以我们不如……"

"不如什么？"王洁焦急地问。

"不如我们直接去找老太太，让权彬直接查她的手机，但行动要快，谁知道这老太太会不会已经把痕迹都抹完了。狡猾的兔子就算藏得再深，也会被执着的猎犬逼到死角。事不宜迟，我们现在就出发。"

我们很快赶到一个叫"雅居苑"的老小区。

老人所住的那栋楼里，楼道昏暗，墙影斑驳，墙上布满了裂痕，厚厚的积灰和破损的墙皮提醒着我们这房子的年岁。楼梯间里堆满了杂物，发霉的味道充斥其中，这里简直就是被整个城市遗忘的角落。

我们敲响了老人的家门。漆木大门破旧不堪，在敲门时我都不自觉收住力气，害怕自己动作太大，将它敲散架。

"来了！"一个洪亮且有力的声音很快从屋里传出来。木门打开，一个端庄慈祥的老奶奶站在门后。她穿着白色棉布短袖和麻布长裤，精神矍铄，要不是花白的头发暴露了年龄，还真不敢相信她已经年过古稀。

老太太见我们是警察，并没有什么情绪变化，反而平静地将我们请进屋。这房屋虽小，却杂而不乱，被老人打理得整洁干净。

"你们的速度比我想象的快。"老太太抢先开了口。

"您儿子企图在审讯时自杀。"我说出常蔚的事，想刺激她露出马脚。

"这么大人了，做事还是这么不稳当。"她一脸平静。

"您不担心他吗？"

"小伙子，你用这种方式告诉我，我就知道他没事了。"老太太笑容慈祥。看她滴水不漏的样子，我一时不知该怎么继续。

想了半天，我清了清嗓子，神情凝重地说："张老师，我们来您这里想要调查您儿媳瞿玲死亡的事情，现在有证据表明这事和您儿子无关，但和您的孙女常蕊有关。"我特意提到常蕊，想看看老太太是什么反应。令我失望的是，她还是一副波澜不惊的样子，笑容慈祥。在她淡然的目光下，我突然觉得拿常蕊刺激她的方式很蠢。

"张老师，我也不和您兜圈子了，我在常蕊的手机上发现了她曾搜过关于人体电击的相关资料，她手机上的很多线索都指向瞿玲的死亡，她弑母的嫌疑很大。"

"其实我早就发现她搜索那些人体电击的信息了，把我吓得够呛。但我后来才明白，其实她根本没想要伤害任何人，她想要的是了结自己。"

"您怎么确定她想了结的是自己？"

老太太说："我找蕊蕊最要好的朋友求证过，她说蕊蕊多次聊过怎样自杀会没有痛苦，因为看过电影里触电一下就死亡的场景，所以想要实施触电自杀。"

"那您没有出面阻止吗？"我追问道。

"直接阻止是没有用的，想让孩子放弃这个念头，必须做到两点：第一是让她充满希望地活下去；第二是消除她现在的痛苦。我让蕊蕊的好朋友告诉她，如果她死了，没人照顾我，等我行动不便了，也许会直接饿死在床上，既然这样我不如随她而去。以情动人总比直接去阻止有效果。"

"张老师，您很会利用孩子的性格弱点啊。"

"自己带大的孩子怎么会不了解？只有这样才能让她暂时放弃自杀的念头。"

"那您刚才说的第二点，消除她的痛苦……所以您就'顺便'帮她根除了痛苦的根源？"

"警官你想说什么就直说吧。"

"瞿玲是您杀的，对吧？"

她没有直接回答我的问题，反而将话头一转："小伙子，我给你讲个故事吧，自然界有一种叫灰卷尾的鸟，雌鸟为了保护雏鸟，会预判潜在的敌人，就算是同类，只要有可能威胁到她的雏鸟，她都会主动出击攻击对方。这样的话，雏鸟不仅不会受到伤害，甚至都见不到敌人。"

"张老师，您在为杀人辩解吗？还是想为杀人找一个说得过去的理由？"

"你想多了，蕊蕊她妈妈的死就是个意外！没有人想要做这种事，你要是有证据就直接秉公办事。"

"张老师您这样冷静，难道不觉得会更让我怀疑吗？您是觉得我们没有直接证据吗？还是您清楚自己已经 76 岁了，从法律角度来看，您不用负完全刑事责任，这或许就是您出手没有顾忌的理由。也正因为您如此淡定，我们才找过来，不是为了将您怎么样，而是想知道真相。我只想知道真相，想知道我对瞿玲死亡的调查和一些推测对不对。"

"年轻人，你还需要我给你验证什么呢？你都到我这里来了，但我还是那句话，瞿玲的死是个意外，这是所有人都不想看见的结果。至于你想知道的验证，不要为了满足自己的好奇心而影响到别人，尤其是伤害到我的蕊蕊！抛开你警察的身份，你是一个受过高等教育的人，应该具备最起码的同情心。很多事情再追究下去，除了伤害弱者，不会有什么结果，何况你也没有这个能力，猜测不仅带不来你想要的结果，反而会伤及无辜，你执意证实猜测又有什么意义呢？"老人直勾勾地盯着我，锐利的眼神就像一把匕首直戳人心。我不怕她，但我真的体会到了一个女人为了保护她最爱的雏鸟，可以随时和你拼命。

我明白，到这一步，我想知道的都已经有了答案，案件也走进死胡同。

离开老人的家后，大家都陷入了沉默，我感到格外无力。

"师兄，我有个问题问你，你说我们没有证据，真的是这样的吗？张老师通过自己的 App 账号遥控电源通电，这在软件后台都是可以查到痕迹的，这可以印证她的杀人手法是成立的啊！"王洁不解地问我。

"很遗憾这个案子因为手法特殊，你所说的 App 后台操纵的数据只能证明那个账号在那个时间操纵了智能电源，但是第一无法锁定操纵者个体身份，第二就算她通过 App 操纵了电源，也无法证实是为了触电杀人。你要知道最重要的那一截连接电源到水管的电线找不到了，那个是直接证据。如果那截电线上做出了凶手的 DNA 或者指纹才是最有力的物证。第三点也是最关键的一点，死者口腔黏膜上的那块烫伤组织镜检没有发现明显电流斑改变，死者是在湿润的环境下间接性触电死亡，这种死亡方式本来就没有阳性指征，换句话说这是我们的推测。虽然是事实，可是我们没有办法证明这个事实，这也是最无奈的地方。所以这案子从头到尾我说没有直接性实质性的证据也不为过。"

"那这案子就这样子了？没有办法了吗？"王洁焦急地问道。

"唉！"林霄沉重地叹了一口气说，"说句实话不是所有的案件都能被破获，也不是所有的事情结局都会圆满。"

"不，我要去继续找那一截连接电源和水管的电线，说不定可以作为证据。"王洁说道。

"是的，就算现在案件走向了死胡同，我们也要想办法绝处逢生。这是我们的职责所在，不管死者生前多么可恶，不管嫌疑人动机是多么理所应当。我们是执法者，执法公正就是要抛开自我情绪的左右，一天没有找到证据将凶手绳之以法，就一天不能停止调查。这不只是责任，也是一个法医、一个警察的道义。"

005 母亲

　　"老太太可能有胃溃疡，这种病往往伴有消化道出血，也许这血是她吐出来的呢？何况她的体表没有损伤。"我向林霄解释完，转念一想，谁吐血时会把床单掀起来故意往床底下吐？这明显不合常理。

母亲之死

"师妹，怎么一个人趴在这里？困了去值班室睡呗，有事我叫你。你们这些小年轻，晚上不睡觉，白天没精神。"

一大早上班，我就看见王洁没精打采地趴在桌子上。

"唉！"小姑娘叹了一口气，头也没抬小声嘟囔着，"师兄，我不是困了，是心烦。"

我放下手中的工作，拉来凳子坐在她旁边，看着她眼中闪着泪花，问道："出啥事了，和我说说。"

"陆玩，你又在欺负人家王洁了？你是不是贱得慌？哪里像个做哥哥的样子。"林霄走进办公室，看到王洁失魂落魄地趴在桌子上，不问缘由，劈头盖脸就骂我。

"你闭嘴！我妹烦着呢！"我呛回去，转头温声说，"师妹，到底咋了，告诉我，谁欺负你，我就让林霄去咬他！"

王洁平时都会被我们逗得哈哈大笑，可这次只是勉强一笑："师兄，没啥事，就是我妈病了。我哥让我别担心，可我刚和他视频，发现他在医院 ICU。然后他就把视频挂了，再打过去就不接了。我快急死了，我妈肯定病得很严重，他是怕我担心才没和我说，我好后悔考公务员考这么远。"

王洁说着都快哭了。

"师妹，你哥是个大学老师，一个有知识有辨识力的成年人，如果阿姨真的快不行了，他肯定会直接告诉你，让你赶回去见面的，怎么可能挂断电话呢？"林霄还在努力地安慰王洁，可听林霄说完，王洁更难受了。

"滚滚滚，你才不行了呢！不会劝人别劝。"我终于逮住机会骂回去，"但林霄说的也有道理，师妹，你和你哥说话是突然中断的，还是你哥说完话有停顿后中断的？"

王洁想了一下："好像是突然中断的。"

"手机没电的可能性很大，如果有大事不想让你知道，前面的对话肯定有苗头。这样，你一会儿再给你哥打，等问清楚情况再说。别急，要是需要回家，我陪你去给老大请假，开车送你去机场。"

我正劝着王洁，她的手机就响了，小姑娘急忙接听。起初听到对方的声音，她眉头紧皱。没一会儿，她紧锁的眉头就舒展开了。

"是你哥打来的吧？怎么样？他怎么说？"我和林霄一脸急切。

"是我哥打来的。我妈没事了！是肾结石，已经用超声碎了。"

王洁终于松了口气。

"那你哥为什么会在 ICU？"

"ICU 那边信号好，视频不卡。师兄你猜对了，他刚才手机死机了。"

"所以说，凡事不要慌，冷静下来，细节里往往存着重要信息。"林霄一本正经地给王洁说教。

我这会儿好想踹他一脚。老学究式的神情，就差一把胡子做点缀了。

王洁稳定了一下情绪，这才开口："哥，你们不知道，我妈很不容易的。我四岁时，爸爸出事去世了，小时候我们住在我爸厂里的职工家属院，没少被人欺负。我妈没什么文化，也没有正式工作，就做点小生意养活我和我哥。一直到我哥大学毕业，我开始挣钱养家，家里的情况才开始好起来。现在，我们都熬出来了，她的身体又不好了，唉，我就想挣了钱好好孝敬她。"

因为聊到母亲，王洁突然问道："对了，师兄，你工作这么多年了，有没有遇到过父母虐待孩子的案子？"

我说："有的，不过不多。但是将新生儿遗弃致死的案子特别多，尤其是小年轻和未成年人，意外怀孕生下孩子，不知道怎么处理就一丢了之。这些人都有个共同特点，就是文化素质比较低，经济能力也很差，他们主要是没有和孩子建立起感情基础，还没有作为父母的责任感。"

"那这种案子处理起来是不是很困难？"

"是的，第一要确定是死后抛尸还是遗弃致死，这在法律上量刑差别很大。还有就是要找到死婴父母，这个难度也很大，DNA 做出来也不一定匹配。当然，现在有监控的辅助，情况稍微好了些。"

林霄也点点头："老陆还记得有个水库的死婴案吗？咱们当遗弃致死查，最后发现不是父母遗弃，是被人贩子拐卖最后失手捂死丢到水库的。"

"记得，那孩子的妈妈知道真相的第二天就跳楼了。唉，悲剧啊。"

林霄的几句话荡起了我心里的阴霾，办公室的气氛更压抑了。

"咱们聊一点开心的事吧！一大早都在干吗啊？走走走，我请你们喝奶茶，我去门口买，都喝什么味道的？"

我实在受不了这么阴郁的气氛，决定破个财，驱散阴霾。

"好啊，师兄！"王洁一下来了兴致，"我还想再吃个冰激凌！我妈没事了，我心情好，想吃甜的。"

正当我俩热火朝天地讨论着奶茶的口味时，林霄的手机响了。

在我们几人的注视下，林霄一脸严肃地接起电话。简单交谈几句后，他挂了电话，视线很快投向我。

我知道，又有案子了。

"林霄，什么案子？"

"一起非正常死亡。走吧，两位法医同志，去看一下现场吧。陆玩回头别忘了请客啊。"

我们三人带上装备，开车前往新街口派出所。所里民警邱其带我们去现场，丽和小区 11 幢 3 单元 1202 室。

上楼时，邱其嘱咐我："陆法医，死者儿子的情绪比较激动，你沟通的时候有个准备。"

我点点头："具体是怎么回事？说一下你们接警的具体情况。"

"早上八点多，我们接到报警。报警人叫张鹏，说早晨起床后发现他的母亲死了。我们出警后，很快就把现场保护起来，等你们来核实情况。在这期间，张鹏一直在哭。他说他妈妈瘫痪在床，身体不好。"

"好的，具体的情况等我们进去看一下。"

像这样的非正常死亡，最重要的就是现场勘查和尸体检查，排除刑事案件的可能性后，就可以按照正常死亡的后续程序进行处理。

我们每年都要检查大量非正常死亡者的尸体。

我来到门口，隔着厚重的防盗门就听见屋里撕心裂肺的哭喊声。等我进屋，那哭声更是让整个房间都在震动。做法医这么些年，我见过的生离死别不计其数，骨肉血亲的阴阳两隔更是痛中至痛。刚开始做这项工作时，我经常被他们的悲伤触动，现在见得多了，已经基本免疫，但听到这样的哭声，心里还是难受。

这是一套两室一厅的老房子，里面的陈设非常简单，除了一套沙发，两个衣柜，一张饭桌，两个房间各放了一张床之外，没有什么别的家具，更不用提电器了。整个房间内除了电灯是通电的，再找不到第二个用电的物品。

我拉过邱其，小声问他："这家的主人以前是做什么工作的？"

"张鹏原来在一家国企上班，后来被辞退了，一直没工作。母子俩平时就靠老太太的退休金生活。现在老太太死了，退休金也没了。"邱其看着在沙发上痛哭的男子，摇了摇头。

"老太太多大年纪，退休之前做什么的？"

"老太太七十了，和她丈夫都是中学老师。她老伴是四年前去世的，好像是摔了一跤，没抢救回来。"

"按理说两口子都是老师，退休待遇不差，家里不应该这么简陋不堪啊。"

邱其低下声音对我说："这个张鹏好像有吸毒史，具体的我记得我查过，看这样子，应该是家里能卖掉的都卖掉了。"

我看这个张鹏情绪太激动，决定先和他聊一下，告知他我们要对死者的遗体进行检查。他哭得这样悲痛，如果事先没有说好，直接检查恐怕会刺激到他。

"张鹏，你先控制一下情绪，这位是公安局的陆法医，要对你妈妈的尸体进行检查，确认一下死因和其他情况。"邱其指了指我。

张鹏听到我是法医，哭泣戛然而止。他猛地抬起头，两眼瞪得溜圆，震惊地看了我半天，脸上渐渐泛起了一丝纠结。他很快转过头躲开我的目光，只是微弱地点点头，便不再说话。

王洁在我身后，拉了拉我的衣角，小声说："哥，他怎么这个反应？"

舔地板的猫

林霄拍完现场照片后，我和王洁走进卧室，准备尸检。

死者躺在一张老式实木床上，床上垫着的褥子很薄。遗体上盖着一床薄被，脸上盖着一块白色的手帕。林霄拍好了尸体的概貌，随后我便吩咐王洁做尸表检查。小姑娘做尸检的功夫现在已经炉火纯青了。

她熟练地将尸体的衣物尽数脱下，仔细检查衣物后，她指示林霄配合拍照，随后检查尸表，从整体到局部，一一检查拍照记录。我也在一旁帮忙，并监督了整个过程。

"尸表看完了，说说什么情况。"

"尸体口唇、指甲甲床及口腔黏膜、球睑结膜均呈贫血貌。全身尸表未见损伤，尸斑位于尸体背侧未受压部位，尸斑颜色较淡，指压褪色。尸体左手肘内侧，胸骨旁第四五肋间各检见两处针孔，怀疑是医疗行为所留。我觉得死者……啊！"

王洁突然一声尖叫，整个人狼狈地摔在地上。她顾不得疼痛，爬起来就往我身后躲。她的双手紧抓着我的胳膊，指甲都快抠进我肉里了。她死死地盯着床下，脸色煞白，口齿不清地叫喊："那里……有……床……床下有东西抓我！"

听她一说，我和林霄也吓了一跳。

正当我壮着胆子准备掀开床单一看究竟时，只听见"喵"的一声，一只猫从床底钻了出来。

我们三人尴尬地面面相觑。

林霄下意识抬起脚要将猫咪赶跑，王洁连忙拦住他："林霄哥你别踢它，它也不是故意吓我们的。"

猫咪被林霄吓得一下蹿了出去。

与别的宠物猫咪不同，这只猫咪非常瘦弱，反应也比较迟钝。

"师妹，被猫咪打断之前，你准备说啥来着？"

王洁的思绪很快回到正轨："死者体表没有检查到损伤，但是尸体整体表现出贫血貌，我怀疑她有严重的内出血。我们要去查一下死者近期有没有医院的就医记录，看看她有什么基础疾病会造成内出血。"

林霄说："你俩检查完尸体，我来检查一下死者的遗物，看看有没有病历之类的东西。老陆你去问一下死者儿子，他应该很清楚。"

"啊！这猫吓死我了！"王洁的又一声尖叫将我和林霄吓了一跳。

那只猫咪不知什么时候又钻到了床底下。

我低头看它时，它在床下一边舔地板，一边警觉地瞪着眼睛，似是随时准备攻击我。

我来到外屋，张鹏正低着头，坐在沙发上哭。我在他旁边坐下来，拍了拍他："张鹏，节哀，你母亲去世，你还是要注意身体，不要太过悲伤。"

张鹏只是哭，并不答话。我叹了一口气，问道："你妈妈生前有没有什么疾病？"

张鹏低着头，声音细小得像只蚊子："我妈去年十月脑中风了，后来就一直瘫痪在床，除了这个，还有些胃溃疡。"

"最近你妈妈去医院看过病吗？"

"前几天她胃疼，先去附近的诊所打了针，后来没什么效果，就去了医院。"张鹏说着说着，泪水又在他眼眶里打转。

我开始仔细检视他家的房屋，这屋子真的是贼进来都想留下点什么。厨房连口像样的锅都没有，阳台上放的猫食盆都比地板干净。

"老陆！"林霄把我叫到旁边，"我刚在死者的衣服口袋里翻出了病历，你看看。"

林霄将病历递给我，我翻开后，看到死者被诊断为浅表性胃炎，医生还给她开了奥美拉唑等治疗胃溃疡的药物。除了病历，里面还有胃镜和钡餐检查的影像单。这两张单子都没有盖收费章，也就是说开了单子并未做检查，看这样的家境也能猜得到为什么。假如检查后住院治疗，老太太也许就不会死了。

我们将尸检结果和现场勘查结果告知邱其，也和张鹏说明了检查情况。张鹏表示无异议并签署了告知书。

我们结束工作，准备开车回局里。快到目的地的时候，王洁突然想起来："师兄，你说要请我们吃饭的，怎么又故意忘掉了？"

"陆玩，快快快，我知道最近刚开了一家烤肉店，口碑很好，今天我们去吃这个，你逃不掉的。"林霄幸灾乐祸地说。

"看你们说的，我这不是先来局里换个车嘛，咱不能开公家车去吃饭啊。林霄，你顺便叫上王宇他们一起呗。"

我们几人来到餐馆坐下，王宇和王洁争着点菜。林霄看着这两个小年轻打闹，神情却异常凝重："刚才那个老太太真可怜。"

"你看她儿子哭得那么伤心，但我觉得他难过的根本不是妈妈去世，而是唯一的生活来源就这么没有了。"

林霄点了点头："这男的也让人来气，有手有脚的啃老，估计以后也很难找到工作。"

"我觉得他家更可怜的还有其他的。"

"你说那只猫？"

"是啊，那猫不知道多久没吃东西了，食盆都舔得和新的一样，看着好难受。"

王洁凑过来说："我刚才就想问问那个人，他的猫不养要不给我吧。我也觉得小猫好可怜，瘦得皮包骨头的。"

"是啊，饿得一直在那里到处舔。"

林霄想了想："那只猫咪好像一直在舔床下面的地板，不知道地板上有什么让它那么喜欢。"

我坏笑着说："那你也去舔一下地板，不就知道它在舔什么了？"

大家都笑了起来。说笑的工夫，老板端上炭火，桌上很快摆满了腌好的各式生肉，肉片在铁盘上铺平，焦香的味道瞬间蹿入鼻腔，刺激得大脑愈发兴奋。

这时，店里进来一对情侣，他们还牵着一只泰迪犬。服务员立刻上前阻止，说店内不能带宠物进入。可是女孩执意要在这里吃饭，最后两人和店家协商，将狗拴在了店门口，由门迎帮忙看管。

他们在饭桌前点菜，女孩问服务员："你这有鸡胸肉吗？"

服务员点点头："有的。"

女孩说："那给我上一盘鸡胸肉，用水煮一下就好，盐油都不要放，煮好了切成小块。拿一次性餐盒装好，拿给我宝贝吃。"

男生瞪大了眼睛："我才不吃呢！一点味道也没有，你让我减肥也不能虐待我啊！"

女生解释道："不是给你，是给欢欢。"她指了指门口那条眼巴巴看着他们的小狗。

王洁听到他们的对话，笑得差点一口水喷了出来。

林霄摇了摇头："现在的年轻人对自己父母都没有这么上心，对狗倒是好得不行。"

"你别感叹了，这些小年轻都把狗当孩子养的，有啥大惊小怪的。"

"老林，别在这里别扭了，看不惯别看。来，吃肉。"我夹了一块牛肉递给他，"狗吃鸡，你吃牛，我来喂你别发愁！"

林霄在我身上顶了一拳。

"哎呀，你别舔地上，多脏啊！你这样妈妈就不喜欢你了哦！"女孩子斥责狗的声音再次吸引了我们的注意。狗狗吃鸡胸肉时，无意把餐盒中的肉弄到地上，吃完鸡胸肉后，它使劲地舔着刚才鸡胸肉留下的痕迹。

林霄看着餐盘里的牛肉，突然抓住我的胳膊说："陆玩，有问题！"

尸体神秘失踪

"什么问题啊？肉太少？你没吃饱？"

林霄欲言又止，想了想，意兴阑珊地摆摆手："算了，是我想多了。"

这时，我的手机突然响了。拿起手机一看，是邱其。我接起电话，就听见手机一端邱其疲惫的声音："陆师傅，我是邱其，我这边有一个故意伤害的案子，下午能去你那儿验伤吗？伤者正好刚从医院出来。"

"好的，我们下午应该都在，你下午上班过来就好。"挂上电话，我看着眼前的几个家伙，个个吃得肚皮溜圆，王宇都快吃得直不起身子了。我去结了账，大家很快回到局里。

下午两点多，邱其带着一个女人出现在法医验伤门诊。邱其将女人的病历资料递给我。我仔细看了看病历本，又抬头看了一眼伤者。女人三十岁出头，身着一套职业套裙，胸前的工牌上写着她和公司的名字。她看起来没什么精神，不时用手摸自己的左脸颊。

"你好，我是刑侦大队的法医，你是怎么受伤的？对方是怎么打你的，请你详细说明一下。"

"就是有个人来我们保险公司办业务，和窗口的业务员发生了一点争执。我是大堂经理，就上去了解情况。那个人不由分说，上来就给了我一巴掌。当时就觉得耳朵很痛，耳鸣头晕，之后就被保安拉开了。"

女人诉说着自己受伤的经过，整个过程对答流畅，意识清楚。

我翻开她的病历，上面写着诊断鼓膜穿孔，我拿起外耳道内窥镜对她进行检查，明显看到左耳鼓膜有一处穿孔并伴有少量出血。

"陆法医，怎么样，够不够刑拘条件？"邱其一脸急切。

"外伤性鼓膜穿孔要看六周后会不会愈合，如果不愈合就构成轻伤二级，那就可以刑拘了。除了这个，还要去复查听力，看除了器质性损伤外有没有功能性损伤，到时候带上复查资料再来一趟。"

"好的，谢谢你了，我今天都快忙死了，也是倒霉，注定我今天遇上这种人。"邱其一脸气愤地嘟囔着。

"咋了？遇到什么人了，气成这样？"

"张鹏呗，我真无语了，阴魂不散的。"

"张鹏不是早上那个去世的老太太的儿子吗？他怎么了？"

"就是他打的这个保险公司的大堂经理。"

"啊？为啥啊？他不在家料理他妈妈的后事，怎么跑去保险公司了？"

"他说他妈妈买了一份人身意外保险，如今人死了，他去办理赔。保险公司的业务员说，理赔需要投保人亲自来办理。这不是扯淡吗？人死了怎么来？然后张鹏就和保险公司起了争执，最后打了起来。"

邱其还补充了一句："人都死了，还要投保人来亲自办理业务，这保险公司也太不通情理了。"

"你别生气了。对了，张鹏人呢？"

邱其摇摇头："现在在所里呢，传唤调查。"

送走了邱其，我带着验伤记录回到办公室，一进门就看到林霄坐在椅子上发呆。他左手托腮，目光呆滞。我马上拿起手机，调好角度抓拍数张照片，随后再配上"等天鹅"三个字，立刻让他这白痴的神态有了灵魂。

我将我的"大作"发在中队群里，原本死气沉沉的微信群立刻炸了锅，王洁直接在后面的工位上笑出了鹅叫声。

林霄也被王洁的笑声拽回了魂，他看到群里的照片，气得上来就要打我。我一边被他追着跑，一边对他说："蛤蟆哥哥，奴家来了！"

"你是小孩吗？幼不幼稚？"

"怪我？你怎么不看看你呆滞的样子？想谁呢？那么入神。"

林霄回过神来，抬起头，一脸严肃地对我说："陆玩，刚才在吃烤肉的时候我想起一件事。"

"什么事？难受你自己吃的不是天鹅肉？"

但他还是一脸严肃，我收起了调笑："你发现了什么线索？"

"还记得烤肉店门口的那条狗吗？它一直在舔沾染过鸡肉的地板。动物的嗅觉比人灵敏很多，尤其是肉食动物对血腥的气味更敏感。我们早上遇到的那只猫，来回赶了几次，它都又钻进床底舔地板。你说地板上有什么吸引它？我觉得是血。"林霄的声音越说越低。

"老太太可能有胃溃疡，这种病往往伴有消化道出血，也许这血是她吐出来的呢？何况她的体表没有损伤。"我向林霄解释完，转念一想，谁吐血时会把床单掀起来故意往床底下吐？

这明显不合常理。

"我有种预感，这个老太太的死不简单。她去医院连检查都没做，更没有治疗，那胸口的针孔是哪来的？诊所打针也不会往胸口戳吧。"

联想到下午的经历，我急道："这老太太生前买了一份保险，他儿子早上跑去派出所开死亡证明，紧接着就去保险公司要理赔，连老太太后事都顾不上办。为了办理赔，他还把保险公司的人给打了。"

林霄迟疑道："保险公司一般不会向这种瘫痪的老人卖保险的。"

"死者买保险时是什么状态，我们不得而知，再说了，很多保险买的时候容易，理赔的时候又是另一回事。这个我们要去问清楚。"

"他早上哭成了那样，上午居然放着遗体不管去保险公司要理赔？早上难道是哭给我们看的？"

"要不，我们再去他家看看？"

"得看看床底是不是有人血，血迹是什么状态，哪怕是被猫舔了，也总要确认一下才能安心。我们得快点去，别被张鹏发现破坏掉了。"林霄说着就准备收拾勘查工具。

我一把将他拉住："你别急，张鹏打了人，现在应该被传唤到了派出所，是不是被羁押我不清楚，但他一时半会儿估计出不来。"

"那我们怎么去看？"

"咱们自己去看！"

林霄瞪着眼睛盯着我说："你别胡来。复勘现场不光要事主配合而且按照规矩要有见证人在场的，就咱们两个去勘查现场，出了事情都说不清楚。我总是有一种感觉，这案子不简单。"

看着林霄谨慎的样子，突然发现这么多年要不是这货做事比我心细，盯着我，我不知道自己是不是早就出大麻烦了，想到这里心中居然涌现出强烈的感动。

"那这样，我打电话给邱其，让他把张鹏带回去，我们先去张鹏家等他。至于现场勘查见证人找物业的就行。这样你满意了吗？领导！"

林霄犹豫了半天问我："就咱俩吗？要不要叫王洁？"

"不叫，咱俩先去看看什么情况。走走走，咱们悄悄地进村，打枪的不要！"

警车一路向张鹏家疾驰，想到早上张鹏痛哭的样子，我有点不忍心再去打扰他。

"老陆，早上王洁是不是说起过，张鹏看你们的眼神有点怪？"

"你怎么突然说起这个？"

"不知道师妹怎么突然这样说，我也没太注意，我倒不是觉得张鹏有问题，但是总有一种说不清的感觉。"林霄叙述着自己心里的直觉。

我们很快来到了张鹏家门口。

"邱其怎么还没有到？所里过来应该比我们快啊！"林霄满脸疑惑地问我。

"谁知道这家伙是不是在磨洋工。怎么办？我们等他一会儿吗？"

"等着吧！"林霄说着将勘查箱放在了地上，接着活动了一下腰和腿。由于我们两个出来得急，没有穿制服，他又穿了一件泛白的牛仔服，背着他那个破旧的勘查包，看起来就像是上门修空调的师傅。我一屁股坐在旁边的台阶上，伸伸懒腰，索性靠在墙上放松起来。

"陆玩，你看你那个懒散的样子，坐姿都像个痞子一样。"

"哎！你别说我了，婆婆妈妈的，以后更没人要了。"就在我俩你一言我一语斗嘴的时候，一阵穿堂风从楼道的窗户外冲了进来。"吱嘎——"随着劲风掠过，张鹏家的大门居然裂开了一条缝隙。

"老林。"我叫着林霄示意他看向门。

"咦？！怎么门没有锁？"我猛地从台阶上跳起来，从口袋里拿出一支笔，用笔慢慢将门顶开，不由自主地将半个身子探进门去。

"鬼鬼祟祟地干吗呢？"身后突然传来一声呵斥，把我俩吓了一跳。

没等我们反应过来，凭空飞来一个菜篮子，直接砸在了林霄身上。随后，一个老大爷转身就向楼下跑，大爷健步如飞，边跑边喊："来人啊！抓小偷啊！"

我赶忙追了过去，没追两层楼就追上了大爷。大爷以为我要掏刀子，态度一下软下来，语无伦次地喊着："你别伤害我！我什么都没看见！"

我想掏出警官证解释我们是来办案的，但今天就像是撞了邪一样，警官证在制服口袋里，我刚准备把手伸进口袋才意识到我没有穿制服。我只好空口无凭地说自己是警察。大爷眼睛也不睁，只是捣蒜似的一味点头。

我无奈："你别不信，我真的是警察。"

"我信，我信，我什么都没看见。你们人民警察好好办案，我们小老百姓绝对支持！"他看我走神，一把将我推开，飞也似的跑出去老远，眨眼工夫就没了踪迹，只有他刚才拎着的那袋黄瓜像弃婴一样散落在地上。

我叹了口气，扭头上了楼。

"这下被当成贼了！"林霄看着我无奈的样子，幸灾乐祸地捂着嘴笑起来。

"笑个屁，这门都没锁，要不我们进去看看？"

"陆玩，出来的时候怎么说的，你能不能等人家事主回来再说？"

"哎，别怕别怕，别那么死板，我就去看看。大不了我把执法记录仪打开。没事的，他家这家徒四壁的也不会丢什么东西，更不会赖上我们。"我说完就拿着执法记录仪往屋子里走。林霄在我后面想阻止我，而我只想去卧室，尽快用蓝星试剂去测床底地板上被猫舔过的地方，这时却听到林霄大声喊道："陆玩，尸体不见了！"

血之谜

听到林霄的呼喊，我赶忙跑到了卧室，早上死者还安详地躺在床上，这会儿床上已经变得空空荡荡。

"陆玩，你说张鹏把遗体弄到哪里去了？"

我们做完尸检离开是上午十点半，在我们走后，张鹏就跟着邱其去所里办理死亡证明了。在这之后，他应该是拿着死亡证明直接去保险公司办理索赔，随后闹事打人，被带回派出所。按理说他应该没有时间转移他母亲的尸体，而且按照我们这边的习俗，老人去世后要在家里停尸三天。

我说："我有一种不好的预感。"

"你是想说他急着火化尸体有点不对劲？"林霄很快就猜到了我的想法。

他想了想，随即安排道："老陆，你去检查床底下，我现在去给殡仪馆打电话，确认尸体是不是在那边。"

林霄很快下了楼，而我走进卧室，开始仔细检查这个房间。

我将窗帘拉上，让屋子里尽量保持黑暗。蓝星试剂会与血液反应，发出荧光，而这种荧光在黑暗环境里会更加明显。我将蓝星试剂喷洒在地板和家具的表面，可以看到有明显荧光反应的猫爪印迹。这说明，这屋子里确实有血迹，并且猫咪在血迹被打扫干净之前就已经接触到了。

接着我又用蓝星试剂喷洒了床铺的表面，床上的荧光反应并不明显。我将多波光源调到紫光波段，在特殊光源的照射下，床沿的木框上有涂擦状的荧光反应。我仔细地看着这处涂擦血迹，一般来说，一次性形成的擦痕血迹有可能是在不经意间蹭上的，但眼前的这一处擦拭血迹是反复多次形成的，这就说明擦拭动作是以清除血迹为目的，有人主观想要擦去血迹。

事情越来越不对劲了。

这个人为什么极力掩饰出血？这血是不是死者的血迹？我又仔细检查了床单和褥子，上面并没有血迹，也就是说床上的这些被褥都是换过的。现在虽然还不能下定论，但我隐约感到这很接近命案了。有必要重新做尸检，直接解剖，相信这样一定可以把疑问弄清楚。

"吱嘎——"卧室外突然传来一阵开门的声响，我心想林霄这电话打得还挺快。

"这是什么？这帮警察丢三落四的，连家伙事都忘带走了。"

我正想喊林霄过来看擦拭血迹，一个男人带着疑惑的自语像炸雷一样穿透我的耳膜，他用力踢了一脚放在客厅的勘查箱。

是张鹏回来了！但是怎么没听见邱其的声音？是张鹏自己回来的吗？

"PSA 精斑检测试纸条？这都是啥东西？"看来这家伙在翻我的勘查箱。

"咳咳！"我用力咳嗽了一下，接着从卧室走了出来。张鹏明显被我吓了一跳，张着嘴呆滞地站在那里，两个眼睛盯着我，像看见了鬼。

"警官……你都进来了？"张鹏轻声问我，接着低头看向手里拿着的我勘查箱里的东西，随后又慌张地放下，试剂条掉到了地上。

"我们要对你家进行第二次现场复勘，所以叫你回来。你怎么自己一个人？邱警官呢？"

"哦……邱警官在外面和你们另外一个警官在说话。"

"你怎么早上出去不锁门？"

"哦？没有锁门吗？"

"对了，你妈妈的遗体呢？"

"派出所的人建议我让殡仪馆拉走，死亡手续办好我就准备处理后事的。"张鹏说完脸色黯淡下来，悲伤的情绪在眼神里如泉喷涌。

我没有再和他多说什么，找了个理由将他支去外面，继续检查现场的血迹。

除了刚才在床边发现的血迹，卧室的地板上还有两滴没有被清理的微小血迹。我取出放大镜仔细观察血迹的形态：这两滴血迹位置相对独立，它们的连线延长后正好连接尸体躺着的床和卧室门口，再仔细观察两处血迹，发现它们的形态极为相似。

一般血滴从高处落下接触地面后会在形成的血迹周边显出毛刺样，这种毛刺样的突起程度与血滴滴落的高度存在关联，也就是说，通过血滴滴落后血迹的毛刺突起程度可以反推出血滴滴落的高度。从这两处血滴的毛刺边缘突起程度来看，血滴滴落的高度应该在 1.2 米左右。

其次这两处血滴并不是等圆，均朝向床的方向存在一个椭圆形状的改变，并且，在这一侧，毛刺边缘存在得更为密集。这就说明，血迹是非静态滴落，它滴落的时候在水平方向存在一个速度，并且这个速度朝向正好是床，也就是说，死者滴血的时候是从卧室的门口朝着床移动的。

我赶忙去拿比例尺和照相机对这两处血迹进行拍照固定，接着拿出干净的棉签和去离子水，对这两处血迹和床下包括床周围被擦拭过的血迹进行提取。随后我在现场就用抗人血试纸对这几处疑似血迹进行了预实验，和我猜的一样，全部是人血，但是否为死者留下的，要带回去让王宇进行 DNA 检验鉴定。

"你都勘查完了？"林霄突然在背后问我，着实把我吓了一跳。

"你闭嘴。我倒是要问你，你死哪儿去了？怎么这么长时间才来？"我照着他的腿踹了一脚。

"你不是让我打电话问尸体去哪儿了吗？我问清楚了，尸体被邱其他们送到殡仪馆了。张鹏因为打架被带回所里，就请求派出所通知殡仪馆，把他妈妈的遗体带去殡仪馆保存。我打了一圈电话才搞明白，手机都打没电了，好不容易找到个充电宝，这不就上来救你了吗？"

"你是不是蠢？用得着这么费劲？你不是见到邱其了，问他不就知道了？要不问他也行。"我说着指了指坐在客厅的张鹏。

"他俩到的时候我都问完了。别尽数落我了，现在什么情况？"

我懒得计较，直截了当地压低声音说："这边的情况是，首先，我看到床边的血迹有擦抹的痕迹，床下的血即便被猫舔过，也有擦抹的痕迹，这绝对是人为清理造成的。如果是张鹏清理的，那他就有问题。其次，这儿有两滴滴落状的血迹，疑似是死者从卧室门口向床铺移动时滴落的。"

"那就是说死者在进入卧室之前就流血了？可是卧室外没有发现血迹啊？"林霄不解地问我。这也是我疑惑的地方。

"还有张鹏为什么要清理血迹？他要隐瞒什么？老人的尸表没有明显损伤，那这些血是吐出来的吗？如果是呕血那也说得通，但到底要怎么吐，才会吐到床下呢？"我一股脑说出了我的疑惑。

林霄想了想："你觉得老人的死有可能是他造成的？我看他对这事蛮伤心的，而且邱其说带他进派出所时，他一直担心尸体被猫破坏。"

"我觉得他肯定隐瞒了什么事。记得第一次来现场，他知道我是法医，看我的那个眼神很奇怪，说不上来是担心还是什么，总之有点慌。"

"这么多的疑点，要不现在就问问张鹏，包括他清理血迹的原因。"林霄用眼色示意我张鹏就在外面。

"不。现在问，他有一堆理由可以说明，清理血迹也不是不可以。我们先去检查尸体，确定案件性质才好继续下一步的工作。行了，别废话了，我们回去叫上王洁，一起去殡仪馆。"

林霄发动汽车，我系好安全带。他低头挂挡时，突然停住了动作，指着我的裤子问："你腿上是什么？"

盗窃

我低头看裤子上的痕迹，灰尘里隐约透着红棕色的疑似血迹。我取出棉签蘸上去离子水，一点一点将红棕色的物质转移到上面："这应该是死者的血迹，我从床下地板上带出来的，看来猫咪也没有舔干净。"

林霄的手机突然发出刺耳的铃声，打乱了我的思绪。林霄不方便接电话，只能让我代接。

来电的是大队值班室的小吴，他说丽和小区 11 幢 3 单元 1102 发生一起盗窃案，派出所请求技术去勘查现场。王洁说我们刚好在这里，领导就让我俩去勘查现场。

我让林霄赶忙掉头，跟他说了一下发生盗窃案的地方。

林霄有些吃惊："丽和小区 11 幢 3 单元 1102？这不就是张鹏家楼下？今天真是活见鬼了，怎么又是这个地方？"

"林霄，你说我们三番五次地来这里，是不是张鹏妈有冤屈，死不瞑目，所以老天爷安排咱俩一天三次地往那里跑？"

"我们是无神论者，你不要在这里胡说八道。"林霄一脸严肃。

"你害怕了？"我嘲笑。

没过多久，我们又回到了丽和小区。刚进楼道，我就迎面撞上了刚才把我当成小偷的老大爷。

他警惕的眼神像是受惊的兔子："怎么又是你？"他下意识地向后退了两步，顺着墙根就跑出去了。

"陆玩，你对这老人家做什么了，把他吓成这样？"

"没做什么，就告诉他我是警察。"

林霄看我的神情好像认为我在胡说八道。

我摊手："我真的只说了一句'我是警察'。你看你是什么表情？不信拉倒。"

我们没再说话，很快到了1102室门口，敲开户主的门，出来一个三十多岁的女人。我们俩亮明身份后，女人热情地将我们迎进屋里。

"警察同志，刚才派出所的警察来过了，我老公和他去所里做笔录了。他说你们一会儿要来勘查现场，让我不要碰家里的东西，我什么都没碰。"

"你家都丢了什么，怎么丢的？"林霄问道。

"我老公昨晚回家，把皮包放在了门口的鞋柜上。早上起来他下楼去买早点，没有关门，走的时候也没带包。这不晚上下班了，才发现包里的钱不见了。不是我说，我们这种老小区，租住情况很复杂的，你们警察同志应该经常来我们这里巡逻，这样才有威慑力，我们才能放心啊！你们警察天天在派出所，出了事才来，有什么用？"

"你老公是几点出去买早点的？"

"闹钟是七点半响的，我们要送孩子上学，他应该是七点四十五左右洗漱完出的门。"

"丢了多少钱？"

"差不多七千块。我们这个老小区，楼道里都没有监控，经常丢东西的。上次五楼那个老奶奶，洗晒的咸菜都有人偷，报警了，你们警察说……"

"好了好了，说你的事。"眼见女人越扯越远，林霄赶忙制止了她。他拍了现场的照片，询问女人除了钱还少了什么。女人说小偷没有进家，因为早上起来时她拖过地，如果进来肯定有脚印。小偷就是站在门口直接拿走了钱包里的钱。也就是说，小偷只动了皮包。

"女士，我们要把这个皮包拿回去，检查上面有没有小偷的指纹和DNA。"

"这可不行的呀，哦哟，这个包包老贵的。你们拿去万一弄坏掉的话，你们包不包赔的啦？"我听到这里，有些不耐烦。

林霄倒是淡定到几乎没有一点情绪："那这样吧，包我们不带走了，我现在就处理一下吧！"

他从勘查箱里拿出脱落细胞粘取头，在皮包的拉链头和卡扣处粘取了几下，随后将包还给女人。女人接过包，还抽出一张湿巾仔细地擦起来。

我看不惯她这做派，收拾好东西快步离开。林霄嘱咐了她几句，很快追到我身后，笑着问我："被气到了？"

"这也就是咱们办案，要放日常生活里遇到这么一个挑三拣四的主儿，我早就上去怼她了。"

"行啊，没想到有朝一日你会愿意替我出气，真是太阳打西边出来了。别说，队里平时就你爱挤对人，这下遇到这位大姐刁难你，也算是报应。"

"你！"我气得要打他，林霄飞也似的溜了。

回到办公室，林霄将脱落细胞粘取头交给王宇做鉴定。我累得直接瘫倒在椅子上。真不知道是命里犯了什么太岁，今天不是被堵在床下吃灰就是办案惹一肚子火。

"师兄，你们回来了。"王洁正抱着一堆验伤记录走进办公室。

"师妹，晚上有事没？"

"没事，咋了？"

"我想再去复检一下那个老太太的尸体。"我把疑点和王洁说了一遍，王洁直接放下手中的活儿，收拾好东西就准备去做尸检。

"先吃饭，不急。"

我们三人随即去了食堂，饭菜的香味就像是一只无形的手，直接抓住了我的大脑。折腾了一天，现在安安稳稳地坐在食堂吃饭，我竟感到十分幸福。

林霄在一旁狼吞虎咽，王洁却若有所思地一口一口慢慢吃着。

"王洁，想啥呢？"林霄问道。

王洁愣神了片刻，问我："师兄，之前说那个死者老太太的身体不太好，一直瘫痪着对吧？"

"对，所里的邱其说的。"

"可我早上检查的时候，并没有发现她下肢有废用性肌肉萎缩的痕迹，也没有见到褥疮，这说明张鹏把他妈妈照顾得很好。你觉得从这个角度出发，她有可能是被张鹏杀死的吗？"

"老人有保险理赔，张鹏急着拿钱，这是动机。同时他还清理了现场的血迹，我没办法不怀疑他。但他面对老人的去世又十分悲伤，而且现在我们知道他一直把老人照顾得很好，这很矛盾。我们需要弄明白她的死因，早上排除了尸体的一般性损伤和刑事案件情况就将死者交给家属处理，现在看还是有点草率了。快吃吧，我们早点去弄清楚。"

偷东西的尸体

到了解剖室，我们三人都在做准备工作，林霄的手机突然响起来。看到支付宝的收款提示，他不解地问我："你怎么突然给我转了两百块钱？"

"打赏你的。"

"信你才有鬼。无事献殷勤，非奸即盗。说，什么意图？"

"好吧，这老太太不是生前去医院看病，医生要给她做胃镜她没做嘛，我想给她把这个遗憾补上。"

"那你给我钱干吗？"

"这不是我们解剖室既没有胃镜设备，也没有纤维内窥镜设备，我灵机一动，把你新买的可视摄像头挖耳勺拆了改造了一下，这是对你的精神补偿。"我露出自己招牌式死皮赖脸的笑容。

林霄果然毛了："你又先斩后奏？我还一下都没用呢！"

王洁对林霄的愤怒视而不见，单是赞叹我的动手能力，问我是怎么做的。我向她解释："我把头卸下来，用一根长点的电线接到电池上，之后拿一根一样长短的输液管从一头捅出去，一个简易的内窥镜就做好了。但我试了一下，有些软，就又在输液管里加进去一根铁丝，现在它可以随意握成任何形状，超级好用，我自己试了一下，插到嘴里我可以看到自己的声带。"

"这么厉害！师兄你再做一个吧！下回吃鱼卡了鱼刺，咱们还可以用来拿鱼刺！"

"你们两个够了！陆玩，你改造这玩意，我没意见，但你必须再给我买个新的，要不我和你没完！"林霄掐住我的脖子使劲晃，我感觉自己的脑仁都快被他晃出来了。

做好一切准备工作，我们开始给尸体做第二遍检查。

王洁仔细地检查着尸体，不放过每一处细节："死者呈现严重贫血失血貌，但是没有见到体表有损伤。鉴于死者生前可能患有消化道溃疡类疾病，现在从消化道下入内窥检查，如果不能查明，就要去解剖，检查是不是其他的地方出血了。"

我用一个头枕垫在死者项部，使其呈头后仰姿势，随后将死者的嘴巴掰开，再用一把手术钳插入死者口腔将舌头压住，接着把内窥镜顺着咽喉探入食管。内窥镜刚进入食道，并没有见到明显的血块，直到快进入贲门时，视野中出现很多血块，再往下探查，视野基本都被血块和液体阻挡，无法观察。

林霄看着内窥镜的画面，神色一沉："还是消化道出血。"

"你们不觉得奇怪吗？如果床边的血是她呕出来的，怎么食道里的血并不多？"我疑惑地指着平板屏幕上的画面。

"也许是她吐血之后又喝了水，或者就是吐血后喝水漱口。" 王洁给出的解释也算合理。

我转动着内窥镜，胃里的血太多，视野受阻，根本没法检查到是否有溃疡出血处。

林霄已经对此深信不疑："这肯定是胃出血了，这么明显。要不这血从哪里来的？"

但尸检一定是以实时看到的为准，不能有半点猜测。

"师兄，要不还是解剖尸体吧，还有件事情也需要解剖才能确定。"

"还有什么遗漏吗？"

"老太太的左手手肘处和胸前各有针孔，根据之前的调查，老人虽然去医院就诊了，但并没有做检查，更没有治疗行为。胸口这个地方的针眼一般都是心包内注射时才会有，那现在她的这个针孔该怎么解释？"

"那就剖吧！"我让王洁准备解剖。

林霄却抓住我的手："虽然公安机关有权对疑似刑事案件死亡的尸体进行强制解剖，但是不告知家属是不是有点不合适？要不明天给家属说一声再解剖？"

"不行，这件事如果真的是命案，那家属就有重大嫌疑，我们不能打草惊蛇。"林霄想了想，最后松开我。王洁拿来解剖手术器械，我们两个开始解剖尸体。

当我们打开死者胸腔进行检查时，发现心包腔见大量积血及凝血块，心脏上有一裂孔，心脏各瓣膜苍白。腹腔检见肠系膜及后腹膜苍白，肝脏、脾脏缺血貌改变，胃内充盈检见积血及凝血块共重 270 克，胃壁及食道和十二指肠未见任何溃疡及损伤。下消化道未见积血凝血块。

眼前检查的结果让我们大为震惊。

死者竟死于失血性休克，致命伤口就是胸前的针孔，这个针孔扎破了心脏放血。不仅如此，凶手还将放出来的血灌回死者胃里。

"现在你们还觉得张鹏是个好儿子吗？也许他照顾老太太就是为了掩人耳目，给自己杀人洗脱罪责做伪装。这杀人方法还真是脑洞大开。不解剖完全不知道，差点就被我们当成一般的非正常死亡漏掉了。这家伙要不是急着去保险公司要钱，也不会出纰漏。他要是先把尸体火化了，那就真的瞒天过海了。"我倒吸一口凉气。

"这是个畜生吗？为了钱这样杀掉自己的亲妈？"王洁火冒三丈，气得双拳紧握，银牙作响。像她这样孝顺的孩子，眼里肯定容不下这样的人。何况王洁早上还在为自己妈妈的身体操心，现在就看到有人为了钱残害生母。

"老陆，下一步你打算怎么办？"林霄看着我，仿佛在等我做什么决定。我知道，我们现在没有足够的证据证明张鹏就是凶手，我应该按照规定将事情报告给大队部，由大队部部署后面的工作。

"如果现在报告大队，侦查的人去找张鹏，无异于打草惊蛇。我们目前没有实质性的证据能够将张鹏和杀人行为关联起来，还需要想办法找到有力的证据才行。"

"师兄、林霄哥，看这尸体的情况，基本可以断定凶手是使用类似针筒这样的工具刺入死者心脏，将死者的血抽出来杀死对方的。我好奇她为什么没有反抗，就算是体力不好也会留下反抗痕迹的。"

"还记得第一次向张鹏询问情况时他说的话吗？他说他妈妈中风瘫了，这种情况下，她基本没有反抗的能力。"我补充道。

王洁点点头，接着说："现在只能祈祷这个畜生还没来得及处理掉作案工具，我们要赶快行动，抢先他一步拿到工具。如果上面有张鹏的指纹或者是DNA，就能够证明是他行凶。如果他杀人之后就出去处理凶器，那小区里的摄像头应该拍到了他。放手一搏吧，成不成功看天意，但我们总要试一试。"

"好，将尸体冷冻起来。林霄赶快通知权彬去丽和小区调取监控进行搜查，让权彬去物业调监控的时候问一下丽和小区的垃圾每天几点收走，运到哪个垃圾点，就算他把凶器丢到垃圾站，我们也要去找回来。"

林霄赶忙给权彬打去电话，我的手机也响起来，是王宇打来的。才按了接通键，就听这小伙子大声喊着："陆哥，你绝对不会相信，丽和小区11幢3单元1102的盗窃案，皮包拉链上做出来的DNA是早上那个死者老太太的！尸体偷东西了！"

沾血的皮包

死者是个瘫痪在床的老太太，怎么可能会搅和进楼下的盗窃案里，我没好气地回道："行了，别和我们胡说八道了，我们现在已经做完了检查，马上就回去。"

林霄吃惊地看着我："天啦！什么情况，你居然会说别人胡说八道。全局就数你最爱胡说，你现在居然在一本正经地教训别人，你是陆玩吗？"

"老林，我说真的，开什么玩笑都可以，不要开死人玩笑。唉，尊重死者吧。"

收拾完解剖室，我们三人带着尸检记录、拍好的照片、取好的指甲及血液等生物检材急急忙忙地往局里赶。也许是骂累了，王洁一路望着窗外，一言不发。我和林霄也相对无言。

人在失血时是很痛苦的。失血后期，整个机体多器官衰竭，呼吸困难，物质、电解质、酸碱的代谢均紊乱。整个过程直到死亡都是极为痛苦的折磨。很难想象这个母亲当时经历了什么。

但张鹏没有收入来源，平时主要是靠他母亲的退休金过活，按理说他不会对母亲下杀手，这无异于自断生活来源。

我将我的疑惑和林霄说了。

林霄想了想："还记得吗？邱其说张鹏有吸毒史，我觉得他一定是急需一大笔钱所以才杀母骗保。是不是犯了毒瘾实在搞不到钱，最后想出这么一个毫无人性的办法？

说起邱其，我还想到个事，我们复勘完现场他把张鹏又带回所里了吗？"

"我打个电话问问邱其这到底是怎么回事。"

拨通了邱其的电话，邱其的答复让我很意外。

邱其说："张鹏取保候审了！早上从所里将张鹏带回他家，就是办取保手续耽误了时间才半天没来，说是后面等那个女的复查结果，你们定伤我们才能处理。"

"取保候审？他交了保证金？"

"是的。"

听到这里，我心里泛起了疑惑，一个离家徒四壁仅一步之遥的男人，连猫叼走一块肉都要抢回来吃，他哪里来的钱交保证金？我继续问邱其："张鹏从保险公司把理赔的钱取出来了吗？"

"没有，不是闹矛盾打起来了嘛，我们直接就把他带回来了。"

挂断了电话，我问林霄："你说他交保证金的钱是不是从楼下那个女人家偷的？"

"十有八九就是了。我们大胆假设一下，他杀完人，趁着大清早下楼处理凶器，正好看见楼下没关门，探头进去就顺手牵羊，拿走了包里的钱。也就是这时候，张鹏把他妈妈的DNA留在了那个皮包的拉链上。"

"如果你的猜测是正确的，那偷东西的时间差不多就是他下楼处理凶器的时间，可以锁定在早上七点半到八点之间。赶紧告诉权彬这个重要信息，顺便让他问一下物业，这个时间段的垃圾一般是怎么处理的。"

"师兄，如果凶手没把凶器丢到垃圾堆而是丢到了别的地方呢？比如小区以外，或者干脆就地埋了。"

"所以要先从监控入手，至少确定他有没有拿东西下楼。不过这是个老小区，监控不一定完善，能查证到什么程度只能看天意了，我相信老天爷不会帮这种人的。"

我虽然和王洁说得确切，但自己心里也没底。下午去那个小区的时候，我留意过，小区的监控一只手都数得过来，分布点也很不科学。监控盲区很多且很容易识别。张鹏长期住在小区里，如果他想刻意躲着监控，是轻而易举的。我越想越急，恨不得现在就能找到监控，证实我多虑了。

没一会儿，车开到了局里，我们以最快的速度冲回办公室。自从我们确定老太太这事是命案后，我们自己队里的几个人都没有回家。我赶忙上去给徐老头汇报我和林霄的发现，虽然暂时不想汇报给大队，但一定要给徐老头说。听完我目前掌握的全部情况后，徐老头居然很支持我的做法，他让我尽快去找，破案后他再向大队报告。

看来徐老头也想借着这事给某些中队打打脸。

回到办公室，我正好见到王宇。

"王宇，那个拉链拭子你确定做出来的 DNA 是张鹏妈妈的吗？"

"陆哥，放一万个心，绝对没有问题。我单拿出来做的，不可能出问题。""那你有没有做人血试剂条实验？"

王宇面露难色："这个没有，给我的时候光说是拉链拭子，估计是脱落细胞，所以我才说是死尸偷东西啊。"

"死人怎么会偷东西？我现在怀疑是有人沾了她的血去偷东西，不小心让痕迹留在了拉链上。对了，拭子还有剩下的吗？"

"有的，我剪了一半。如果需要，我现在就去做人血试剂确证实验，看看上面是不是有人血。"

"我和你一起去。"

我和王宇换好衣服，来到了楼下的 DNA 实验室。王宇拿出之前的拭子，用眼科剪小心地将剩下的棉签拭子表面慢慢剥离，放进离心管中。他向里面加入150微升的去离子水，接着放在恒温混匀仪上，以56摄氏度摇晃几分钟。我们随后拆开了一条人血红蛋白酶联免疫试剂条。我和王宇屏息凝视着试剂条，没一会儿，随着液面的下降，离心管里的水全部吸附在试剂条上，试剂条上出现了一条杠。

"阴性，没有人血成分……这怎么可能？如果张鹏手上没有他妈妈的血，只是粘着少量的脱落细胞，DNA绝对不会做出死者的分型，因为他自己的DNA浓度会把死者的掩盖住，但我们现在做了出来，难道死者真的碰了这个拉链？死人偷东西？这也太玄乎了！"

"陆哥，你别急，你不常用这个试剂条，可能不知道，弱阳性的反应是不容易看出来的，你等一下。"

王宇拿起刚才的试剂条在空气中来回舞动，没一会儿，试剂条上的水分挥发掉很多。他拿起试剂条仔细观察，随后又拿到一个多波段光源下反复地看："陆哥，你快来看！"

我凑到王宇旁边，看着拭子上刚才那道杠前隐约出现另一条杠，并且越来越清楚。"那就是说，这拭子上有人血喽？"

"对的，是有人血，而且就是那个老太太的血！"

"牛啊王宇，等案子破了，我要给老大说给你记一功！"

"陆哥，一个盗窃案还记一功？太夸张了吧！"

王宇还不清楚我们经历了什么。

"可不只是盗窃这么简单，先不给你说，反正你帮了大忙了。"

"师兄，彬哥回来了！你要不要去看一下？"王洁从实验室门口探了头，把我吓一跳。还没脱下大褂，我又马不停蹄地往电子物证室赶。

一进门，我就看见权彬和林霄两个人聚精会神地盯着屏幕，要是没有玻璃，这二位都快要钻进屏幕里了。

权彬抬起头，一脸疲倦："陆哥！一个好消息和一个坏消息，你想听哪一个？"

"好消息。"我想也没想地说道。

"我去丽和小区物业调监控，直接在他们的监控电脑上看，发现早上七点五十左右，张鹏提着一个印有李宁 logo 的纸袋子从楼上下来，把纸袋子丢进了垃圾桶。小区的垃圾还没清理，我让他们先留下来，我们回去应该可以找到那个袋子。"

我听到这个消息，高兴坏了，可是权彬却一脸生无可恋地看着我。我稳定了一下情绪，问道："那坏消息呢？"

"我去物业查看监控那会儿，张鹏正跑去交电费，就在我身后。我在查什么全被他看得清清楚楚。等他走了，物业的人才说，张鹏刚才一直在我身后。我……好像打草惊蛇了。"

"唉！你可真是个天才！"

被"养废"的孩子

我被权彬气得差点晕过去："你当时就应该马上打电话给我们，然后上楼去盯住张鹏。你回来干吗？"

"我那会儿的第一反应是上张鹏家找他，结果去了家里没人开门。我等了好长时间，想着回来找你们再去。"权彬知道自己犯了一个愚蠢的错误，羞愧地低着头。

"还再去个屁啊！他要是知道我们在查他，肯定跑了。"

林霄用手扶着我："老陆别急，我们现在都去，就算他不在，我们也要把他丢的东西找回来，看看是不是作案工具。"

我跟徐老头请示了一下，带着刑事技术室所有喘气的活人都去了丽和小区。

张鹏果然已经不在家了。

"权彬，你不要找垃圾了，去物业继续看监控，看一下张鹏是几点离开的，怎么离开的。如果确定他出了小区，赶快联系交警队调出路面监控，然后跟下去。"

我安排好权彬，随后带着大家在小区的垃圾堆里寻找那个服装袋。大规模翻找垃圾袋很不容易，我们一人套着一件隔离服，做好了防护。还好要搜寻的目标有明显特征，如果那个袋子里装的真的是凶器，但愿它的表面不要被污染。

我们十几号人在垃圾站，将各个楼集中过来的垃圾桶编好号，找出 11 栋楼的四个垃圾桶，一个接一个地倒空，将所有垃圾平铺开来，一个没有就找下一个。

第一个垃圾桶一倒空，一股恶臭直接扩散开来，酸腐的气味瞬间将所有人包围，从垃圾桶里飞溅出来的黑水像毒液一样在地面上扩散。要不是穿着防护服，它们可能已经钻进了鞋袜的缝隙。垃圾堆积，缝隙之中是散落的蛆虫，除去我们这些经常接触腐败尸体的人对这种肥胖蠕动的小可爱有免疫力，其他人已经就地干呕起来。

我用一把大铁锹将垃圾扒拉开，并没有发现印有李宁 logo 的纸袋。没办法只能将全部垃圾重新装回垃圾桶。我们用同样的方法检查了第二个、第三个垃圾桶，都没有发现目标。要是最后一个垃圾桶还没有袋子的踪迹，那就麻烦了，搜索范围会扩大很多，他可能是丢到其他地方甚至已经单独藏了起来。

我和林霄将第四个垃圾桶里的垃圾全部倒出来，还没等王洁拿铁锹翻开垃圾，一个黄色的牛皮纸服装袋就出现在众人眼前，李宁的logo很是惹眼。

"应该是这个了。"我兴奋得大叫一声，不顾肮脏扑了上去，小心翼翼地将袋子拎出来，生怕里面的东西掉出来或者别的垃圾流进去。等把袋子拿到一边，我小心地打开，发现里面是一节很长的输液器软管，软管的一头连着一枚粗长的针头，这种针头不像是医用针头，更像是某些修理厂用来充气的针头。我拿起软管仔细检查，发现软管内壁残留有疑似血迹样的红色液体。

我抬头搜索着王宇："王宇，快拿去看看是不是人血。"

王宇从勘查箱中拿出眼科剪，将软管剪出一个破口，再用干净棉签擦拭取管内壁的疑似血迹，之后将棉签剪入离心管，加入去离子水，摇晃几分钟后插入人血蛋白试剂检测条。

没一会儿，王宇兴奋地对我说："陆哥，阳性反应！是人血！"

"王宇，拿着这些物证赶快回实验室，重点检查外表面能不能做出张鹏的DNA。"

王宇接过我手中的袋子，有点为难地站在原地："陆哥，嫌疑人没有到位，没有口腔拭子可能无法比对。"

"他之前有吸毒史，不知道当时处理的时候有没有取他的口腔拭子。你先做出结果，张鹏我们去想办法找，实在不行我们去他家，找他的生活用品比对。"

林霄和王洁将垃圾装回垃圾桶后，很快回到我身边。

我抢在林霄前面说："林霄，你是不是觉得这个张鹏很奇怪，居然把凶器就这么随便丢到了楼下垃圾桶里。"

林霄点了点头："按理说，常人杀人后只要不是出于害怕逃离现场，冷静下来后都会处理凶器，至少会丢远一点。这家伙就丢在楼下，太随意了吧？"

"林霄哥，我在想这家伙会不会觉得最危险的地方最安全，而且他在这里生活，他可能觉得楼下的垃圾很快就会被清理走，所以抱着侥幸的心理丢在这里。"

"不管他是什么心态，现在找到张鹏才最要紧。走，我们去物业看看权彬有没有什么发现。"

我们几个走进物业办公室，权彬正聚精会神地盯着电脑，没发现我们走到了他身后。

我焦急地问道："阿彬，怎么样了，有没有看到张鹏的行踪？"

"陆哥，这个小区一共有三个门，其中两个都没有监控，有监控的这个我仔细看了，没有张鹏出去的视频。如果张鹏从别的两个门出去也根本拍不到。还有，院子里的监控盲区很多，基本没有价值，我们只能从别的方面想办法了。"

权彬无奈地摇摇头，欲言又止。

"有什么话直接说。"

"陆哥！我们去他家看看他的手机在不在，如果不在，那他应该带在了身上，我们可以直接申请技侦帮忙定位。"

"对！"林霄也补充说，"现在也就这个办法最有效率。"

"事不宜迟，立刻行动。"

我们几个人从物业出来，直奔张鹏家去。

我快步走在前面，恨不得上去一脚就把门踹开，可穿着这身警服得控制自己的情绪。因为走得太快，刚进到楼道口，早上被我吓跑两次的大爷迎面撞在我身上。大爷一看又是我，掉头就跑。他的身子已经转了过去，手却拽着楼梯扶手，跑了两步就停在原地。他瞪着眼睛仔细看了看我身上的警服："我的乖乖，你真的是警察？今天可被你吓死了！白天你们为什么鬼鬼祟祟的，也不穿警服，我以为你是混子流氓呢！"

"大爷，就算我没有穿警服，也不至于看起来像地痞流氓啊！"

"哎呀，警官，我不是说你长得像流氓，你被我误会的主要原因是你在张鹏他们家门口啊！"

"嗯？"这个问题立刻引起了我的警觉，"经常有地痞来找他吗？"

我的问题似乎打开了大爷的话匣子，他一脸兴奋地说："可不是嘛！不知道张鹏这孩子在外面欠了多少钱，那些不三不四的人经常找上门。有时候他不在，那些人就骚扰他妈妈。我们这些邻居看不过去说张鹏，但也没什么作用，那些人一看就是放高利贷的，也不知道这孩子是怎么惹上这些人的。报了几次警都没用，那些人还会来。对了，张鹏是不是出了什么事？"

"大爷，张鹏没出什么事。您和他们家熟悉吗？"

"当然熟悉，这小区原来是教育局和好几个学校集资盖的，里面住的都是各个学校的老师。我也是退休教师，我和他父母虽然不在一个学校工作，但大家也是快三十年的老邻居，我是看着这孩子长大的。"

我追问道："大爷，那在您的印象中张鹏是个怎样的人？"

"这孩子是被他爸妈养废了，他生下来就身体不好，六七岁了也还是病病歪歪的，去医院检查身体，护士抽血他都会晕过去。以前大家都觉得他活不到成年，他父母为了给他治病，花了不少钱。这孩子虽说身体不好，但这么多年好歹也活过来了，长大之后，他的身体也没那么差了。他父母心疼他，从小什么都不让他做，时间长了，他既没生存技能，也没啥自理能力。不过这孩子生性老实，而且性格内向。他爸爸出事前曾找关系给他在国企里安排了个工作，但没做几年，企业效益不好，就把他裁掉了。后来就这样一直在家里待着，也没工作。"

大爷越讲越来劲，被我打断数次才意犹未尽地住了嘴。我这边了解了情况，好言好语送走大爷，这才有闲暇看林霄这边的情况。

由于张鹏家房门太破旧，我们没费什么力气就打开了。

"师兄，你看这个！"王洁说着拎过来一个物证袋，里面装着一个手机充电器。王洁拿着它在我眼前晃了晃，"现在的人如果出远门，别的都可以不拿，但充电器是不会不带的。他逃得这么慌张，要是手机没电了，技侦还能找到他吗？"

嫌疑人遭劫

勘查完张鹏家，我们收队回到局里。权彬去找徐老头汇报情况，并以中队的名义申请技侦帮忙定位张鹏的手机。现在最要紧的是王宇那边是否可以从凶器上做出张鹏的 DNA，这样就能直接认定到个体。至于张鹏人去哪里，以现在公安的追逃能力，抓住他只是时间问题。

这样一个弑母的凶手让我们整个中队都愤怒不已。将这个凶手绳之以法是我们所有人努力加班的最大驱动力。

"找到了！找到了！"权彬突然疯了一样地跑进办公室，"技侦大队的兄弟定位到张鹏了！就在城南的一个农宅里！大队已经派遣了侦查中队，他们现在去抓人。徐主任让我们技术也跟进，到时候好固定现场和人身检查。"

我急忙问道："阿彬，侦查的人已经出发了吗？"

"出发了！"

"走走，老林咱们也去。对了权彬，你知道位置不？"

"我知道，技侦那边一出结果我就去问了。我和你们一起去。"

"好！"

王洁、林霄和权彬带上装备，我们开着车，风驰电掣地往张鹏所在的地方奔去。沿街的风景被我们甩在身后，没一会儿，我们就到了目标村口。这里不比城市那样即使三更半夜也是灯火辉煌，放眼望去，车灯所照的范围以外，一片漆黑。

"权彬，把车灯关了。这开进村里大灯一打，村里都知道来人了吧。"权彬很快关掉车灯，放慢车速，在村道上缓缓移动。

"距离目的地还有 500 米。"导航播报着距离。

突然一个急刹车，我们所有人由于惯性狠狠地撞在驾驶台和前排座椅上。权彬盯着漆黑的路面，吓得脸色煞白，他死死地抓着方向盘，双腿不停颤抖，右脚却紧紧踩着刹车不动。

透过前挡风玻璃，我隐约看到一个身影整个趴在引擎盖上。

我摇了摇他，问道："撞到人了吗？"

"啊？什么？"权彬整个人都吓蒙了。

王洁拿出手机，打开手电筒，从前挡风玻璃照出去。当借着手电筒看到引擎盖上趴着的人时，所有人都异口同声地惊呼："老包？"

被撞的不是别人，正是侦查中队的侦查员包国强。

林霄赶忙下车，试探性地拍了拍包国强的后背："没事吧？你是疯了吗？突然冲到车前面。"

老包的眼睛仿佛要从眼眶里掉出来，只见出气不见进气。他的嗓子里发出"咦"的单音节，看来撞得不轻。人在剧痛之下是没法移动的，林霄招呼我下车，我们协力将老包扶进车里。检查确认他没什么大碍，等他缓过来，我怒道："你疯了，用身体挡车？"

包国强五官扭曲，强忍着疼痛说："谁让你们车开得那么快，我在路边挥手挥得都快断了你们也不停。你们别往前开了，出事了！"

"出什么事了？你说话不要大喘气！"林霄也急了。

"我们过来抓捕张鹏，出来得太急，就来了三个人。等到了地方，我让肖良爬到墙头侦查一下，看看张鹏在不在那个院子里。这不看不知道，好家伙，张鹏给人绑在一个椅子上，被脱得一丝不挂。他旁边还有三个人，有一个在不停地辱骂他。这三人身上都带着刀，从他们说话的内容可以判断，他们是来向张鹏要债的。我们准备向局里请求支援，但肖良从墙上下来的时候被他们发现了。他们看我们也是三个人，还赤手空拳的，准备和我们干仗。当我们爆出身份后，有两个直接翻墙跑了，剩下的一个拿着刀劫持张鹏，退回房子里。现在抓捕行动意外成了劫持人质，没办法我只能汇报局里等待支援了。我怕你们去了会激怒劫匪伤害张鹏，所以在路边拦住你们。"

"你们和劫匪沟通了吗？他有什么诉求？"

"一直在隔着窗户喊话，劫匪唯一的诉求就是放他走。"

"那你就放他走，先把张鹏弄回来，张鹏认识他是谁，之后再抓他。我们不说，别人也不知道。"

"陆玩，你别在这里挤对我。我把他放走了，回大队不把我弄死？你故意的吧？"老包明显生气了。

"好好好，我给你说个办法，不用等特警队来就能抓住他。"

包国强一下激动起来："陆大法医，老陆，我就知道你鬼点子多。你快说，快说怎么弄。"

"我说了可以，但你要答应我，张鹏回去审讯的时候让我陪审。"

老包想了一会儿，咬了咬牙："好，我答应你。你快说怎么办！"

"你们几个现在轮流去和劫匪谈话，谈判也好聊天也好，反正就是不停地和他说话，等劫匪说话的时候，你假装听不清，让他大声喊，剩下的事交给我。"

看着我胸有成竹的笑容，老包似乎更没底了。

"你要做什么？你把话说完啊！"他一脸急切。

"别问了，照我说的做，我一定帮你抓住那个劫匪，就当是刚才撞你的补偿。"说完，我让林霄和权彬都去帮忙，带着王洁开车往回走。

"师兄，我们干吗去？"王洁不解地问。

"我们去买饮料。"

没一会儿，我和王洁回到了绑匪所在的农宅。老包看我回来，像是看到了救星："陆玩，你快说怎么办！你刚是不是在耍我？"

"里面的劫匪怎么样？"我不紧不慢地问他。

"刚开始还和我们对骂，现在估计累得没劲了。"

我看老包自己也快没劲了，赶忙对他说："你去给劫匪送点水，让他喝了继续骂。"

"陆玩，你是不是有病？你让他喝够了休息好了继续骂我？你，你是不是……哦……我懂了。"他啧啧地看着我，"你小子，真贼啊，你走了正道真是老天开了眼。"

我让王洁给在场的人一人递上一瓶饮料，大家都对着绑匪所在的窗户，大口大口喝着饮料。那个绑匪这会儿估计嗓子都冒烟了。还没等老包问他，他就自己主动要饮料喝。老包把我事先准备好的大礼包从窗户丢了进去。

那个傻蛋想也没想就一饮而尽。等了十几分钟，老包等不及了，看着绑匪明显有点反应迟钝，他一脚踹了门，和肖良冲了进去。绑匪举着刀向老包砍过来，却重重地摔在地上，接着他又撑着爬起来，还没等举起刀，又摔在地上。他挣扎着站起来，被老包一拳结结实实地打在面门上。绑匪痛苦地捂住口鼻，但鲜血还是从手指的缝隙中涌出来。他一个趔趄摔在了张鹏的身上，张鹏吓得当即昏死过去。

权彬和林霄也很快冲进屋子，王洁紧随其后。权彬扶起张鹏，还没开口叫他，就干呕起来。王洁一声惊呼，在场所有人瞬间离开张鹏周围。权彬一边甩手一边骂："我去！他身上脸上都是屎！"

一本日记带来的转机

随着权彬的咒骂，大家仔细看过去，张鹏脸上和赤裸的上身全都涂抹着褐色的粪便。毫无疑问，就是那几个人的杰作。

老包用脚踢了一下绑匪，看他没有动静，转头问我："陆玩，那饮料里有啥？他喝了都站不住了？"

"地西泮和苯海拉明，吃多了就会引起共济失调。"

看老包还是一脸求知的表情，我补充说："就像喝醉一样。"

"张鹏，张鹏，醒醒！哎！起来洗一洗跟我们回去。"我试图将晕过去的张鹏唤醒。

"师兄，你让开。"还没等我反应过来，转头就见王洁提着一个塑料桶走进屋，她一手提着把手，一手抄着桶底，抡圆了胳膊照着张鹏头上"哗"的一下浇了上去。

原本还在昏迷的张鹏，被这一桶凉水一下子激得叫了出来。

王洁接着把桶甩在张鹏身上，大声吼道："滚起来，洗脸！"

林霄拉住王洁："不要被情绪左右自己的行动。"

"这弑母的畜生禽兽不如，我对他算客气了！"

等所有人回到了局里，已是深夜。我和老包商量一下，决定今晚先休息，明天再对张鹏进行审讯。

这一天过得还真是精彩，我既做警察又扮贼，最后还要智斗绑匪。

精神松懈下来最容易感到疲惫。我走上楼拿洗漱工具，准备去洗个澡睡觉。这时，王宇拖着疲惫的身子从实验室出来，他眼神充血，身体佝偻，两只手耷拉着。

我好奇他怎么一下变成了这样。小伙子注意到我，提起最后一点精力向我招了招手："陆哥，正好你在，我正要给你打电话说一下检验结果呢。"

"还好没去睡觉，要不待会儿被电话吵醒，得难受死。说说呗，结果怎么样？"

"软管内的疑似血迹确实是人血，检出的 DNA 就是去世老太太的，我将软管分段检测，分别检出一名男性的 DNA 和老太太的 DNA。我将男性的 DNA 输入全国 DNA 数据库比对，没有比中张鹏。起初我以为这个男的不是张鹏，结果一查，发现张鹏根本就没有吸毒处理的记录，也没有前科。派出所是不是搞错了？最后没办法，我又回到张鹏家里，拿了他的牙刷和衣服做出 DNA。通过比对，软管上的男性 DNA 与从张鹏的衣服和牙刷上检出的 DNA 一致，基本可以认定使用过软管的人就是张鹏。"

王宇的话让我大吃一惊，张鹏居然没有吸毒被处理的记录。

"你确定没看到他的吸毒记录？"

"我确定，他绝对没有被记录，所以也没有他的 DNA 数据。"

听王宇这么肯定，我有些疑惑。如果张鹏没有吸毒，那他借高利贷是为什么？没有处理记录也不能说明他没有吸毒。明天还要给他做人身检查，到时候初测一下就知道了。

我实在困得顶不住，回到宿舍倒头就睡。日有所思夜有所梦，梦里我仿佛回到了无忧无虑的童年时代。母亲做好晚饭，满大院找我，最终在水塘旁发现了满身污泥的我，气得追着打我。虽然每次打我最狠的是她，但我心里最亲近的也是她。我仿佛又回到了她温暖的怀抱，变成了小小的婴儿，幸福地酣睡着。

第二天一早，我急急忙忙穿好衣服，简单洗了把脸就来到了审讯室。

我进去找了一圈，既没看到张鹏，也没看到包国强。我赶忙拨通包国强的电话。

"喂！老包，不是说早上审讯张鹏吗？怎么不见你们人影？"

"呃……那个……我给你说个事你别生气。"

"你不要说你们已经审讯完了。"

"我也没办法啊！本来想叫你，我们杨队非要马上就开始。我说我叫上你，就被领导骂了一顿。你别为难我，我实在没办法。"

"我……有你们这样干事的吗？我帮你抓人的时候你什么态度？卸磨杀驴啊！以后不来往了是吗？"

"陆玩，不是我说，你老是掺和我们的工作，对此杨队一直有很大意见。下回要有这种事，你先和他通个气呗。别生我的气啊，咱兄弟俩又没矛盾。还有，这个张鹏你就是参与了审讯也没什么用，这家伙除了哭，什么都不说。不过我已经知道你们那边的 DNA 检验结果，物证落实，他说不说也不打紧，你来了也是这结果。"

"你少在这里给我玩瞒天过海，审讯背着我和审讯结果没达到预期是两码事。

你太不仗义了！我问你，张鹏现在被送哪儿去了？"

"你不要激动，按照流程我还要再审两次。接下来杨队不去，我会叫你的，张鹏现在被关到看守所了。"

"我要去也不用背着他，法医本来就要对嫌疑人做人身检查。再去的时候我一定和你去。还有，你说他啥都不说，那对他妈妈的死，他有什么反应没有？"

"有，就是哭。什么都问不出来。哦，对了，我问是不是他杀的人，他承认了。再别的啥都没说。他自己承认了，案子也差不多了，物证链也是齐全的，再去审讯的时候我一定叫你，你去看了就知道了。"

挂断老包的电话，我还是很不爽。回到办公室，王洁和林霄都已经吃完了早饭。

"师兄，我有个事给你说。"

"咋了？你直接说。"我耷拉着脸，还在不爽侦查的那帮人。

"张鹏落网了，估计以后再回不去他那个家了。他家里没人，那只猫会死的。"王洁看我一脸不高兴，说话小心翼翼。

我揉了揉脸，缓和了一下情绪："你想带回家养？"

"我想，毕竟是个生命。"

"好，我们去把猫咪带回来。"

我开车带上王洁，不一会儿就来到了丽和小区。拿着昨天从张鹏身上搜来的钥匙再次打开了他家房门。王洁到处寻找那只猫咪。猫咪可能是害怕，一直躲着不出来。

我闲着没事，干脆在这屋子里随便转转。

除了我之前躲着的那间卧室，这房子里还有一间卧室。这个卧室的陈设更简单。一张书桌上堆放着一些书籍，单人床上的被褥比隔壁那张床上的要厚一些。屋里陈设虽然简单，但很干净。床位靠墙的地方放着一支拐，床旁放着一个简易大衣柜。

我心里突然一紧，这房间里怎么有一支拐杖，还是残疾人用的那种腋拐？此前我们都以为张鹏的妈妈是瘫痪，看来邱其没有说清楚，她只是偏瘫，她还有一定的行动能力。看来，这卧室是张妈妈的卧室，而昨天放置尸体的是张鹏的卧室。

我赶忙打开旁边的衣柜，果然里面都是老太太的衣服。我在房间内翻找，想找到一些关于张鹏的成长信息，我还是想知道为什么他会对残疾的母亲痛下杀手。

零星的家具很快被我翻了个遍，一无所获。我开始毫无目的地在那些书里翻找。老太太是一名数学老师，看来退休后也没有扔掉自己的专业，很多数学书上的笔记还是新写上去的。

手机的突然作响打断了我的侦查。我一看来电，是林霄。他打来电话一定是有要紧事。

"喂？怎么了，突然打电话来？"

"老陆，之前我们去张鹏家，我带回来一个本子，好像是他妈妈的日记。刚才你们走了，我没事儿翻着看了看，觉得里面可能有重要的信息，我现在拍给你看一下啊！"

林霄说完将日记本的内容拍给我。

这是老太太写的类似于记录一样的东西。里面记录着一个母亲陪伴孩子治病的过程，还有面对孩子生病的无助呼喊和崩溃后自我鼓励的心路历程。整个本子满满的都是母爱，儿子吃什么药，做什么检查，全都记得清清楚楚。

张鹏到底是多么冷血，能犯下弑母这样的罪孽。

"师兄，我找到猫了。咱们走吧！"

王洁抱着猫走进卧室，看着发呆的我问道："你在看什么呢？"

"这图片里的本子是张鹏妈妈的日记。"

"你有发现什么吗？"

"都是张鹏小时候她带着看病的记录，还有一些鼓励他的话。"我说着将手机递给王洁。

"师兄你看这一段：'我告诉儿子，直面恐惧是很难的，就算是身体想要逃避也不丢人。'你说张鹏是恐惧疾病吗？那个岁数会对死亡有什么明确的概念吗？这是恐惧医生吧。"

王洁这句漫不经心的话对我而言犹如醍醐灌顶。

"师妹，带上猫，快，我们走！"

"怎么了，去哪里？"

"我们好像搞错了！"

以爱之名的悲剧

我们一路疾驰，直奔看守所。

路上，我突然想起一件事，连忙给包国强打了个电话："老包！赶快去看守所提审张鹏！"

"陆玩，你搞什么呢！我这开会呢！现在去提审，杨队问起来我怎么说？你急个什么劲，哪有刚提审完就又继续的？"

"我这边没工夫和你解释，我就跟你说，赶快去看守所，我马上就到！你不想出错就赶紧去，出事了！"

我挂掉了电话，加大油门，一路上闪着警灯，在车流中见缝插针地行进。

我和王洁赶到看守所没一会儿，包国强就来了。他一下车就拉着个脸对我说：

"陆玩，你今天要是没给我一个合理的解释，我们就算绝交了。"

我将本子上的那段话指给他看："张鹏从小就害怕去医院。我看到这段，突然想到张鹏那个邻居大爷说张鹏小时候去医院抽血就晕倒。这要是真的，我们肯定出错了。"

老包紧张地问我："你觉得是真的吗？你准备怎么办？"

"我也不确定，所以我要你来，我们试一试。"

"怎么试？"

"走，先把人提出来！"

包国强拿上提审手续和证件跑去提人。我从车后备厢拿出勘查箱，叫上王洁也跟了进去。没一会儿，张鹏就被带了出来。

我没有让看守所的兄弟将他带到审讯室，而是将所有人都带到了看守所的医务室。我让张鹏坐好，看他情绪低落地垂着头，突然有点怜悯他。

"张鹏，接下来你要如实回答我的问题。"

张鹏看着我，点了点头。

"你妈妈是不是你杀的？"

他低下头，一声不吭。

"是不是为了保险赔偿？"

他依旧垂着头沉默，泪水滴落下来。

我走到包国强旁边，小声说："拿手机把接下来的事情全拍下来。"

我从医务室的柜子里拿出一个针筒，撸起袖子，用酒精擦了擦我手肘的贵要静脉处皮肤，直接将针头扎了进去。我用食指和中指夹住注射器活塞轴，大拇指和无名指夹住空筒试着抽了一下，没抽出来血。我立刻向王洁使了个眼色，王洁会意，走过来重新进针一抽，鲜血进入了针筒内。

张鹏看着我一番操作，一个劲地往后躲。针头扎进我皮肤的那一刻，他脸色煞白，身体抖如筛糠。他将头偏向一边，紧紧闭着双眼。

包国强上去将他的头掰回来，他还是紧闭着眼睛。我直接拔出针管卸下针头，抓住张鹏的一只手将我的血推到他手心，还带着体温的血液从他的手掌溢出，顺着指缝落在地上。张鹏呼吸愈发急促，脸上的汗液混合着泪水，不住向下落。他想要甩掉手上的血液，睁开眼却看见一手鲜红的血。

他全身一软，整个人栽倒下去。

老包和王洁将他扶到旁边的诊断床上，用清水擦去他手上的血迹。没一会儿，张鹏苏醒过来。睁开眼的第一瞬间，他看着自己的手，确认没有血迹，他松了一口气坐起来，愤愤地看着我，泪水再次涌上眼眶。

"张鹏，你就这么想死吗？宁可背上弑母的骂名也要死？"我的语气尽量温柔。

他还是沉默。

"要不是我发现你晕血，你要害我们犯多大的错误。你到底为什么要这样？你这么做，你妈妈会死不瞑目的，你知道吗？"

"你别说了，人是我杀的！让一切都这样结束吧！"他的情绪又激动起来。

"人根本不是你杀的，让我来说说整个事情的来龙去脉。我要让你这个懦弱的男人知道，你有一个多么伟大的母亲！"我忍不住瞪了他一眼，"大家都知道，一开始我去检查老人的遗体，向张鹏介绍我是一名法医，张鹏当时看我的表情很不自然，我开始没太在意，现在回想应该是胆怯，他怕我看出问题。随后我对尸体进行检查，除了胸口和前臂有两处粗针孔以外，没发现什么异常。我判断这可能是去医院治疗留下的，本来这个尸体没有外伤，一般就当非正常死亡事件处理掉了，这可能也是张鹏妈妈希望的。但好巧不巧的是，我们发现他家的猫老是舐床下的地板，地板上可能有什么东西在吸引那只猫。

"随后通过调查，我们发现老人生前虽然去过医院，但连检查都没做，更别说治疗。这就无法解释她胸口和前臂的针孔，只是凭借她生前有胃病就定了死因，这未免太草率。还有尸检时查出尸体呈明显的缺血贫血貌改变，这就更无法解释血去了哪里。我们很快进行了第二次尸检，发现之前判断的消化性溃疡穿孔出血并不存在，死者胃里只有一些积血和凝血块，她的心脏上反而有一个裂孔，并且心包积血严重，我们这才发现可能是命案。

"我还发现一处异常，死者手臂处的针孔走向是沿手臂由近向远的，也就是说，进针方向是斜着从手肘向手腕方向，这不可能是医疗救治造成的。接着我们又去了他家，仔细勘查了尸体躺过的房间，发现地板上有死者的血迹，而猫在舐舐的也是血迹。随后，张鹏去保险公司取理赔金，打了工作人员，这让我们以为他的杀人动机就是保险金。

"派出所的失误给了我一个错误的信息，我们误以为张鹏是吸毒人员，认为他是为了取保险金吸毒才杀了妈妈。调查时我无意间遇到他的邻居，对方透露了一个信息给我，说张鹏在他妈妈偏瘫后一直将她照顾得很好，我在检查尸体时也没看到尸体有肌肉萎缩和褥疮，这也说明老人确实被照顾得很好。我在张鹏家也发现死者睡的床垫都比张鹏自己睡的厚实，这都说明了张鹏很孝顺，我那时候就觉得，他可能不是凶手。他邻居还说，张鹏在外面借了高利贷，他们母子经常受到催债人员的骚扰。他今天被绑也是因为亲人去世，那些放贷的怕钱要不回来才将他带走。"

"那他妈妈是谁杀的？"老包焦急地追问。

"别急，听我说完。我们没有查到张鹏因吸毒被公安机关处罚处理的记录，我想他可能本来就没有吸毒，他去拿保险金就是为了还高利贷，而且我没有猜错的话，这也是他妈妈的意愿。我说得对不对，张鹏？"

我边说边看着他。张鹏瞪大了眼睛，还是沉默。

我清了清嗓子继续说："张鹏欠了高利贷，追债的人经常来骚扰他们母子，他妈妈觉得自己半身瘫痪拖累儿子，又觉得儿子生性懦弱，怕他被那些人逼疯，思前想后，最终做了一个惊人的决定。她要用自己的生命换来儿子后半生的安定。这老太太不知道从哪里弄来大号穿刺针和输液管，大半夜趁着张鹏熟睡，她跑到卫生间给自己放血，第一次扎的是前臂，平时在医院抽血的地方，也就是手肘处，这就造成了刚才说的奇怪的进针方向，因为她不熟练，所以并没有抽出血来。接着，她直接从胸口扎入心脏。管子的另一头丢到马桶里，这样流出来的血直接进入下水道，最后人就这样死掉了。

"更让我感到老太太细心的是，为了伪装内出血，她大口喝了几口自己的血，这也是我下内窥镜误认为是胃内出血的原因。我真佩服这个老太太，心思缜密，为了坐实这种死因竟然做到如此程度。张鹏发现他母亲自杀后，已无力回天。他将妈妈背出卫生间，习惯性地放在了自己的床上，最后按照妈妈的交代，将针头和管子丢掉，也就是这时候，管子里的血滴在了床沿和地上。这里有一点要注意，他因为害怕血液，所以拎着装有针头和软管的袋子丢到了就近的垃圾桶，回来时还偷了楼下的钱，这才有钱给自己办了取保候审。等回到家，他忍着心里的恐惧，草草地擦了血迹、冲了马桶，最后报了警。接下来的事，大家都知道了，保险金没拿到，他还被逼债的带走了。张鹏，我说得对不对？"

"现在说这些还有什么用！"张鹏崩溃地哭喊着。

我怒吼道："你是个懦夫吗？怎么会有你这样的人，你妈妈为了你连生命都放弃了，就是为了让你好好活着，可是你居然都没有勇气面对这个世界。你对得起她吗？"

"对不起，我对不起她……"张鹏痛哭。

"如果我没有猜错，第一次去你家检查遗体时，你还没有想要轻生吧？"

他从痛哭中渐渐缓过来，最终轻轻点了点头。

"我很佩服他妈妈为了取得保险金最终选择了这样的死亡方式，而且无意中这种死法也保护了这个有恐血症的儿子。"

老包一脸佩服地看着我，接着问道："陆大法医，就算证明了张鹏不是凶手，我们也没有证据证明老人是自杀啊！"

"我现在很矛盾，如果证明是自杀，那老人费尽心机想要留给儿子的保险金就泡汤了。但如果无法证明自杀，那这案子就砸在我们手里了。"

我无奈地扫视了一圈，最后将目光转向张鹏："证据在你那里吧？你想想要不要拿出来，我先和你说，那些骚扰你的人基本都落网了，绑架你做人质的那个人是债主吧？绑架加上非法拘禁，他这辈子估计也出不来了。你不用怕。"

张鹏做了很长时间的思想斗争，最后叹了一口气："我妈留给我的遗书就在她卧室的床垫下面，你们去找吧。"

"我还有一个问题要问你，你借高利贷到底是干什么？"

张鹏认真地看着我："为了给我妈治病。"

"她是退休教师，不是有医保吗？"

"医保不能全报。我妈以前为了给我治病，早把家里的积蓄花没了。我借来借去借不到钱，有个同学给我出主意，介绍我借了高利贷。"他叹息着低下头。

我和林霄再次回到张鹏家，在床垫下面找到了老人的遗书，里面清楚地记录着让张鹏如何伪造病死现场，怎么去保险公司索赔。

我们拿上这封遗书和张鹏妈妈的其他笔记，拿回去做文检鉴定。

在回去的路上，我们的心情十分沉重。到底是谁造成了这样的结果，是张鹏的懦弱，是父母的溺爱，还是没有及时打掉的高利贷团伙？

也许都有错，却又都无法追究。

006　山村魅影

　　毒药要进入人体才能发挥作用，不管是食道、呼吸道还是皮肤，都是进入身体的天然孔洞。那么有能进入人体的非自然通道吗？

　　伤口！对的！伤口也是毒药进入人体的方式。

中邪

红蓝色的警灯闪烁，群众围了里三层外三层，大多一脸惊恐，偶尔有人窃窃私语。警戒线内，一个40多岁的妇女跪坐在地上，撕心裂肺地痛哭着。

我和林霄、王洁走向警戒线，围观的人群自动给我们让出一条路。一个高大的警察在警戒线外拿着喇叭大声喊："不要拥挤，无关人员请迅速离开，请不要拍照和跨越警戒带。"

"黄斌！"随着我的叫喊，大个儿警察把手里的电喇叭递给旁边的辅警，向我走了过来。

黄斌看起来很疲惫，对我勉强笑了一下："老陆，你们终于来了。"

"老黄，怎么回事？怎么围了这么多人？"

"唉，本来没有这么多人，我们打着警灯进村后，村民就都跑过来看热闹了。有的还通知了邻村的亲戚赶来凑热闹。"

"现在是什么情况？指挥中心只说是非正常死亡，让我们勘查现场，具体情况你说说呗！"

"死者叫王各方，54岁，本地村民。据家里人的说法，他吃完午饭后在卧室休息。大概中午两点半的时候，他老婆在院子里干活儿，突然听见了卧室的呼喊声。她进去后就看见王各方摔倒在地，表情痛苦。等她出来呼救的时候，王各方已经没有反应了。村里的医生赶过来那会儿，人已经没了生命体征，接着家人就报警了。"

我点点头，寒暄道："你的状态看起来也不太好啊。"

黄斌抱怨说："今天值班，一大早出警帮村民找走丢的牛，弄得我饭没吃，水也没喝一口，累都累死了。"

"老黄找牛，牛见老黄直摇头，看你累成狗。哈哈哈！"

林霄狠狠地掐了我一下，骂道："你有没有正形？这么多群众看着呢，你在这里嘻嘻哈哈！"

我看着黄斌那衰样，调侃道："你不就找个牛吗？至于累成这样？"

黄斌一脸气愤："别提了，杀人的心都有了。我想着牛丢了，天气这么热，牛肯定要喝水，我就派两个人在水塘边守着，肯定能找到。好家伙，那个牛主人不知道从哪个神棍那里听来的，说算出来牛朝着西边走了，这人就直接上高速找牛去了，你说多危险！我们又上高速找人，费了好一通工夫。"他叹了口气，"我们管辖的这几个村，村民多是中老年人，文化素质都较低，受教育程度也低，特别迷信，村书记说的话有时还不如村里那几个算命的神棍巫婆说的管用。"

黄斌发完了牢骚就退到一边，我也不再和他开玩笑，正色道："第一个发现人出事的是死者的老婆吗？"

黄斌点了点头，用手指了指地上那个哭得撕心裂肺的女人。

辅警帮忙把女人扶到我面前。她的衣服上沾满了水泥，身上的围裙和袖套也沾着灰白的印记。她可能把我们后来的警察当成了局里领导，一把揽住我的腿，声嘶力竭地叫喊："领导，你要帮我主持公道啊！我老公肯定是被人害死的啊！这是杀人啊！"

"杀人？谁要杀你老公？"林霄试图拉起她。女人环视四周，突然指着旁边的一个人喊道："就是他，王勇发！我男人一定是被他害死的！"

我们所有人齐刷刷地朝着女人手指的方向看去。

八小时前。

"妈呀！今天怎么这么热？"王洁嘟囔着走进办公室，才放下手里的材料就迫不及待地扑到空调机前面，将出风口环抱在怀里。

我提议和林霄一起去买西瓜。林霄才踏出屋一步，就被热气烧得立刻收回了腿。

"我去吧师兄！"王洁自告奋勇地站出来。我踹了一下权彬的椅子，示意他去帮忙，这小子屁颠屁颠地就跟着王洁跑了出去。

没一会儿，我就透过窗户看到权彬提着个超大的西瓜往回赶，王洁在一旁帮他打伞。

"陆哥，西瓜我拿到水池里冰上了，一会我去切了拿过来。"权彬回到屋里，在空调旁喘着粗气。

"唉，估计咱们几个没口福了。"林霄叹息着从门口进来。

"林蛤蟆你啥时候出去的，走个路声音都没有，和鬼一样，吓死人了。"

"只能说明你心里没我。"林霄阴阳怪气地挑眉，"别说这个了，我带来一个不好的消息，西瓜没机会吃了。"

"你别给我说有现场啊！"

"陆玩我真是服了你这破嘴，被你猜中了。走吧，非正常死亡！"

"林霄哥，这个不是水浮尸吧？"王洁忧心忡忡。别说她担心，我也担心，这天气谁也不想穿着不透气的隔离服，在大太阳底下去收拾满身蛆宝宝的水浮。

"应该不是。阿彬，你去不去？"

一般情况下，做电子物证和 DNA 的同志不用参与现场勘查，除非是重大案件，或者他们自己想去。林霄这样问，我都看得出他无非是想给权彬一个向王洁献殷勤的机会。

权彬看看窗外毒辣的太阳，头摇得像拨浪鼓："我就不去了，我怕没命回来。对了，你们是要去哪儿？哪里死人了？"

"河庄镇，叫什么沙头乌村。"林霄还没说完，权彬激动地表示，"那我就更不去了，河庄那边远得要死，村子都在山里，路难走得很。再说了，那种小村子可能连个摄像头都找不到，我去了也发挥不了作用，如果有手机之类的设备要解决，你们就提回来给我好了。"

"路不好走那你更要去了，不说我和林霄，你去了总可以帮王洁拿设备吧？你就忍心看着小姑娘提着设备爬山路？"我一阵挤对让权彬尴尬得不知说什么好，最后还是被我拉上贼船，和我们一起出现场。

去现场的路上，车被太阳烤得像个微波炉，我们四个如同乳猪，被闷在里面动弹不得。这么对比，还是留在屋里的王宇比较舒服。

在车里实在热得头昏脑涨，我随口问道："林霄，你刚才说这人是怎么死的？"

"具体的我也不清楚，接警中心只说是非正常死亡，所里还没顾得上打电话问。"

王洁在旁边翻着警务通里的通讯录："应该是河庄所，今天值班的所领导是副所长黄斌，要不要我现在打过去？"

"我来打！"我拨了过去，只听电话那头的老黄焦急地问我们到没到。

"还没有。现在是什么情况？"

"我也还没到，好像是生病死的，具体不清楚，等我赶到了再给你们说。现场在一个小村庄里，这两天下雨，进山的路特别不好走，你们开车注意安全。"黄斌在电话那头嘱咐道。

"好的。如果你先到了，注意保护现场，我们还有一会儿就到。"

挂掉了电话，我心里的紧张感稍微缓解了一些。如果是生病猝死，那非刑事的可能性就大很多。

警车在公路上飞驰，仿佛不快点跑，滚烫的地面就会烫化轮胎。车里虽然有空调，可是四个人和设备将空间挤得满满当当，冷气也无法最大效度地发挥作用，反而让人难受。而比拥挤和闷热更让人受不了的是路况，从河庄镇往村里开的进山路弯曲盘旋，土路被雨水侵蚀得坑坑洼洼，车辆颠簸，我们四个就像是装在筛蛊里的骰子，被晃得东倒西歪。

"林霄哥！停车！"王洁往下摇着窗户，话还没说完就把早饭全都挂在车门上，胃液混着酸水在风中飘散。一个敢于把腐败尸体上的蛆虫用手捧下来的女孩居然败在了颠簸的土路上，可想其他几人也不好受。

我们在山路上开了将近50分钟。一下车，别说是王洁，我们几个都恨不得就地躺倒，缓缓自己的恶心劲儿。

稍微缓过来一点，我留意到前方有一处被人群围得水泄不通，正要拉着林霄去一探究竟时，一个妇女从我们身边路过，要去凑热闹，林霄赶忙叫住她，问那边是不是死人了。中年妇女一个劲儿地点头："对，桂琴的老公死了，听说是中邪被脏东西缠身死掉了！"妇女冲进了人群，而我们穿过去时，黄斌已经在警戒线内拿着电喇叭维持秩序了。

诡异的尸斑

"你先别哭，你说一下你男人死时是什么样子。你怎么就确定是王勇发杀的人？"我把女人带到了离人群较远的地方，轻声询问。

村里的行事风格我还是略有所闻的，很多人由于自身认识的局限，经常捕风捉影，以讹传讹，没有根据的事情也会传得有鼻子有眼。大庭广众下公然指责他人杀人，显然很不妥。

女人擦着鼻涕眼泪，委屈地对我说："之前我们家盖房子，因为门沿高出王勇发他们家10厘米，他家里就来我家闹事。和我男人动手没占到便宜，现在肯定是记恨在心，把我男人杀了。"女人又掩面哭了起来。

"你是怎么发现你老公不行了的？说一下当时的情况。"林霄追问道。

"他昨晚干活儿干得很晚，今天吃了早饭就去休息了。我在院子里和水泥，还有两个木工师傅也一直在院子里做工。大概午饭后没多久就听到我男人在卧室喊叫，我进去的时候他躺在地上，脸憋得通红，翻着白眼，样子很吓人，很快就没气了。"

"他吃午饭前还没事，吃了午饭就出事了，是吗？"

"他没吃午饭，一直在睡觉，饭我给他留下来了。"

"那他平时身体怎么样？"我接过话问她。

"他身体好得很！没什么病，他不可能是病死的，就是王勇发害死的！"

"你怎么这么肯定是王勇发害死的？"

"他被我男人打了之后没地方报复，就请了个大师给我男人下蛊，村里的老人说了，那死法就是魂被抽走了，要不不会死得那么痛苦。"

林霄无语，王洁这丫头倒是听得津津有味。女人发觉王洁听了进去，瞬间来了劲，非要拉着王洁去看王勇发家门上的"照妖镜"，说那是对方咒死自己男人的证据。

　　黄斌冷眼看着女人行事，摇着头对我们说："这家人和邻居的矛盾早就有了，不只是这一件事。"

　　"说说具体的。"

　　"老陆，你们先去勘查现场吧！这个我等会儿再聊。"黄斌显然是想早点回去睡觉。我急忙拉住他："老黄，长话短说，你别想转移话题，他们两家还有什么矛盾？"

　　老黄深吸了一口气："我们所里接到这两家报警都好几次了，除了上次盖房调解，一年多前还有一次冲突，那次比较严重，闹得村里都不得安宁。"他清了清嗓子继续说："前年村里发大水，把出村的木桥冲断了，后来镇里下拨了一笔钱修水泥桥，镇上出钱，村里出劳动力。那会儿村里的男劳力基本都去帮着修桥了。这个村很迷信，修桥不光要请大师看风水看吉日，还有一套很烦琐的祈福请神仪式。村里当个大事在办，全村上下都非常重视。其中有个环节是把祠堂里的祖宗信物埋进桥基里，让祖宗保佑全村风调雨顺。结果就在大师和老人要放信物的时候，他们发现预留好的桥桩洞里有别的东西，等拿出来一看，大家都吓了一跳。"

　　"是发现了动物的尸体？"林霄插嘴问道，"用动物的尸体代替了人打生桩？"

　　"不是不是，发现了动物还好呢，起码不是人命，但实际发现的东西，按这村子的习俗，和人命也没啥两样了。"黄斌一脸无奈，"他们在桥洞里发现了好几张灵符，上面写的都是生辰八字。"

"这有什么关系吗？"林霄好奇。

"有关系，关系大了，你们不觉得有什么，但村民当场就炸了锅。灵符上写的生辰八字和名字就是村里的村民，那人就是王勇发。"

"这是一种不好的诅咒吗？"我也来了兴趣。

"对，这是一种被称为锁魂术的咒术，就是用一种特殊的符咒写上被咒者的名字和八字，将符咒打进桥桩内。相传这个咒术最早是龙虎山张天师为了镇住作乱的恶鬼而流传下来的，所以我们这里也有修桥时小孩不能在场观看的讲究。"

黄斌越说越严肃，说到最后感觉他自己都要信以为真了。我不由得调侃："老黄，你也受了这么多年教育了。这种东西你也信？"

"我是不信，但架不住很多老百姓深信不疑啊，类似这种说法在这地方流传得特别多。

"村里人觉得其他几个桥桩里肯定还有别人的姓名八字，就闹着要把桥扒了返工。可是镇上批的钱哪能这样乱折腾。随后村委就和村民起了矛盾，事情越闹越大，没办法，村委会求助我们派出所帮忙把那个藏王勇发姓名八字的人揪出来，直接问他有没有在别的桥桩里藏其他人的，这样不仅可以平息众怒，还可以保住之前修了一半的工程。

"之后我们用尽手段排查，村里还配合我们威逼利诱，发现始作俑者就是死者王各方。因为两家一直有仇，王各方就想借着修桥的机会下咒，后面事情虽然平息了，两家也开始了没完没了的敌对，三天两头打架，报警都好几次了。王各方死了，估计以后可以平息一点。怎么，你们怀疑王各方是被王勇发报复杀害的吗？"

"这杀人动机你都说了，我们能不怀疑吗？"林霄打趣，"老黄，你进去看过尸体吗？"

"看过，怎么了？"

"你也觉得死者是被诅咒死的？"

"怎么可能？这王各方十有八九就是病死的。我们走访调查，周围的人都表示没有发现两人有接触和直接冲突。"黄斌一脸自信，"当然这个我说了不算数，老陆你是专业的，这要问你。"

"我发现你们这个村里人张嘴闭嘴都是牛鬼蛇神的，这么迷信，村干部平时教育文化普及都走形式的吧？"

"别说，原来这地方出了事都是风水先生先拿主意。你能想象都到这个时代了，村里人生病不去看医生，先请一道灵符焚成灰化水喝吗？就这个死者之前生病，他老婆还找神婆弄了个偏方给他吃呢！"

林霄拽了拽黄斌："好了，我们先干正事。你进过现场，给我看看你的鞋底，再问问还有谁进去过。我刚透过窗子看他家屋里是光面水泥地，现在院子里正好施工，到处都是干水泥粉，屋内的足迹一定很清楚。"

"我问过了，除了他老婆，就是村里的土郎中还有我，没别人进去。村里人知道里面死了人，还说是被下蛊害死的，都吓得不敢靠近。我一会儿就去把土郎中的鞋底拍给你。"

"什么土郎中，老黄你这有点瞧不起人了，那是基层医务人员。"

"狗屁的基层医务工作者，就是野医！他爹给人接生，产妇难产死了，他爹怕被产妇家里打，直接跑了六七年没回来。他就提着他爹的药箱，打着行医的名号干着行骗的勾当。老陆，你管这叫医生？"

"我的天，这野郎中你可要看好了，别给我们惹出点什么事来。非法行医的案子难搞得很。"

"放心，他不敢，也就是骗骗诊疗费，严重的病他就让家人送医院了。"

"这村里的人怎么这么落后，都啥时代了还相信灵符？"

"也不是，年轻人都出去工作了，读点书的都不回来，村里剩下的都是中老年人，这些人文化程度低，受封建迷信影响也比较深。别说他们，我妈这种在城里长大的也相信这些神神鬼鬼的……唉，闲了再闲扯吧，你快去看现场，我都困得不行了还要陪着你们，你们早点排除刑事，咱们早点收队。"

我提着勘查箱来到屋门口，林霄已经拍完了现场概貌，正在屋内踩着踏板固定地上的脚印。我四处搜寻王洁和权彬的身影，半天没见着人影。感慨着年轻人就是不靠谱，正要打电话叫他俩回来，就见权彬拉着王洁一溜小跑，直冲到我面前。权彬喘着粗气说："陆哥，那个王勇发不光对这家盖房子有意见，之前两家就有矛盾。"

"还有什么矛盾？"

"我刚才一靠近就被王勇发拉住，说王各方家院子大门上挂了个扫把，正对着王勇发的大门，这样是很冲他家风水的，将霉运都扫进他家了。"

"有毛病吧？这有啥依据？"

"王勇发说王各方门口那个扫把里夹着的是灵符，有法力的，专门将晦气扫到对方家里。"

"什么乱七八糟的，赶快干活儿！这些没边没际的不要管，分散注意力。"我让王洁和权彬准备勘查设备。林霄已经处理完地上的足迹，打开了通道，以便我和王洁去检查尸体。

这户人家正在翻修房子，屋里十分凌乱，里面的陈设很简单，一张双人床，两个床头柜，两个大衣柜。除了床头柜上接满水的水杯和满是灰尘的衣物，便没有别的东西。

死者仰卧在床上，身上盖着棉被。地面上有很多足迹、掌印和灰尘拖拽的擦痕，说明他确实在地上爬行挣扎过，应该是后来被家里人又抬回到床上。

"师兄，尸体概貌我和阿彬都拍好了，我们现在就在这里做尸表检查吗？"王洁问道。

"直接做吧！死者本来就在睡觉，省得我们给他脱衣服了。"

王洁戴上手套，掀开被子，死者的短裤和裸露的大腿表面都是蹭上去的水泥灰。我让权彬对地上的灰尘再做一次细目照片的拍照固定。

王洁突然叫住我："师兄，不太对啊！这个死者的尸斑怎么是这样的？"王洁翻过尸体使其呈侧卧姿势，将腰背部展现出来，指示权彬拍照固定。

尸体腰背部未受压处存在明显的指压褪色状尸斑，但奇怪的是尸斑呈现明显的鲜红色或是樱桃红色。一般来说，一氧化碳中毒的尸体会呈现出这种颜色的尸斑，这主要是因为血液中的血红蛋白与一氧化碳结合，但是现场未发现任何物质燃烧的情况和痕迹，死者怎么会一氧化碳中毒呢？

"这大夏天的又不会生火取暖，这又是卧室，没有淋浴设备，完全没有一氧化碳中毒的条件啊。"

"师妹，你想想除了一氧化碳以外还有什么东西会导致中毒后产生鲜红的樱桃红尸斑？"

"氰化物！"

"检查一下死者身上有没有苦杏仁气味。"

王洁面露难色。我没说什么，直接摘下口罩凑近尸体，挥了两下手，轻嗅了一下气味。

"没有明显的气味。师妹，做完尸表检查抽取死者心血送毒化检验，虽然除了鲜红的尸斑没有其他的表征，但氰化物中毒的可能性很大。"

"会不会有人故意下毒？"权彬问道。

"应该不会吧？投毒最好的时机就是进食或饮水。他老婆说他一直在睡觉，没吃午饭，旁边这杯水看样子也没喝过，氰化物吃下去很快就会发作，所以也不可能是早饭时被投毒吃了氰化物，要不早就死了，不会到中午才出事。"

我看了看两个人："现在一切都不好说，死者老婆所说的也未必是真的，这屋里除了他老婆还有两个木工，这些人都要进行询问，还有回去要先确定是不是氰化物中毒。师妹，尸体还有什么别的阳性表征没？"

"尸体右脚掌发现一处刺创创口。"王洁抬起死者的右腿，将脚掌展示出来。

"用镊子探查一下深度。"

"1.0 厘米，我刚才测过了。估计是踩到钉子上了。"王洁的五官都皱到了一起。想想也是，钉子扎穿脚掌，真的是钻心的疼痛。

林霄这时急匆匆地跑了进来："卫生间有疑似血迹！"

奇怪的足迹

疑似血迹？这八成就是死者右脚掌的刺创造成的。

"死者的脚底板有伤吗？"林霄问我。我点点头，他继续说："伤应该在脚掌中部，而且死者右脚前半截脚掌都是灰，对吧？"

权彬瞪着眼睛："林霄哥，你怎么知道？你又没看到尸体！"

"我刚在卫生间门口看到很奇怪的一串足迹，左脚是拖鞋的鞋印，右脚是光脚印，但脚印只有前半截的脚掌部分，怀疑是踮着脚走路的，而卫生间里面就只有左脚的拖鞋印，说明这个人是一只脚站立，旁边的垃圾桶里有好几张带血的卫生纸，估计是踩到什么锐利的物品，在卫生间进行止血处理。但是……"

"但是啥？林哥你不要突然吊胃口。"

"但是我把院子里里外外找遍了也没找到死者右脚的拖鞋。"

"肯定是拖鞋被扎坏所以丢掉了。"

"垃圾桶里也没有。"林霄驳回了王洁的猜测，直接看向我，"陆大能耐，能确定性质吗？"

"氰化物中毒，你觉得呢？投毒的可能性很大。毕竟这种剧毒很难弄到，误食的可能性也很小。"

"你确定是氰化物中毒吗？"

"百分之六十的可能性吧。尸体除了脚底的刺创没有其他外伤，现场也没有留下他人进入和打斗的痕迹，尸斑是典型的鲜红色，这里没有一氧化碳的中毒条件，依据以上条件不排除氰化物中毒。"

"又不是写报告，这么一本正经还真不像你平时的风格。那接下来我们怎么处理，陆领导？"

"先让派出所封锁现场，回去等毒化检验结果，确定是氰化物中毒基本就是命案了。"

林霄听我说完，沉思了一会儿，"从这里回去太慢了，不如这样，让权彬和王洁带着心血检材先回去，我们两个留在这儿，把现场当命案现场仔细勘查一遍。还有，死者和邻居有矛盾，他家人也不是完全没有嫌疑，我们在这里和他们聊聊，看有没有什么有用的线索，你觉得呢？"

"蛤蟆，你说得好有道理，我无法反驳。你现在也是越来越喜欢饯行了，都学会主动询问案件相关人员了。"

林霄无奈地摇着头，仿佛这一切都是我传染给他的。

权彬和王洁很快带着检材返程了，我和林霄重新勘查现场。

王各方家的院子不算小，一间堂屋，堂屋左边的房间是卧室，再往左是卫生间，与卧室约有五米距离。堂屋的右面是连着的两间房，与堂屋和卧室呈垂直状分布，整个房屋呈 L 形，加上院子围墙正好是一个方形布局。院里除了在西北角堆了一些农具，没有什么多余的杂物。靠近大门的地方是两个木工支起来的工作台，旁边就是死者老婆李桂琴和水泥的地方。

我们决定从卧室开始，将整个房子都检查一遍。

林霄环视了整个卧室，向我介绍情况："卧室里的脚印我都看过了，除了土郎中和李桂琴的鞋印、死者的赤足印，没有其他人来过，地上的痕迹也和死者身上的吻合。仔细看过卧室里没有什么疑点，除了那只不见的拖鞋。"林霄顿了顿，问道："你说是不是死者踩到了钉子，一生气连拖鞋一起扔了？"

"可是院子里也没有啊，难道是从这里扔到了院外？"

"也不是没有这种可能，要是扔出墙外，从这里丢出去的可能性最大。"他指了指眼前最近的院墙，直接跑出去找，没一会儿就空着手回来了。

"哈哈，你怎么像个警犬？"

"废话多，走！从堂屋开始继续勘查。"

从早上到这会儿，堂屋有很多人进出，足迹已经变得乱七八糟，加上没有关门，院子里的灰尘和木屑飞得到处都是。堂屋的屋顶内侧已经翻修了一部分，主梁明显有加固的痕迹，主梁和墙壁契合的地方也已经修缮过了。

"这两个工人动作够快的，才这么短时间就开始弄房顶了。"林霄指着主梁和墙壁缝隙处一个人为开凿的凹槽，"老陆你看那是什么？"

凹槽里像是放了什么东西，林霄刚想上去看个究竟，李桂琴在屋外对着林霄大喊："你们不要上去啊！房梁正，家财旺。土地门神住梁上，你们不要破了我家的运势啊！"

"林霄，那里估计也和案子没关系。别看了，容易生事端。"林霄点点头，不再纠结凹槽。

堂屋内的陈设非常简单，正中间是一张摆放着菩萨像的香案，旁边是饭桌和六把椅子，再就是扫把和簸箕等卫生工具。林霄指了指饭桌周围的六把椅子，其中有三把椅子面上没有灰尘，有两把是挨着的，另一把在那两把的对面。

"看来中午死者真没吃午饭。他老婆坐在俩木匠对面，还挺注意避嫌。"

"我觉得他老婆更有可能是先招呼两个木匠吃，等他俩吃完，自己才上桌子吃的。"林霄补充道。

"蛤蟆，你怎么这么肯定？"

"你看桌面上的灰尘印记明显是盘子留下的，靠近两把挨着的椅子的印记边缘是规整的圆形，靠近单独椅子的是一个拖痕，说明盘子是从两个椅子这一侧拖到另一侧的。如果客人正在吃饭，主人一般不会把菜从客人面前拽到自己这边吧？如果我分析得没错，即便丈夫不上桌，这女主人也很有礼貌，懂得保持距离。"林霄越说越自信，他一直坚持相信客观痕迹所蕴含的线索是最真实的。

"那就是说这两个木匠进来过这屋子，但没有和死者一起吃饭，所以这两个木匠没有投毒的机会？"

"可早饭是一起吃的。"林霄反驳道。

"大哥，氰化物入口进入消化道的致死时间是很短的，身体中毒后反应也很快，不可能早饭吃了中毒到中午才毒发有反应。"

林霄沉思了一会儿："那这两个人没有投毒的机会，李桂琴的嫌疑就更大了。"

我拽着林霄想去检查下一个房间，林霄却停住了脚步："还没完呢，厨房在堂屋后面，先看一下再去。"

厨房里一片狼藉，碗筷凌乱地摆在灶台和水池上面，地上还有没收拾掉的菜叶和土豆皮。

单看水池和灶台，李桂琴并没有洗完碗筷。十有八九她洗碗洗了一半就听到了丈夫的呼救。

林霄想了一下："看屋里留下的痕迹，她听到王各方的呼救后，火急火燎地赶回了卧室，看起来很担心。你说会是她投的毒吗？"

"如果是她投的毒，她会担心老公的情况吗？她担心的是别的吧！也许是担心木匠听到呼救先冲进去救人呢？"

"你这样想是不是太残忍了？这女人刚成了寡妇。"其实干了这么多年的刑侦，什么样的事我们没见过，林霄虽然嘴上这样说，但查案子不能被同情左右，他比我清楚得多。

"老林，我们现在还没搞清楚投毒方式，其实投毒方式和投毒者是相互关联的，特定的身份有时是投毒方式的充要条件。但现在这两点都不清楚，就有点难搞了。"

"你想说什么？"

"他到底是吃了什么把毒药吃进去的，要不咱俩去问问？"

"把接下来的两间房检查完了再去问吧！"林霄比我有耐心多了。

我们继续勘查剩下的两间房。第三间房出奇地干净，和前面屋子的杂乱形成了鲜明的对比，屋子里同样放着一张双人床，还有一张书桌和一个大衣柜。书桌上有一个相框，擦得锃亮，里面是一个十七八岁女孩的照片，学生模样，很是青春靓丽。屋里的地板上非常干净，半个鞋印都没有，看来这屋子没进来过人。墙上贴了很多奖状，最近一张是去年颁发的，上面写着：王梦娟同学在本学期以年级最高成绩获得高三优秀学生荣誉称号。

"这是他们女儿的房间吧？从奖状上看这孩子今年大一了，应该考上了个好学校，家里出了这么大的事，她估计还不知道吧？"我有些惋惜。

林霄也叹了口气，又将整个房间扫视一圈，无奈地摇摇头："这房间的意义不大，孩子的房间，父母收拾好了就没再进来过。看起来这么幸福的一家子，这女主人至于投毒害死老公吗？从这房间情况来看好像没有动机啊。"

我们很快来到第四间房。这间房与刚才的几间房相比，更是简陋，房间里放着两张简易的折叠床，中间夹着一台破烂的电风扇。折叠床上铺着一截草席，上面有很多木屑，床的一角堆放着锯子、钉子、锤子等工具。除了这些，房间角落堆了一地垃圾，果核、烟头、纸屑、空啤酒瓶、空药盒等。

林霄拍了概貌照片，还分段拍了细目照片，我则戴着手套将床和工具都翻了一遍。

"这应该是给两个木工临时住的屋子，这家翻修除了孩子的房间干净，其他屋子都又脏又乱……对了老陆，这堆钉子你仔细检查过吗？有没有发现带血的？"

"一共有 32 根钢钉，其中木工钉 19 颗，水泥钉 10 颗，木工螺丝 3 颗，均未发现带有疑似血迹。汇报完毕，蛤蟆局长。"

"你有病吧，直说没有不就行了，数这么清楚你是不是闲的？"

"这边没什么了，我们去问问女人和木工，肯定有什么之前遗漏的。我想搞清楚这个王各方是怎么中毒的。"

林霄收起工具准备和我一起去饯行，黄斌突然焦急地冲进来，说："死者家属和王勇发家里人打起来了。"

氰化物中毒

我们跟着黄斌出去的时候，李桂琴和王勇发的老婆已经被辅警和其他邻居拉开了，但李桂琴还是不依不饶，那语言粗俗得我都觉得自己不是对手。

"怎么回事？怎么打起来了？警察还没走呢？"黄斌的睡意被这几个人彻底闹没了，现在十分暴躁。

"我老公就是他们家人害死的。"李桂琴又想冲上去和对方厮打，被辅警死死抓住。

黄斌怒道："李桂琴，你别胡闹！你老公怎么死的我们公安正在调查，你要配合。你再这么闹下去，我只能先把你请去派出所了！"

李桂琴持续的辱骂和挣扎也消耗了她大部分的精力，她慢慢平息下来，对我们说："各位领导，你们不能拉偏架，是他们害死我男人。你们不抓他们在这里抓我，天下哪有这样的理？"

"我们办案子要讲证据，没有证据就说人家杀人，这就是涉嫌栽赃陷害！"

"我怎么没证据？我有证据！"

"你别拿个破灵符在这里说证据，你那个什么都证明不了。"

"不是灵符，是这个，我老公就是吃了这个死掉的。"

她小心地从衣兜里捧出半块点心。

"这是什么？哪里来的？"我瞪眼看着她。她被我突然的质问吓住了，一时竟不知该怎么回答。林霄调整好心态，问李桂琴："你怎么知道这半块点心是你老公吃剩下的？"

"昨晚他拿给我吃，我没吃。今天中午他没吃饭，点心就吃了一半，剩下这一多半是留给我吃的，他吃什么好吃的都会留给我一半。"李桂琴哭了起来。

"他不是当着你的面吃的吧？"

李桂琴点点头。

"那你怎么知道是他吃掉的那一半？"林霄追问。

"这上面的牙印一看就是他咬的，他的门牙是歪的。"

听她这样说，我仔细回想了刚才王洁尸表检查的过程，死者的左上门切牙确实是歪的。我又仔细看了看那半块点心，确实和死者的牙列吻合。

"那你怎么说是王勇发家里人害死的你老公？"我好奇地问她。

"你们把院子围起来不让我进去，我在门口站着。王勇发老婆就在一旁说风凉话，说我男人死了是报应，我气不过和她打了起来。她打不过我就往自家院子里跑，我追了进去，正好看见他家堂屋的供桌上摆着这种点心。就是他们往点心里下毒，诱骗我男人吃下去的！"

林霄问："这个点心是怎么到你家的，你们两家的人基本不来往了呀！"

女人一脸倔强："我不知道，但这点心就是他王勇发家的。"

我将半块点心装进物证袋，点心要做理化送检，争论不休最后也要依靠科学鉴定后的客观事实说话。

"我知道这块点心怎么到这家来的。"一个微弱的声音自黄斌身后传了出来，来人是在王各方家干活儿的年轻木匠。小伙子也就十八九岁，消瘦的脸上挂满了惊恐。

"小兄弟，你别有顾虑，把你知道的都告诉我。"林霄的语气很温和。

"昨天早上，我和我表哥一起来这儿干活儿。我们放下工具没一会儿，那女人就上来和我搭话，听说我是给这家翻修房子的，给了我一包烟还有 50 块钱，还顺手给了我一道灵符，让我偷偷地拴在这家人的房梁上。我知道这事不好，也没按她说的做。但我们来这里做工，人生地不熟的，我不想惹事，也就假意答应下来了。"小伙子瘪着嘴，仿佛自己真的犯了什么错误一样。

"什么样的灵符？"我问道。

"就是一张用朱砂画着奇怪图案的黄布，上面的文字我看不懂，但是……"

"但是什么？"

"那肯定是不好的东西，那女人让我不要看，感觉神神秘秘的。"

"灵符现在在哪里？"

"我害怕那个东西放在身边对我不好，干脆烧掉了。结果才烧掉没两天，这家人就出事了，我也不知道王叔是不是我带回来的这个灵符咒死的。那女的叫我不要看，我忍不住打开看了。我现在有点怕，我会不会死掉？"小伙子哽咽起来。

"那这个点心呢？"林霄继续问。

"这个女的不放心，经常拉住我问灵符有没有拴好，每次问完都给我拿一块点心，给了三四次。这种憋着害人的女人给的东西我一块都不敢吃，每次都随手丢了。这次我忘了丢，就放在主家的堂屋桌子上了，没想到被王叔拿去吃了。"

"你是什么时候放在桌子上的？他什么时候拿去吃的？"

"中午我们和婶子吃完饭，王叔没吃饭，就从卧室来堂屋找东西吃。王婶在厨房里面洗碗，堂屋没人，应该就是王叔直接拿去吃的。"

我问男孩："你怎么这么清楚？"

"我吃完饭干活儿时看见王叔从卧室去过堂屋，他一瘸一拐的，好像腿受了伤。因为我看着他进了屋，所以记得很清楚。"

我感到背后一阵寒意，如果点心有毒，那王勇发老婆本来想要毒死的目标就是小木匠？这也太不符合逻辑了，只因为让小木匠帮她下蛊就要灭口吗？与其这样为什么不直接给王各方下毒呢？是因为王各方不会吃她给的东西所以没机会下毒？这推理我自己都觉得站不住脚。

"老陆，先把这个点心送回去做检验之后再说吧。"林霄把我拉到一边，低声说，"你觉得这点心有问题吗？表面看像是吃点心出事的，但基本不可能吧。"

我点点头："目前掌握的信息，死者中午除了这个点心以外什么也没吃，但点心吃没吃，最后吃到谁嘴里，这都是王勇发老婆无法控制的。现在我想把尸体拉回去解剖了。尸斑看着像氰化物标志的颜色，但苦杏仁气味不明显，口腔内也没有发现异常气味，口唇黏膜也没有问题，很多事情现在不清楚，只能从尸体上找原因了。"

我和林霄说话的间隙，年纪大一点的那个木匠走到了李桂琴跟前说了点什么，李桂琴一脸愁容地愣在原地，看上去很是不知所措。我拉了拉林霄，朝那两个人努努嘴，林霄和我一起来到他们身边。

"怎么了？"我问李桂琴。

李桂琴还没张嘴，木匠就抢过话头："领导，你看我们来他家干活儿没几天，今天他家就出了这事。我想着生死大事，这房子估计她也不修了，我就问问她如果不做活儿了，我们就先走了，家里人还等着我们呢！"

"不行，你们暂时不能走，我们没有完成调查之前你们不能离开。"

木匠面露难色："这个村子邪门得很，我们这些外乡人也不懂这里的规矩，万一碰了什么不该碰的东西，看了什么不该看的事情，被鬼缠上，你叫我们怎么回家？你看我们就是来干点活儿，挣点钱，这钱还没挣到东家就死掉了，刚才村里人说他是被摄魂咒弄死的，我也害怕啊！还有，他们说我们外乡人进村，煞气太重，冲了村里的瑞气，所以才让镇在祠堂地上的邪灵有机会跑出来害死人。我怕他们针对我，求求你们了，让我们走吧。"木匠一个劲地哀求着，就差当场给我下跪了。

"案件相关人员不能离开，没有办法，你们自己克服一下吧！"

"那要我们留在这里多久？"

"不会很久的，先忍忍吧。"

木匠悻悻地低下头。我能感觉到他很不甘。

我转头看着李桂琴："这木匠你们从哪儿找来的？"

"我男人找来的，我也不认识，只知道他姓郑，那个小木匠师傅是他表弟，也姓郑。"

黄斌这时像个丧尸似的晃到我面前，一脸生无可恋："我说陆玩，一个非正常死亡，你要搞这么久吗？可怜可怜我吧，快放我回去睡觉。"

"黄大领导，你还想着睡觉？我给你说，这十有八九是个命案。"

黄斌瞬间没了困意，两个眼睛像铜铃一样瞪着我，"真的假的？我来这所里都好几年了，每天除了找牛找鸡鸭，就是解决村民为了鸡毛蒜皮吵架的事儿。今天出了个命案，好家伙，今年所里的治安考核奖估计没有了。"

"你还想着这事？等我们把案子破了，请功算你一个，你帮我个忙。"

黄斌咧着嘴，笑嘻嘻地说："有事就吩咐好了，什么帮不帮的，太客气了。"

"你给村委会打个招呼，给李桂琴和两个木匠师傅另外安排住处。这院子要封起来，这是重要的案发现场，短则一两天，长则一周。等事情搞清楚了再让他们回来。另外多派两个辅警看守现场，我现在准备带尸体回去解剖。如果确定是命案，到时候刑侦大队会回来和你们所里交接。"

"陆玩你刚才怎么说的？如果移交给刑侦大队，到时候破了案和我们所里有啥关系，哪还有我们的功劳？"

"你这个人格局要放大一点。要是凶手就是他老婆或者村里其他人，你去抓捕不是比别人更快？天时地利人和你都占了，还怕没功劳？"

黄斌狠狠地瞪了我一眼，扭头去找村委会了。

我和林霄商量了一下，现在通知殡仪馆来把尸体拉走太浪费时间，这鬼地方开车过来就要一个多小时，山路又难走。我们实在没办法，去村委会求助，后来村里帮我们找了一辆货车，准备连我们带尸体一起捎回殡仪馆。

当得知我们要将尸体带走时，李桂琴像疯了似的前来阻止，拦在车前哭天抢地，仿佛我们才是杀死她丈夫的真凶。后来她看拦不住我们，竟直接跪在我俩面前，苦苦哀求我们不要将尸体带走。

"领导，领导我求你了，我丈夫刚死，你们带走他的身体，他的魂回来找不到身体会变成恶鬼的，以后要是缠着我们母女，我们都没有好日子过的。死了的人是会还魂的，要是身体被你们带走，他也会找你们讨要的。"

李桂琴的理由和我猜的八九不离十，可要是像她这么说，我岂不是要天天被冤魂缠身。

黄斌怎么劝她都劝不动，最后他失去了耐心，大吼道："我告诉你，你丈夫的死涉嫌谋杀。我们有权对尸体进行检查，不用征求你的同意。你再这样闹下去，涉嫌妨碍执法！"

"我不管，你们不能带他走，他要是回魂找不着自己的身体那就麻烦了。"李桂琴死死抱住黄斌的大腿不放。我给黄斌使了个眼色，示意他将李桂琴带走。黄斌会意，连拖带拽地带走了她，我们赶紧将尸体抬上车，至于黄斌那边怎么说服李桂琴，我就顾不得了。

回程路上，林霄坐在小货车的副驾驶座上，我和尸体坐在货斗里，被毒辣的太阳炙烤了一路。山路颠簸，我的手机还在衣服口袋里响个没完没了，我只能扶着货斗接通手机，脚还得勾着王各方的尸体，防止他从货车里被颠出去。

是王洁打来的电话，心血毒理检验和我猜的一致，确实是氰化物中毒。

"氰化物的浓度大不大？"

"不算大，但应该就是致死原因。"

"好的，你去解剖室等我，我还有四十多分钟到。到时候咱们解剖下尸体，看看有没有更多的线索。"

死者之女

回到解剖室后，我们马不停蹄地对王各方的尸体进行解剖。

他的各个组织器官都未发现存在损伤及可疑性病变，脚底的那处刺创明显但并不严重，除了尸斑樱桃红样改变，身体内的血液也十分鲜红，符合氰化物中毒反应。我们取了死者的胃内容物，连同早上的半块点心一起做毒物送检鉴定。

整个尸体解剖的过程，我们没有发现丝毫有用的线索。

"师兄，胃内容物我已经提取好了，你还有什么指示吗？"

"取一点脚掌上刺创的组织，回去做一个镜检。"我不确定这样的检查有什么作用，但每一处不合理都要经过仔细排查。

"老陆，那个东西是什么？看着好恶心。"林霄戴上手套，用止血钳小心翼翼地戳了戳尸体的肛门。

"那是痔疮，也就是直肠下端的肛垫出现了病理性肥大。"

"我以为是肠子头。好恶心！"林霄说得我都有点反胃了。

"你个土鳖，痔疮都没见过吗？"我嫌弃地看着他。

"废话，我又没长过。"

我讥讽道："没长过还没见过吗？没见识，正好今天开开眼，下次自己长了，千万别被吓到。"

"去去去，尽说一些废话"

我们一路斗着嘴，将尸体送回存尸间冷冻，然后带着提取的检材回到刑事技术实验室，第一时间将胃内容物做理化专业送检，随后将死者刺创的组织带到了实验室，制作了压片在显微镜下观察。

林霄在一旁看我摆弄仪器，好奇地问我："老陆，你这是要看什么？"

"看看他有没有脚气，哈哈哈。"

"那你尝一下不就得了。"林霄没好气地说。

"咦，林霄，你现在怎么变得这么恶心了？居然比我都恶心？"

"近墨者黑。别废话，你看到什么了？"

"我只是想确定一下扎他脚掌的到底是不是钉子。你看这组织里的颗粒碎屑，像不像铁锈的渣？"

林霄一脸鄙夷："你是神仙吗？肉眼就能确定是不是铁锈？"

"我就是看不出来才问你的啊！你也来看看，我们集思广益。"我一把将林霄拉到座位上。林霄白了我一眼，很快全神贯注地观察着组织，不时调整微距和视野，那认真劲儿仿佛一个排雷的拆弹专家。

"贱嘴陆，你看这个是啥？"林霄将显微镜让了出来，我在他调好的视野里仔细观察："什么，哪里？"

"中间位置偏左一点的地方，有一块组织的背后，你看见了吗？"

我很快在不起眼的角落里看到一个形状奇特的东西。就像是一节折断的铅笔芯，带着尖头和断掉的不规则尾部。

我和林霄疑惑地面面相觑。

"扎他脚的不是钉子，是铅笔芯？"

"你等等，我去拿个东西。"林霄说完就冲了出去，没一会儿气喘吁吁地回来，手里多了一把螺丝刀。他坐在显微镜前，调整好物镜视野后，手里的螺丝刀慢慢地靠近了显微镜载物台上的组织，他缓慢移动着螺丝刀，紧盯着下面的情况。

"真被我猜对了。这是钉子的尖儿。"

我也凑到跟前，看到显微镜视野里，那个奇怪的东西随着螺丝刀的移动而移动。

"这个螺丝刀尖是磁铁材质，有磁性。我一动螺丝刀，那个奇怪的东西就跟着动。那是一块铁，应该就是钉子尖。"

"我的天，这么狠，钉子尖都崩出来了？王各方可能是我见过最坚硬的骨头了。"我又看了看显微镜，抬头对林霄说，"这钉子能这么不结实，踩一脚就把它崩断？"

"你刚才看到的渣子应该是铁锈，钉子生锈不结实，狠狠插入人体后尖端就被崩掉了。"

我不由得感慨："这人就算没死，之后也得打破伤风。"

"老陆，我想起个事，既然现在已经确定是氰化物中毒，我们需要上报大队了。"

"等毒化结果出来吧，没一会儿了，我们先把想要询问的信息都问好，再上报大队。等上报后他们侦查一介入，咱们两个再继续戗行就不方便了。"

"你还想了解啥？"

"蛤蟆，你说现在谁的嫌疑最大？"

"去去去，你才蛤蟆。"林霄气呼呼地瞪了我一眼，"要说嫌疑，我觉得李桂琴和两个木匠都有嫌疑，因为只有他们仨在那屋里住过，具备投毒杀人的条件。但是你说谁的嫌疑比较大，我觉得那两个木匠没有和死者产生矛盾纠纷，看着也不像图财害命的人，基本上没有杀人动机。唯一和死者有亲密联系的是他老婆李桂琴，但具体怎么着手我不清楚，咱们现在连指向性的线索都没有。"林霄叹了口气。

"没线索我们就继续寻找线索呗！正常情况下夫妻双方肯定积怨已久才会起杀心，我们不如通过他们的女儿了解一下情况。"

我通过内部网络查到李桂琴的女儿正好就读于省科大的化学专业。省科大的新校区就在距离天港市区 30 公里外的大学城，离我们这儿并不算远。那里是七所高校的联合校区。这七所高校都是全省数一数二的好学校，其中两所在全国都排得上名号。这七所大学的校区在这大学城里连成一个环，各个学校的校区之间没有围墙隔开，完全开放互通，很多基础设施都是共享的。我们决定直接去学校找这姑娘调查。

权彬一听我们要去大学城，哭爹喊娘非要当司机与我们同行，似乎再高的气温也阻止不了他的热情。而王洁出于对案件的好奇，也加入了我们的伐行队伍。

来到大学城后，我们很快联系到了王各方的女儿王梦娟，她说在图书馆门口等我们。但学校很大，我们并不知道图书馆在哪儿。

我嘱咐权彬去问路，权彬却对着遮阳板上的镜子疯狂整理头发。他这哪是去问路，不知道的还以为是去相亲。等整理好自己，权彬摇下车窗拦住一个漂亮的女生，说清了自己的来意。女孩被他盯得有些害臊，向前面指了个方向，小声说："就在那里，叔叔。"然后就害羞地跑走了。

"哈哈哈，怪叔叔，别风中凌乱了，赶紧开车走了！"王洁笑成一团。

权彬缓了好一阵，才消化了这个称谓。他绷着脸，将车开到了图书馆。

图书馆门口站着一个身着半袖短裙的女生，披肩长发，一双清澈的眼睛分外灵动，与王各方家照片上的女孩判若两人。

女生主动向我们走了过来，可能是突然看到几个穿着制服的警察，她看起来很是紧张。

王洁体察到女孩的不适，扯了扯我的衣角："师兄，咱们换个地方聊，这里人太多了，我们穿着警服，对她影响不太好。"

我们让王梦娟坐上车，又往前开了一段路。姑娘在烈日下等我们有些时间了，坐在车里，汗水不住地流。王洁将车上的空调风速调大，女孩小心地看着她，轻声说了句"谢谢"。

看这姑娘一脸茫然，我估计女孩可能还不知道父亲去世的消息。看来黄斌他们不止保护住了现场，还将三个人控制封锁得挺到位。

"王梦娟，我们来找你是有个消息要告诉你。你要有心理准备，你家出了点事。"我试图慢一点告诉她父亲去世的消息，怕她接受不了。女孩紧张得瞪大了眼睛，身体不住地颤抖："怎么了警察大哥，我家出了什么事？"

"你爸爸去世了。"

"什么？"

"你爸爸，王各方去世了。"女孩愣了一下，泪水夺眶而出。王洁掏出纸巾准备安慰她，王梦娟的嘴角却向上扬起，露出一抹笑意。她紧攥着扶手，双眸迸出愤怒的火焰："好！死得好！这畜生早就该死了！"

深入骨髓的阴霾

听到王梦娟的咒骂，我们都愣了。

我忍不住问她："你爸爸到底做了什么，你怎么会有这样的反应？"

王梦娟意识到自己的情绪过于激动，擦了擦眼泪就低下了头，一声不吭。

"姑娘，你是不是有什么委屈？你可以和我们说。"王洁语气温柔，可女孩依然只字不提。

"到底怎么了？你有什么事你就直说，我们这身衣服不是白穿的，怕什么？"我有些急躁。林霄狠狠地瞪了我一眼，把我和权彬都叫下了车，随后向王洁使了一个眼色，王洁从副驾驶坐到了后排女孩的身边。

我们三个大老爷们儿顶着烈日站在车旁，车里的王洁一会儿默默流泪，一会儿怒目捶胸。

真不知道王梦娟到底经历了什么。

我赶忙给王洁发去消息，让她记得询问李桂琴和王各方的夫妻关系，看能否找到李桂琴的杀人动机。但刚才看王梦娟的反应，倒是她弑父的动机更大一点。

"老林，这姑娘学什么专业的，你还记得吗？"

"化学专业。你是怀疑她？确实，一般人很难搞到的氰化物，对化学专业学生来说并不难。"

"陆哥，这女孩也是才知道王各方的死，怎么会是凶手？"权彬一脸困惑。

"你不要被表象蒙蔽！我们是干刑事技术的，相对于主观的感觉，我更相信客观的依据。"

权彬继续说："可这女孩在学校没回家，她根本没有作案时机。"

"李桂琴有杀人时机，但我们没发现她的杀人动机；这女孩没有杀人时机，但是她明显是有杀人动机的。你们两个现在还觉得凶手是一个人吗？"

"团伙？"林霄和权彬同时失声道。

"选择投毒的方式杀人多见于女性，往往是对男性实施报复，因为女性在身体力量方面存在劣势，直接冲突对女性不利。再者在家庭生活里，女性下毒更不容易被察觉，所以大多数下毒杀人是女性实施的。"

林霄说："我也赞成你的观点。你觉得是王梦娟把氰化物带回家，李桂琴再找时机对王各方投毒是吗？"

"我不清楚这姑娘在这事儿中到底扮演什么角色。是同谋，还是无意中带了剧毒回去被李桂琴利用？"

林霄沉思了一会儿，说："也许李桂琴没有主观故意，或者王各方自己误食也不是没可能，现在这案子有太多细节都没有弄清……"

林霄正说着，车门发出了一声巨响，我们被这声音吓了一跳。王洁从车上下来，怒容满面，一记重拳砸在后备厢上。再看车里的姑娘，还在低头抹着眼泪。

权彬赶忙迎上去："王洁，这姑娘到底怎么回事？"

"别碰我，气死我了，什么玩意儿！你们男人没几个好东西！"

"对对对，男人都不是好东西。快告诉我，那姑娘出什么事了？"我把大家支得远一点，压低了声音对王洁说，"她是不是之前被王各方强暴了，而且王各方是不是不止一次强暴了她？"

王洁瞪着眼睛，连连摆手："没有没有，王各方没有得手，但骚扰她是有的。还有……"

"还有什么？"

"家暴。这女孩从小就被王各方无故殴打，最严重的一次直接被打到昏迷，她一直想通过高考走得远远的，但王各方不让她出省上学，还说她要是出省，就断了她的经济来源。女孩不屈服，想自己挣钱上学，王各方就用各种方法威胁她，女孩因为害怕就没有出省，报考了省科大。"

林霄说："照这么看，王各方的死对于她反而是个解脱。"

"换句话说，这女孩是目前看来最希望王各方死掉的人。对了师妹，这些事她妈妈知道吗？"

"气死我了，最可气的就是这个，她妈知道。"

我想了想这些年遇到的同类案子，说道："这种家庭都有几个共同点。第一，父亲是家里主要甚至是唯一的经济支柱；第二，母亲不只经济能力差，性格更是懦弱；第三，家庭成员里父母文化程度低，整个家庭也处在社会底层。这就造成了家庭其他成员不会违逆占主导地位的男性。"

林霄说："我基本猜得到她父母的关系了。他妈基本就是对王各方言听计从，没有思想，也没有任何主见。"

"拿她自己的话说，她妈妈唯一的目的就是活着。"王洁一脸不齿。

"林哥、陆哥，我有个疑惑。"权彬说，"李桂琴如果是完全依附王各方生存，那她就更没有理由杀了唯一的生活来源。"

"有啊！她。"林霄指了指警车，"王梦娟以后就是李桂琴的依靠了。王各方的死对李桂琴也是解脱，她不用生活在王各方的淫威下了。还记得我们刚去看现场的时候吗？李桂琴一个劲儿地说是王勇发杀了王各方，后来又说王各方中毒是因为吃了王勇发家里的点心。你们说，李桂琴是不是有意将我们的注意力诱导去别处。"

"师兄，那这个姑娘该怎么办？她虽然有杀人动机可她没有回过现场，人肯定不是她杀的。"

"什么怎么办，好好上她的学啊！王各方既然已经死了，我们也没法帮她伸张正义了。你去安慰她一下，告诉她不会再有人知道这些事，让她好好生活。"

"好。我再跟她加个微信，让她以后有事可以找我。"

"不行！这个绝对不行！"

"师兄，为什么不行？"

"你今天知道了她藏在心里的秘密，这些事她本来不会和任何人讲，可她都给你说了，你以后就是她承载痛苦回忆的容器，她一见到你就会想起今天和你在车里诉说的事，往后你的现身，只会让她本来应该淡忘的记忆一再复苏。你以后非必要不要见她，对她最好的保护就是让她忘掉不好的回忆。"

王洁沉默地低下了头。

"我们做的工作不仅要直面人性最黑暗的一面，更会接触到人世悲惨的一面。我们不光要学会探求真相，更要学会保护受害人……有时沉默和遗忘才是最好的守护。"

林霄在一旁动情地鼓起掌："第一次见你这么温柔细心，此处应有掌声！"

王洁将女孩送回宿舍，临走时千叮咛万嘱咐，让女孩好好地学习和生活，最后还是忍不住把自己的手机号留给她，叮嘱女孩有需要就找自己。但我知道，女孩肯定不会再找她了。

回去的路上，王洁很是失落。我安慰道："师妹，别这样，我们要破案还要追查氰化物的来源呢，说不定以后还要来找她。"

王洁小声说："最好不要再打扰她了。"

林霄的手机突然像诈尸一样响了起来，他接起手机"嗯嗯啊啊"了一阵，突然脸色一变："好的，我给陆玩说。"

林霄挂了电话，严肃的表情让我有点不适应。他说："理化那边打来的电话，说点心里面没有检出氰化物和其他有毒物质。"

我点点头："我猜也是。"

"王各方胃内容物里也没有检出氰化物和有毒物质。"

"啊？这怎么可能？"

伤口的秘密

林霄皱起了眉头："到底是哪个地方出问题了？"

我说："如果胃内容物没有检出氰化物，那就说明不是通过进食进行的投毒，同时也排除死者误食的可能性。那这个氰化物就是以其他方式进入人体的。"

"还有什么方法？"

王洁在一旁补充："氰化物中毒一般有三种途径，最常见的就是误食，其次就是通过呼吸道吸入，还有就是通过皮肤浸润渗透吸收。如果排除了第一种，那就很有可能是后两种方式了。"

"王各方的尸检表现并不像是呼吸道吸入。一般来说氰化物气体以氰化氢最为常见，如果死者吸入氰化氢，并且是致死量的浓度，那尸体的呼吸道黏膜一定会有炎症、水肿样的病理改变，但我们尸检并没有发现类似表征，而且现场环境也没有气体中毒的条件。"

林霄冲着我点点头："对的，现场虽然是在房间内，并且空间有限，但房屋并不是密闭的，空气有很强的流通条件。如果要使用毒气杀人，很难达到预期效果。再有就是并没有发现现场有毒气储藏和调节释放的工具，也没有相关工具的痕迹。"

"照这样说，就只剩皮肤浸润这一种方法了。"权彬若有所思。

"师兄，你觉得皮肤浸润的方式在这个案子里可行吗？"

"氰化物皮肤中毒，多见于氰化物溶液，要求死者的衣着简单，身体大部分皮肤裸露在外，方便氰化物溶液接触浸润，但这种中毒方式耗时较长，就算死者一个人在卧室里也很容易自救。死者从中毒到呼救，很快死亡，时间上不符合这样的死亡方式。另外，如果死者一个人在卧室里突然濒死，那是谁向他喷洒的氰化物溶液？"

"如果三种方式都不是死者中毒的途径，那死者是怎么中的毒呢？"王洁低头自语。

我开始回想尸检的过程。

毒药要进入人体才能发挥作用，不管是食道、呼吸道还是皮肤，都是进入身体的天然孔洞。那么有能进入人体的非自然通道吗？

伤口！对的！伤口也是毒药进入人体的方式。

"我们的思维被自己限制了，也许凶手在钉子上涂上氰化物，再将穿上钉子的拖鞋放在死者的床边，这样死者一起来就会被扎到，这样也就可以解释尸检的奇特结果了。"

"陆哥，我有一个疑问。"

"阿彬你说。"

"之前咱们不是取了死者脚底伤口的组织，那我们拿那个组织和组织里的钉子尖去做一下毒化，如果有氰化物那不就说明确实是通过伤口中毒的。"

王洁一脸轻蔑："你是不是傻？死者如果踩到了钉子，钉子尖断在组织里，中毒后氰化物入血，通过血液循环流经全身，那钉子尖在组织里也会与血接触，肯定能检出氰化物，这完全没有意义。我们还是要找到钉子本体，看看上面有没有氰化物。"

"如果凶手真的是利用钉子刺入投毒，他布置好这一切以后，只要远离卧室就可以有不在场证据。除此之外，一般人也不会把中毒和脚底板一个小创口联系起来，因为怎么看那个刺创都像是意外。这也就解释了为什么拖鞋和钉子会不翼而飞，一定是凶手事后处理掉了。"林霄一脸激动。

"现在猜测有了，就差证实了。"我看向林霄。林霄会意，转头对王洁和权彬说："我们回去收拾装备，马上复勘现场。"

汽车一路疾驰，离所里越来越近，王洁却突然喊着要停车买榴莲。

我极力阻止："上次你们几个在办公室拿微波炉烤榴莲，弄得整个一层楼都发臭了，不知道的还以为厕所炸了，今天又来？要吃可以，不能在办公室弄。"

"哈哈哈，师兄，你今天和我们一起尝试一下，你就会喜欢上的。"

"做梦吧，你出去别说是我师妹，我嫌丢人。"王洁狠狠瞪我一眼，下车买榴莲去了。没一会儿，这丫头端着一个硕大无比的榴莲回到车里，还买了几支雪糕分给我们吃。

她小心翼翼地问我："师兄，我们能不能晚点再去勘查现场？"

想到今天一天奔波在外，也够难为这小丫头，我说："累了回单位就休息吧，我批准了。"

王洁赶忙摆手，"不是的，师兄，我不是不想去勘查现场，我是想把榴莲吃掉，之前的那个西瓜都没吃上，出了个现场回来西瓜皮都没了。"

看她那副小可怜的样子，我有些心软。

"好吧，回去问问谁脸皮这么厚，连西瓜都没给你留一块，到时让他买个更大的赔给你。"

回到单位已是傍晚，燥热却不因天色有丝毫改变。正当我在窗边享受片刻的休憩时，一阵刺鼻的恶臭冲击着我的鼻腔。

"你们吃榴莲一定要用微波炉烤吗？"我强忍着窒息问道。

"师兄，你不懂，这样才有极致的味蕾刺激感，这软糯的口感只有在高温中历练才能升华。"王洁大快朵颐，吃得不亦乐乎。林霄也不怀好意地站到我面前，嘴里嚼着榴莲不说，还故意朝我哈气："贱嘴陆，你确定不吃一块？"

"太臭了，不要和我说话！"我捏着鼻子跑到一边，大口地喘着粗气。

"陆玩，话说回来，你觉得钉子上沾一点氰化物刺入人体就能致死吗？"我怀疑林霄这货是故意张着臭嘴和我讨论案子，这样我还没法拒绝回答。

"你有没有看那个刺创，刺创虽然刺入得不深，但创道的直径并不细，大约有 1.0 毫米，如果是标准规格的钉子，这个粗度应该是 2 寸钉，这种钉子表面光滑，如果单纯地沾染，并不会带有很多氰化物。如果想在钉子表面沾上致死剂量的氰化物，除非增大钉子的表面积或者制作一个特殊结构让它能蘸取更多的氰化物。"

"你是说在钉子上做个槽？"

"差不多吧，或者在钉子上打两个孔，这样就可以填充足够的氰化物，也更容易致死。不过这一切都是我的猜测，我是讲自己站在凶手的角度的构想，也许凶手没有这么高的智商。"

"也许凶手还认为你这方法很蠢呢。"林霄忽略我的白眼，"那我们待会儿去复勘现场，主要是找到这根钉子？"

"找钉子当然是最重要的，找到后还要看是不是被加工过。如果真和我猜的一样，还要看看现场有没有可以加工钉子的工具，这样就可以直接锁定嫌疑人。如果没有这种工具，我觉得嫌疑人为了保险，肯定准备了不止一根加工钉。"

我明白现在跟林霄所说的一切都算不上是推理，更像猜测。既然是猜测，就不会很准，但真相也许就在猜测与推理的间隙之中。

几个小年轻吃饱喝足后，我们四个带上装备，于夜色中再次向小山村进发。

一进山路，汽车颠簸，王洁趴在车窗上干呕。她每呕一下，我的心就紧一下，生怕她把才吃下去的榴莲吐在这狭小的空间里。

我一路惴惴不安地挺到停车。车一停，王洁就拉开车门冲出去呕吐。权彬紧随其后，帮她拍着背，嘴里还嘟囔着："糟蹋了！糟蹋了！"

等王洁吐够了，我们提着勘查装备再次来到王各方家。李桂琴和两个工人被派出所安置在别处，这时家中空无一人。

"到了晚上这房子怎么这么瘆人？黑就算了，怎么感觉阴森森的？"权彬的话音听起来像是打起了寒战。

"废话，才死了人，而且这个地方信灵符八卦，谁知道有没有什么牛鬼蛇神魑魅魍魉出没。举头三尺有神明，你们可要小心点啊！尤其是你，王洁，女生阳气弱，鬼邪之物最容易缠上你。"我接着权彬的话茬继续逗王洁玩。王洁虽然不信，但也害怕，做好了拔腿就跑的准备。

我们拿起强光电筒，准备推门进去，墙角黑暗处突然扑出一个黑影，冲着我们大声喊："谁！谁在那里？"

扎到死者的钉子

王洁惊声尖叫，直接躲在我身后，被吓得瑟瑟发抖。权彬也连着往后退了几步。林霄提起手里的强光手电对着黑影照了过去，黑影立刻现出原形，原来是所里的巡防员。他看清我们几人是警察后，神情明显放松下来。

和巡防员说清来意，我们一行人进了小院。院里漆黑一片，林霄摸索到了台灯的开关，昏黄的灯光勉强照亮了小院，李桂琴和了一半的水泥已经干成了土堆。

　　我和林霄换好衣服，拿好设备，直奔卧室。

　　"师兄，我也想进去帮忙。"

　　"你先休息一会儿吧，吐成那样，还被吓了一下，在外面先缓缓，一会儿有的是事让你做。你先叫权彬进来帮忙。"

　　由于早上已经对卧室进行了仔细勘查，这次复勘主要是寻找那根长钉。我决定将床和衣柜等家具全部搬开，看看钉子是不是在哪个角落里藏着。

　　"陆玩，当时地上的痕迹显示死者在床边挣扎，地面的脚印被他身上的汗水破坏了，而死者穿着拖鞋，就算出血，血液第一时间也在鞋上不在地上，不能排除他在床边被戳伤，也就是说钉子就在拖鞋上。但从门口的足迹看，流血踮脚的足迹是朝向卫生间的，说明他要么是在床边踩到的钉子，要么就是在卧室门后踩到了钉子。"

　　"这也就是说，死者一出卧室就把拖鞋和钉子从脚上拿掉了，根据足迹可以看到他去卫生间止血之后又回到卧室里。"

　　"对，我们重建一下现场。在卧室门口，他脱下脚上带钉子的拖鞋，这之后他站在这个位置，你觉得他会把拖鞋丢在哪里？"

　　我们两个一起走到门口。

　　"从钉子的刺戳形成的伤口看，死者当时是很痛的，他在门口脱掉拖鞋应该不会思考怎么处理拖鞋，随手一丢的可能性很大。处理好伤口回来再看到拖鞋会不会拿起来泄愤就不清楚了。这旁边就是院墙，生气丢出去也有可能，但你之前出去找过，院墙外并没有发现，或者也可能被放钉子的人捡走了。"

林霄点了点头。

"陆哥，这么小的一根钉子我们到哪里找去？何况还有可能被凶手自己处理掉了。"权彬提出了质疑。确实，找钉子就像是大海捞针，凶手就是随便一丢，我们也都找不到的。

"师兄！林哥！你们快出来看！"王洁兴奋的声音从院外传了进来，只见她拎着一只拖鞋，兴冲冲地朝我们走了过来。

"师兄，尸检时我就发现死者只有一只拖鞋，另外一只找不到。我刚到远处找地方方便，不小心在草丛里踩到这个，我看这拖鞋和死者的那一只一模一样，我就拎回来了。"

王洁一脸得意地等着我表扬，我没开口。林霄冷着脸，张嘴就是一顿训："你都工作多久了？出现场数都数不过来了，发现东西不先固定拍照，直接就提回来了，你怎么想的？发现可疑物品放比例尺拍照固定，之后仔细观察，确定物品不会因移动造成破坏才能提取，你不知道吗？"

"对，对不起……我一看到这个拖鞋，一兴奋就给忘了。"

王洁这次确实没做对。关键物证绝对要小心对待，先不说直接把它拎起来会留下自己的DNA，凶手一次性接触留下的脱落细胞本来就少，在没有任何处理的情况下就轻易触碰，很有可能造成更大的损耗；另外，要保证物证在最初状态下进行拍照固定，多数时候可以从物证当时所处的状态分析出很多有用的信息，比如通过物证留下的印记或灰尘，可以锁定时间和位置。

我戴上手套，拿过拖鞋仔细观察。从颜色和样式上看，这确实与死者穿着的同属一双。拖鞋内脚中部的位置留有血迹，将拖鞋用力掰弯后，可见脚中部处有一个孔洞。

"没有钉子？"林霄一脸惊奇。

我有点兴奋："这就更能说明拖鞋是被凶手拿走的，钉子被拔掉了。这鞋子不会是被王各方自己丢出去的，我们之前的猜测越来越可能是正确的了。"

"那我们接下来怎么办？"权彬问道。

"找钉子！一定要找到！只要它没有在地球上消失，那就一定要找到！"

"老陆，你上嘴皮碰下嘴皮，说得容易。这么小一根钉子，凶手随便一丢，到哪里找？"

"师妹，找到拖鞋的地方离这里远吗？"

"有点距离。我当时想上厕所，但又不能在死者家的卫生间上，只能走远一点，大概走了四五十米，我发现了一个灌木丛，就去那里方便了，结果好巧不巧踩到这拖鞋。"

"凶手将拖鞋丢得那么远，还将钉子拔出来，就是不想让我们找到钉子，所以也肯定不会就把钉子丢在拖鞋的附近，我们好好想想钉子会丢在哪里。"

"丢在哪里都可以。"林霄说，"凶手从卧室到灌木丛，这一路上可以把钉子丢在沿途的任何地方。"

权彬抗议道："林哥，你这不就划出丢钉子的范围了！"

"我有一个想法！凶手与其藏起钉子到处丢，还不如找个合适的地方把它用掉。"我看了看院里的木工操作台，"按照固有思维肯定是找钉子，要我是凶手，我就把钉子钉到家具里。"

"老陆，你确定凶手会有你想的这么心思缜密？"

"如果他能想到用钉子涂氰化物杀人，就能想到把钉子钉进家具。"

权彬质疑道："可这两个木匠昨天才来，除了搭了个工作台，啥也没干啊！"

"那我们就把这台子拆了，把里面的钉子都取出来，走！"

我有种直觉，这次一定能找到。

我们三个男人撸起袖子就走到院子里。

工具台搭建得非常简单，木匠用几根木料钉了一个齐腰的架子，再用木板做了一个面，将电锯架在上面方便处理木料。

王洁帮忙将台面上的工具和木料移开，我们三人将工具台翻了过来。我拿起工具，嘱咐王洁："师妹，我们开始拆钉子，你去勘查箱里拿人血蛋白试纸，还有离心管和去离子水。如果找到带有疑似血迹的钉子你就做一下预实验，确定一下是不是人血，反应阳性的就一定是扎到王各方的钉子，带回去做理化送检检出氰化物。"

王洁按照我的吩咐做准备，我们三人则协力拆解工具台。工具台搭建得看似简单，但为了牢固，上面钉了不少钉子，一个一个拆，着实有些费时间。

夏季的夜晚闷热难耐。因为害怕自己的汗水污染了钉子上的 DNA，我们全都穿上了连体的隔离服，那感觉就像是在桑拿房里穿雨衣。一整套工序下来，我怕是要中暑。

我们三人在这边费力肢解工作台，一旁做辅助的王洁突然"咦"了一声，从先前工作台上移走的物品里捡起一个铁盒，用力一摇。

铁盒里面传来哗啦哗啦的声响，我们几人瞬间呆在原地。

"师妹，你不要告诉我那是一盒钉子！"

"好像……是一盒钉子。"王洁有些惴惴不安。

"老陆，你说扎到死者的钉子会在那盒子里吗？"林霄略带挖苦地问我，"按照你推测的，不是应该钉进架子里吗？"

"我怎么知道，推测也不一定就准啊！快打开看看，有没有带血的钉子。"

王洁轻轻地打开铁盒，从里面仔细地翻找出十几根带有红褐色斑迹的钉子，分别用人血蛋白试纸做了预实验。陈旧性血迹有时和铁锈很像，肉眼无法识别，但试纸是可以准确判定的，不止能测定是不是血，还能确定种属，即是否是人血。

"师兄，这一根上面是人血！"王洁兴奋地拿起其中一根钉子。

"我看看！"林霄从勘查箱里拿出放大镜，权彬从旁用手电筒帮他打光。林霄仔细观察了一阵，肯定地对我说，"就是这个！还记得吗？死者脚底刺创伤组织显微镜检查里面有一个崩掉的钉子尖，这钉子就没有尖头。"

林霄将钉子和放大镜递给我，我仔细地看了看钉子，说："这钉子是正常的，没有经历过被打孔和被开槽这样增加表面积的改动。"

"也许这钉子直接沾染上的氰化物已经足够置人于死地了呢？这种事情谁也说不准。"林霄解释说。

他说的是对的，氰化物这种东西本来致死量就不高，何况直接从伤口入血。

"师兄，那我们现在带着这根钉子回实验室检验吗？"王洁很是急切。

"不，先不回去，我觉得疑点更多了。"

新奇的投毒方式

林霄一脸严肃："陆玩，你说的疑点指的是什么？"

"我在好奇我的推断为什么会错。"

"陆哥，你是指哪一块错了？"权彬也一脸疑惑。

"凶手既然将钉子从鞋里拔出来，还带回到院子里。那他为什么没有直接将钉子钉进木头，而是放在工作台的铁盒里？钉在木头里不是更安全吗？"

"也许凶手觉得最危险的地方就是最安全的地方。"王洁补充道。

"放在桌面上，这不是抱着侥幸心理铤而走险，也不是疏忽大意。他能记得拔钉子，就不会犯这种小儿科的错误。"

"老陆，那你怎么想？"

"我觉得把钉子放在盒子里的人是不方便自己亲自钉钉子的。因为他的这个行为会引起别人怀疑，所以他将钉子混进盒子里，等着别人把钉子用掉就可以了。"

林霄顺着我的思路做推演，说："之前根据你的推论我一直觉得凶手是两个木匠之一，但是你说凶手不方便将钉子钉到木头里，那不就只能是李桂琴？"

"可能是她吧。我们把这根钉子分三段送检：头部三分之一送检 DNA，让王宇做一下上面的残留血液，确认血液 DNA 归属；尾部三分之一也送检，看看能不能做出凶手的 DNA；中间的三分之一做毒理检验，看看是否能检出氰化物。"

我把钉子交给王洁，她用封口物证袋将钉子封存。

林霄提醒我："别忘了那只被扎穿的拖鞋。"

"对，拖鞋也提取回去，鞋子内侧的血迹送检 DNA，和死者比对。底部漏洞周边的材料用手术刀剥下来做毒理送检。钉子如果从鞋底扎进去，摩擦力作用应该会使得氰化物遗留在孔壁上。"

王洁将拖鞋装进大号物证袋。林霄在这时提出了异议："老陆，我和你的想法有些不同。"他稍微组织了一下语言，继续说："凶手把钉子放到工作台上，可能不是你刚才那个推断，我觉得有点牵强。就算自己不是木匠，钉个钉子又有谁会在意呢？我倒是觉得这是个无心的举动，他将钉子从鞋底拔出来时，工作台就已经做好了，出于木工的工作习惯，不会在没必要的地方浪费五金配件，所以也就习惯性地将钉子丢回了这个铁盒子里。"

"你觉得凶手是木匠？"

"从钉子的角度来看，我认为是木匠。"

"那杀人动机呢？"

林霄无奈地摇摇头："这就不知道了，也许有我们不知道的情况。"

我们扩大了复勘的范围，准备再去检查一下两个木匠的卧室和他们随身携带的物品。

再次走进那间凌乱的客房，我和林霄对屋子的概貌进行了拍照，就又聊起了案子，探讨木匠杀人的原因。

林霄猜测是两个工人在装修费上和王各方闹了矛盾。这推测不是没有道理，帮忙翻修房子的工人经常突然加价，已经快成这一行默认的行规。如果主人不同意，他就在房子上做手脚，经常有最后闹得打架来验伤的情况，但这些要回去审讯李桂琴才能知道。如果没有产生矛盾，那这两个木匠就真的没有杀人的动机了。

担心凶手有没用完的氰化物没来得及处理，我们四个人都戴上手套在屋里仔翻找。大到床和行李，小到烟蒂瓜子壳，我们全都看了一遍，一无所获。

没办法，我们只能先回去把钉子送检。王洁和权彬听到我说返程，两人就像皮球一样泄了气。

返程对王洁而言又是一次地狱般的痛苦折磨，我们还没开上高速路，王洁就随风吐了个肝肠寸断。我让她闭上眼睛好好休息，也许是太累了，师妹不知不觉就睡着了。看着她呼呼大睡的样子，我想也许在梦里她能好受一点。

一回到局里，我让权彬扶着王洁回女警值班室休息，也让他去睡觉，毕竟那种山路开了一个来回，消耗确实不少。

安顿好两个年轻人，我把检材送到实验室，委托谢大姐和王宇仔细检验。

现在除了等待，我要赶快给徐老头汇报，早上的案子这会儿还没汇报，现在已经确定是命案了，不能让徐老头面对大队和局领导的时候太被动。唯一遗憾的就是如果这会儿要是已经确定嫌疑人就好了，那我们技术肯定可以领个头功。

我拨通了徐老头的电话，寒暄两句后，我直指重心："老大，这个应该是命案，氰化物中毒，人为投毒。"

"命案你怎么现在才说？接报警记录是早上吧，你是现在才确定是命案，还是这个确定起来有难度？"

"确定性质应该是在中午知道是氰化物中毒的时候。"

"你们现在到什么程度了，也不汇报一下？"徐老头的口气听起来很是不悦。

"现场勘查和尸检我们都做了，凶手投毒的方式很新奇，目前就等 DNA 结果和毒化结果。如果一切顺利，我们直接就可以找到铁证锁定嫌疑人。"

"你有把握吗？"

"有。"

"等你确定了证据，我直接向大队汇报，我们这次不光勘查了现场，直接把案子都破了。你做得好，要让局里觉得我们有能力、作用大，我们中队申请的实验室扩建项目和资金就可能批得更快一些。"

"老大，你现在别向大队汇报啊！还有几个小时实验室那边就有结果了，你等到时候再汇报。"

挂了电话，我心里更有底气了，每次和侦查人员饯行弄得不愉快都是徐老头给我擦屁股，也真是难为他。其实我挺理解徐老头，他不光要管理好我们这二十几号人，还要处理好上下级关系，队里琐碎的事情多如牛毛，就为了申请扩项的资金追在领导屁股后面快一年多了，也不清楚哪个环节没到位，一直没下文，让徐老头很是头疼。

回到值班室床上，我想好好睡一会儿，却怎么也睡不着，只能看着天花板发呆。电话声打断了我的放空，我赶忙捂住手机，生怕吵醒一旁熟睡的林霄和权彬。电话是王宇打来的，我快步走出值班室，迫不及待地接通了电话。

"陆哥，钉子上的血液检出来的 DNA 和死者王各方相同，钉子后三分之一处检出了一个女性和王各方的混合 DNA 分型。"

"女的？会不会是他老婆李桂琴？"

"暂时不清楚，这个需要你们去取李桂琴口腔拭子回来比对。"

"谢大姐那边怎么样？钉子上检出氰化物了吗？"我着急地问道。

"我帮你问了，钉子上没有氰化物。"

我克制住心里的震惊，怀揣着最后一丝希望问道："拖鞋孔洞的材料检出氰化物了没有？"

"也没有，谢大姐做得很仔细，确定没有检出氰化物。"

钉子和拖鞋都没有检出氰化物，难道氰化物不是通过钉子扎脚进入死者体内的？

挂了王宇的电话，我整个人都蒙了。氰化物进入人体的三种方法都被排除了，那王各方是怎么中的毒？难道钉子是我想多了，他只是单纯地踩上钉子被意外地扎了一下吗？

我们这次复勘现场也没得到结果，徐老头那边还等着要汇报上级，原本胜券在握的事情，一瞬间被推翻得彻彻底底。现在别说锁定凶手了，中毒方式都没弄明白，耽误这么久才汇报，还一无所获，这要是领导问起来，徐老头的脸又该往哪儿放？我们的扩项拨款岂不是更遥遥无期？

我越想越着急。

深吸了数口气稍微冷静一点，既然现场复勘没得到什么有价值的线索证据，现在只能回去再复检尸体了。

值班室里林霄和权彬鼾声如雷，我实在不忍心让他们因为我错误的推断继续受累。王洁今天估计吐得魂都快没了，也得好好休息。

这趟尸检，我一个人去。

我拿上衣服带好相机，开着警车朝着殡仪馆解剖室驶去。

王各方，我再来会会你。现在该是你开口说话的时候了。

核心物证

来到殡仪馆，我将尸体从存尸房拖到了解剖室。看到解剖台上的王各方，我突然想到了王梦娟。王各方是个企图对女儿施暴的畜生，我们却要浪费人力物力为这种人渣查明死因。但我知道，我们维护的不是王各方个体的利益，而是司法的公正，法律的严谨，更是回报老百姓对公安的信赖。

我决定把尸体再从头到脚检查一遍。

拿起手术刀重新拆开缝合，对他的所有脏器进行检查，口腔、食道、胃、十二指肠，我将这些全部打开，仔细查看黏膜和内容物有没有异常。接下来是呼吸系统，鼻腔、口腔、咽喉、气管、支气管、肺、胸腔……我依然一无所获。全身的皮肤检查更是没有任何线索。

看着解剖台上的尸体，我只觉得一筹莫展，甚至对着尸体自言自语起来："王各方啊王各方，你告诉我你到底是怎么中的毒啊！"

"哎！你把我剖成这样，鼻子不是鼻子，眼不是眼的，你让我怎么告诉你啊！"

屋里突然传来一个男人的声音，居然和我对答如流。我顿时感觉身上所有的汗毛都立了起来，房间里就只有我和尸体，尸体还在往外淌着血水。大晚上的，难道真闹鬼了？我张着嘴，什么也喊不出来，双脚像是灌了铅一样，一步也挪不

302

动。我下意识地想去摸胸口的佛像吊坠，但是身体完全不听使唤，只是定在原地。

一只手突然在我肩上重重地拍了一下。我尖叫着抄起手边的手术刀，连滚带爬地逃窜，也来不及看对面是什么人，只是随时准备用刀防备对面可能扑来的身影。

等看清来者是谁，我差点没气死："林霄你是不是有病？你再这样吓我，我就和你绝交！"

看了我一番失态的表演，林霄倒是神色如常，反而笑着调侃我："哎哟，你都干了这么多年法医了，还能被死人吓到？"

"对，就是你这个死人，比活着还吓人。你怎么来了，专门过来吓我的？"

"好心当作驴肝肺！你接电话我就醒了。看你到楼下开车走了，我就去问了王宇检测结果，我猜你肯定自己来这儿复检尸体了，所以就跟过来了呗。"

林霄一番话让我自惭形秽，也庆幸有他这么一个好兄弟。

他看着解剖台上的尸体，叹了口气："又检查了一遍，还是一点头绪都没有？"虽然不想承认，但是林霄说得没错，能做的检查我都做了，却实在不知道还有哪里能下手，我只能灰溜溜地点头。

"这事儿这么邪门，这家伙该不会真是被咒弄死的吧。"

"那要不我现在送你过去，你见到王各方好好问问，托梦给我。"我没好气地怼道。

"哟，还急眼了。不过和你搭档这么多年了，还真是第一次发现你被难住。"他收起戏谑的做派，沉声对我说，"咱们见过那么多离奇的案子，每次都能找到破绽，再违反常规的事情，总会在细节处存有线索，你冷静下来再理一遍。"

"我出去待一会儿。"

每次遇到难题，我总是习惯找一个密闭黑暗的地方一个人待着。也不知道是不是越黑暗的地方越能让人紧张，黑暗给我一种通透的恐惧和压迫感，更能激发出我潜在的力量。

我将自己关在更衣室里，大脑飞速转动。

一般来说，氰化物常见的中毒途径就是入口、吸入、皮肤渗透这三种。除了皮肤，另外两种途径实质上都是通过器官黏膜吸收的毒药，人体除了消化道黏膜和呼吸道黏膜，还有什么黏膜是容易被接触到的呢？

门一关，更衣室成了一个逼仄的闷罐子，我抵不住闷热，还是到院子里来透气。殡仪馆门房旁拴着的土狗直勾勾地看着我，乍看上去有些忧郁。我找不到线索，心里烦闷，干脆蹲下身，一人一狗对视起来。

和我对视了三分钟后，土狗转过身去，弯着后腿，以一种半蹲的姿势对着我，身体发抖，紧接着，一根粗大的粪便从它的两腿中间挤了出来。

我气得大骂："小狗崽子，我以为你沉着脸是为我伤心，原来你是便秘！"我恨不得上去踹它一脚，把它刚拉出来的那节粪便塞回去。

"塞回去，等等……塞进去。啊！我真是个天才。"我发疯似的叫喊着，直奔解剖室。

林霄估计是和王各方的尸体待久了，一见我回来就急吼吼地训我："陆玩，你跑哪里去了，你留我一个人，是不是存心报复我？"看他那尿样，我心里有股莫名的愉悦。

"去去去！没时间管你怕不怕，拿上相机帮我拍照。"

准备措施做好后，我将死者的双腿打开，摆成截石位，也就是常见的产妇生产体位，然后让林霄帮我搬着死者的两条腿，我用手术钳子撑开死者的肛门，取出直肠，认真检查。

304

"找到了！你看这个！"我用手术钳夹出一个棕褐色的长0.5厘米的硬块，放在弯盘里，直接递到林霄面前。

林霄一脸不解："这是什么鬼东西？结石吗？"

"结石个鬼，如果没猜错，这就是毒药。拿个塑料物证袋来，赶快给谢大姐打电话加班，这东西就是核心物证。"

林霄难以置信地看着我，说："你怎么这么肯定？你刚才去哪里了，回来和开了挂一样。"

"我说我刚才看到狗拉屎有的灵感你信不信？"

"信！你看到的东西和正常人不一样。你快说说怎么回事。"

"你还记得第一次尸检时，我们看到的痔疮吗？"

"记得，你不说我都不知道那是痔疮。"

"我之前说过氰化物常见的中毒途径就是入口、吸入、皮肤渗透这三种，对吧？其实口腔和吸入这两种方式，毒物本质上都是被黏膜吸收的。我们当时注意更多的是他脚上的伤口，其实还有一处黏膜被我忽略了，那就是直肠黏膜，我是刚才看见狗拉屎才想到的。因为王各方有痔疮，所以他会用痔疮栓这类经肛门塞入的药物，而这类药是被肛肠黏膜吸收的。第一次尸检时，我只是用手触摸检查了直肠，由于毒药被吸收，剩下的体积很小，所以被我遗漏了。

"当我想通凶手是将毒药混在痔疮栓里下毒的，直接剪开直肠就找到了线索。从这点也可以看出凶手很熟悉王各方的身体情况和生活习惯。你看这个东西，被消化到这么小，死者才中毒而亡。再看这个痔疮栓的形状，我猜凶手是在痔疮栓上打了个洞再填入氰化物，死者塞入痔疮栓后，痔疮栓在直肠里慢慢融化，直到释放出氰化物，这就能造成他白日突然暴毙的假象。"

"陆玩你不是天才，你是变态！看狗拉屎都能被你联想到中毒途径，你绝对不正常。"

"变态？这是对我天才能力的嫉妒！蛤蟆你好好说，是不是很佩服我？"我很是得意。林霄嫌弃地瞥了我一眼，又盯着托盘里的东西开始思索。

"陆玩，现在还有个非常关键的问题。"

"你又有啥不懂的，快快道来，让本天才为你解惑。"

"如果痔疮栓就是毒物，那很明显是死者自己塞进去的。把毒药藏在痔疮栓里的人要对死者的生活习惯很了解才能确保下毒万无一失，这样看，他老婆的嫌疑很大，但问题是证据。你怎么证明直肠里的毒药是凶手所投？这毒药上没有指纹，又因为在直肠里取出，DNA 也只能做出死者的。你怎么建立联系？"

林霄的话有如当头棒喝，让我有点晕。是啊，我被激动冲昏了头，居然忘了最关键的事。

"凶手如果在痔疮栓上做了手脚，那他为了让死者误用毒药，一定会将它和其他的痔疮栓放在一起。"

"还有一种可能，就是把加了料的痔疮栓放回装痔疮栓的药盒里，这样也能达到让死者自行使用后中毒的目的。"林霄补充道。

"对对对！我们要找到那个药盒，上面会有凶手的 DNA 或者指纹，说不定还会有氰化物残留。"我激动地对林霄说，"蛤蟆，看来我们要三探凶宅了！"

我和林霄赶忙将那块"结石"送回实验室做毒化检查，然后再次驱车前往王各庄家。我们要去把证据链找齐，只有那个毒物是不完整的，我要锁定凶手，这次不能再出错了。

阴谋

又是一路颠簸，车子终于开到了王各方家门口。和所里新派来看守现场的巡防员表明身份后，我们进了小院。林霄仔细翻看早上拍的现场各处的照片，希望在照片里能发现类似药盒之类被我们忽略掉的物品，但很遗憾，并没有。

我们担心药盒被凶手处理掉，翻找了所有垃圾，一无所获。我俩怀疑药盒可能被凶手焚烧处理了，但还是不想放弃希望。

我们一边翻找，一边聊着今天的发现。

"蛤蟆！凶手应该是他老婆，跑不了了吧。"

"嗯。李桂琴最了解王各方的情况，在现场她的表现也很奇怪，刚来到现场时，一口咬定王各方是被王勇发家下蛊咒死的，后面又说他是被点心毒死的，还阻止我们带走尸体检查，虽然理由很牵强，但目的很明确，就是不想让我们尸检，摆明了心里有鬼。"

"你说的正是我想说的，这氰化物很有可能是王梦娟带回来的。王各方家暴，不可能只打女儿不打妈，李桂琴有杀人动机，她肯定有问题。"

"对了！"林霄突然叫起来，"你还记得不，之前堂屋大梁上有个凹槽我要上去看，被李桂琴阻止了。"

林霄二话不说立刻搬来梯子爬了上去，从大梁上方的凹槽处掏了起来。没一会儿掏出一个红色布袋子，袋子上贴满了灵符，正面还缝着一面八卦镜，像是神婆的作品。

打开布袋，林霄激动地从里面掏出一个东西，那就是我们费尽心思想找的痔疮栓药盒。盒子里还有痔疮栓的塑料外壳。

拍好照片，将药盒装进物证袋。我们放下心里的压力，打道回府。

我一进办公室，权彬就兴高采烈地过来告诉我，从尸体上取出来的那块"结石"就是氰化物。

"案子基本快要破了，剩下的就是要锁定嫌疑人了。王宇呢？"我刚说完，王宇进了屋，正一脸迷糊地看着我，等我的下文。

"王宇，你把这个塑料壳的内表面用棉签擦拭一下给谢大姐做毒化，外表面去做一下脱落细胞DNA，不要用棉签擦，直接剪成二十份，每一份单独提取DNA，直接上磁珠微量提取的那个机器，能不能锁定凶手就看你的了。"

我递给王宇一个药品包装，就是那个痔疮栓的塑封壳。

"师兄，林霄哥刚才回来给我们说了，你从死者直肠里找到东西了。怎么回事，你给我们说说呗。"

知道我们有新发现，王洁和权彬也都不睡觉了，一直在办公室等我们回来。

"我去复检尸体，但怎么也找不到尸体的中毒途径，后来看到了一个'有味道'的画面，我就想王各方不是有痔疮嘛，接着就想到凶手可能是利用治痔疮这一点来对他下毒。接着我从他的直肠里找到了融化一半的毒药残留，送回来做检测，确实是氰化物。这就证明我猜的是对的，凶手应该是将氰化物掺进痔疮栓里进行投毒，于是我们再去复勘现场，找到了一个至关重要的物证。"

"就是这个痔疮栓的塑料壳。"王洁机敏地说道。

"对的，为了使掺有氰化物的痔疮栓能成功投毒，凶手一定用力地捏过塑胶壳，上面一定留有凶手的脱落细胞，并且量很大。"

"师兄，你觉得凶手是李桂琴吗？她最了解王各方的生活习惯，痔疮这种事往往只有亲近的人才知道。"

"还有王梦娟，她也知道。我们没办法确定这个毒药是什么时候准备好的，也许很早之前就做好混入正常的痔疮栓里。别忘了，那女孩有动机有条件，之前排除她只是她没有时间，现在不见得了。"

听到这里，王洁有些伤感地说："师兄，我觉得不是那个女孩做的。"

"师妹，不要因为同情影响了判断力。一切用证据说话，我也不希望是王梦娟。"

"王宇，你最快什么时候能出结果？"

"三小时。"

接下来的三个小时，王洁和林霄几人陆陆续续回值班室睡觉，我独自坐在办公室等待，不知不觉中也进入了梦乡。正在梦里围观别人手搓痔疮栓时，我被人晃醒了。

我迷迷糊糊地睁开眼睛，只见王宇顶着两个黑眼圈站在我身边，对我说："陆哥，DNA 结果出来了。"

我瞬间清醒了不少。王宇接着说，"药壳上检出两个男性和一个女性的 DNA 分型，一个是死者王各方，还有一个可能是李桂琴，还有一个是未知男性。这个未知男性所留的 DNA 量很大，按你的分析应该就是凶手。"

"未知男性？你有没有把这个男人的分型拿去全国 DNA 数据库里比对？"

"当然，全国库和省库我都比对了，没有任何比中。"

库里没有分型就意味着这人没有前科。

不过我大概已经知道嫌疑人是谁了。

"这样，你先去睡觉。我现在去取嫌疑人的口腔拭子，等送回来的时候你再加个班做一下比对，好吗？"

"没事儿，分内的事。"王宇揉了揉眼睛，从办公室出去了。

我看看手机，现在是早上六点五十三分，大家这会儿都还在睡觉，但管不了那么多。我拨通了黄斌的手机号，一阵"好日子"的彩铃过后，电话那头传来了黄斌困倦的声音："一大早你要干吗啊，陆玩？我连着几天都睡不好了。"

"我就知道你肯定还没醒，但没办法，人命关天。昨天那个非正常死亡的事，死者家的那两个木匠你们还控制着吗？"

"安排在村里别的人家暂住，怎么了？"黄斌也没了困意。

"赶快让所里的辅警去把两个人，不，还有李桂琴，一共三个人的口腔拭子送到我们DNA实验室来。"

"怎么了，到底什么情况？"他的声音提高了一个八度。

"王各方是被人投毒杀死的，我们现在已经找到证据了，就差你送口腔拭子过来锁定嫌疑人了，你快点吧。"

"好好好，我就睡在所里的，我亲自去取他们三个的口腔拭子。"

"这样，你把他们都传唤回所里，尤其是那两个木匠，我一会儿去你们所询问他们。"

"好的，等把他们传唤到位后，我给你发信息。"

挂了电话，我跑回值班室，林霄鼾声如雷。想到今天在解剖室他差点把我吓死，我起了坏心，我给他拍了丑照，还是不解气，又扇了他两耳光。

林霄一脸迷茫地坐了起来，揉着自己火辣辣的脸，神情无辜。

我把他拉起来，给他说王宇的检测结果和黄斌的动向。

"走走走，和我去所里。"

他红着眼睛骂我："陆玩你干吗啊？大早上的你有病啊！"

"人都传唤到位了，当然去伐行啊，要不叫你起来干吗？"

"陆玩，你是不是疯了？刑侦大队就你一个民警吗？是你的活儿你干，不是你的活儿你抢着干，你有毛病啊！"

"别废话，证据我们找到了，嫌疑人也基本锁定了，现在就去审讯一下弄清楚动机和具体作案过程。"

林霄无奈地点了点头，说："陆玩，你是真有病，还拉着我和你一起发神经。"

清晨，马路上的车少得可怜，我们疾驰在路上，林霄在副驾驶上打着盹，我则恨不得马上飞到山里去。

我们进了山，直奔派出所。黄斌还没有回来，我和林霄干脆去所里的食堂蹭了顿早餐吃。

吃饭间隙，林霄问我："你有没有听到一个消息？"

我看他这有气无力的样子就想笑，回道："啥？你要生了？"

"徐老头可能要走了。"

"啊？去哪里？"

"好像要被调去南城所当教导员。"

"这不是好事吗？升了官，以后去南城所办事更方便了。"

林霄一脸愁容。

"你咋了，不替他感到高兴？"

"徐主任走了，之后咱们技术谁来管？其实队里的兄弟都希望你来做老大。"

"得得得，我当不了官，我也不想当，也没那个命。"

"我也不知道怎么了，可能对未知的事情恐惧是人的本能。"

他起身离开了食堂，我扫完最后一点早餐，也跟着跑了出去。

我们吃完早餐还没两分钟，黄斌就开着警车驶进了派出所大门。那两个木匠和李桂琴三人很快跟着黄斌走进了会议室。我踹了踹林霄，说："走！饯行去了。"

311

一到会议室，三人的视线不约而同地扫向我俩。李桂琴一脸疲惫，小木匠稚气的脸上写满了茫然，而那个年长一点的却刻意将头瞥向一边。我知道，他是在强装镇定，以掩盖自己内心的慌张。

"黄所，口腔拭子送局里去了吗？"

"送过去了，和我分两路，我带他们回所里，另一队按你说的把口腔拭子送去 DNA 实验室。"黄斌看看我和林霄，又看看那三个人，"接下来你打算怎么办？需要我做什么？"

"没什么了，借你们的审讯室用一下，我来审审她。"我故意提高音量，指了指李桂琴。李桂琴畏畏缩缩地瞥了我一眼，就低头看着地面。

至暗之人

在审讯室，李桂琴就像是被夹子夹住的老鼠，脸上写满了惊恐。她紧张地坐在审讯椅上，两只手不停地揪着衣角，一直低着头，不敢直视我们的眼睛。

"李桂琴，你丈夫是中毒死掉的，你知道吧？"我紧盯着她，李桂琴轻轻地点了点头，再也没有说什么。

"怎么中的毒？"

她沉默。

"好，你不说我就换个问题，毒药是不是你女儿带回来的？你知道这种药是国家严格管制的危险品吗？学生把这种东西私自带回家，还出了人命，你觉得会对她以后有什么影响？"

提到了女儿，李桂琴的脸色煞白，她疯狂地晃着脑袋，浑身颤抖。

"不是的，不是的，这药不是娟子带回来的，是我自己捡的。"

"你捡回来干吗？"

"毒老鼠用的。"

"你还在这里胡说八道！你不说我就去你女儿学校请她回来说！"

李桂琴抬手擦拭不受控制涌出的泪水，身上的短袖随着抬手的动作向上一缩，从袖口处露出胸廓一大块瘀青。

我知道这八成是王各方的杰作，还是问："你身上的伤是怎么回事？"

她瑟缩着摇摇头，还是不说话。

"李桂琴，你忘了我是干什么的了吧，正常人跌倒很难摔到那个地方的，但如果是躺下被人踢就有可能了。你老实说，是不是王各方打的？"她闪躲着不看我，我继续说，"王各方不是第一次打你了吧？你这么多年天天都在忍受他的毒打，只是想换来一个稳定的生活吧？"

可能是想到了和王各方在一起的痛苦的日日夜夜，李桂琴泣不成声，断断续续地说："我没被他打死都是万幸。"

"所以说是你下的毒？"

她面目狰狞："是的，是我下的毒。这个畜生就该死！"

"那你这么多年都在忍受他的虐待，为什么现在突然对他下死手？"

"我实在是忍不了了！女儿长大了，我不需要再依靠他了！"

"是吗？难道不是因为他现在除了家暴你们，还开始骚扰你女儿了吗？"李桂琴吃惊地待在那儿，张着嘴巴半天没有出声。

我猜的没错，女儿是她的底线，王各方触碰了一个弱女子最不可触犯的禁区。

她咬牙切齿地承认了："这个畜生想要强暴我女儿。"

林霄问道："李桂琴，你们母女与王各方到底是什么关系？王梦娟是不是王各方的亲生女儿？"

李桂琴叹了口气，说："我原来不是他老婆。我之前的丈夫嗜赌，追债上门的人把我家都砸了，还要把我女儿带走卖了抵债。我心里害怕，就带着孩子连夜逃跑了，后来我们一直在街上流浪，直到遇到王各方。当时他在工地做工，看我们母女可怜，就收留了我们，把我们带到这个地方。我没有什么生存技能又带着个孩子，出去根本找不到工作，遇到王各方也算幸运，就和他结了婚。

"起初还算好，但因为我一直没怀孕，他脾气越来越坏，经常喝完酒打我，稍有不顺心还打我的孩子。这些我都能忍，想着他年纪大了也就打不动。但女儿一天天长大，他看女儿的眼神也越来越不对。有一次喝醉他打完我，居然说要是我生不了孩子就让梦娟给他生一个，我当时吓坏了。更可怕的是有一次他居然真的要去强暴梦娟，虽然最后被我阻止了。但我那时就想着，等女儿大学毕业找到工作，我就离开他。可是他动不动就骚扰梦娟，我怕她还没大学毕业就被这畜生糟蹋了。"

"于是你就先下手为强，给他投了毒？"林霄追问道。

李桂琴点了点头："所有事都是我做的，和梦娟没有关系，真的没关系。"

"和你女儿有没有关系我们会去调查，但你要告诉我，和你一起下毒杀人的同伙是谁？"

李桂琴唯唯诺诺地问："你刚才问我的问题，我觉得你们都知道答案了。你们都知道还有一个人为什么还要问我？"

李桂琴这么一问，我突然发现一个可以利用的漏洞。

"我们当然知道，但我们知道和你自己主动交代不一样，你看那个东西。"我指了指身后的摄像机，"所有的询问都会被录像录音，从你自己嘴里说出来就属于你自己主动交代，以后对你算坦白从宽。我问你是给你一个坦白的机会，你要懂得珍惜机会，实话实说，把自己知道的都说出来，这样对你有好处。"

林霄听我胡扯，无语到嘴角抽动，但为了把戏演下去，他还是严肃地点点头。

李桂琴果然上了套，她想了想，说："我是有个同伙，但真的不是我女儿，是那个年纪大的木匠。"

我有些好奇了，问道："那个木匠为什么要和你一起谋杀王各方？他分明来你家干活儿没多久。你们之前认识吗？"

"是的，认识……其实他就是我的前夫，郑春龙。我也是前不久在县城的街上碰到他的，不知道他怎么会在那里。见到他那天，我被王各方打出去了，我很害怕，只能在街上游荡，等王各方不发酒疯再回去。郑春龙见到我，知道我的处境后一直安慰我，还说他一直在找我们母女。说实话，我有点感动。后来我和他又在县城约见过两次。他看我经常被打，就说不如杀了王各方，一了百了。起初我不同意，但后来为了女儿，我同意了。"

"你的意思是，王梦娟是木匠的女儿？"林霄有些惊异。

"是的，郑春龙也知道。"

"你们俩具体怎么下的毒？"

"我把王各方用的药拿出来，郑春龙在上面钻了一个小孔，把毒药填进去，之后我又把痔疮药放回了厕所。"

"谁想出来的这方法？"我问道。

"郑春龙。他说不能直接给王各方吃，吃到肚子里你们会查出来。"李桂琴低头哭了起来。

"你们俩杀了人之后还在继续演戏，一个劲地往王勇发头上推，什么人家门上照妖镜咒你们家，给你们家放灵符诅咒。看这些都没把我们的注意力吸引到王勇发身上，你干脆跑到人家家里打架，说是人家老婆投毒。你这一步当真是铤而走险，自己清楚王各方是被你们毒死的，还硬要嫁祸给王勇发一家以图自保，你们还真的是恶毒啊！"

所有的阴谋都被我——揭穿，李桂琴也没了抵赖的念头，只是一味哭泣。

林霄向我使了个眼色，示意我出去说。我和他走到门口，林霄说："我有个问题，下毒李桂琴自己就可以了，为啥木匠还要来？没必要啊，这不是引火烧身吗？"

"我也在想这个问题，看来我们要会一会这个郑春龙了。"

怀揣着疑问，我和林霄进入了另一间审讯室。

郑木匠满脸愁云，像霜打的茄子一般耷拉着脑袋。

"你叫什么名字？"

"郑春龙。"

"多大年纪？"

郑木匠小声地说："59。"

林霄提高了声音："来说说吧，你和李桂琴怎么合计杀人的？"

郑木匠低下头："李桂琴应该给你们都说了吧！你们还问我干吗？"

"李桂琴是说了，但我们也要对你进行询问，核实你们说的有没有出入。你好好想想吧，配合我们是为你好。"

"唉……李桂琴胆子小，你们一吓，她可能什么都招了。她跟你们说的都是实话。"郑春龙一副认命的样子。

"那我们问一些李桂琴不清楚的事。"

"你们问吧。"

林霄说："你为什么帮李桂琴杀人？你别说是还爱她为了拯救她这种话。"

"当然不是！我是为了我女儿，郑惠惠，哦，现在应该叫王梦娟。虽然我

316

不是个好人，但谁会放任别人侮辱自己的女儿？"

"真就是为了这个？如果只是这个原因，你大可以带她们母女离开。"我嗤之以鼻，"你到底什么目的？"

郑春龙一脸认真："警官，真的。我绝不允许那个人侮辱我女儿，就算是杀人我也要阻止她受伤害。"

"郑春龙，你当我这么好骗？你已经快 60 岁了，看你走路的样子，你腰椎间盘突出已经很严重了吧？我看你早年吃喝嫖赌没什么积蓄，眼看自己年纪大了，害怕没人照顾，晚景凄凉吧？在要绝望的时候老天爷给了你一个机会，让你又碰到李桂琴，你知道她们母女过得并不好，而且女儿已经出息了，于是你就产生了一个念头。

"你唆使李桂琴杀掉王各方。如果她被你说动了，那她被你抓了这么大一个把柄，以后也不得不对你言听计从。我猜你让她用毒药，是为了方便把女儿也牵扯进来，这样你就更可以从中要挟，王各方家的房子和财产就都是你的了。你好厉害啊！为了让自己以后有人照顾有人赡养，竟然一不做二不休，预谋杀人。"

我的一番话似乎直击郑木匠的内心，他脸上的肌肉抽搐在一起，汗水一直往下流。他直直地盯着我，嘴唇抽动，一语不发。

"郑春龙，你说我说得对不对？"我继续攻心，"你沉默又有什么用呢？你为什么自己过来杀人，还不是怕李桂琴失手，你也说了她很胆小。如果事情失手了呢？接下来你会怎么做？"

他躲闪的眼神告诉我，我猜测的邪恶的画面可能就是他计划的一部分。

"如果投毒失败，接下来是不是要上演杀人了？毕竟你带来的那些工具用起来都很顺手，反正在装修房子，杀了人就地一埋，没人知道。何况王各方和周围邻居的关系都不好，也没人想见到他。我猜得对不对？"

"不对！"

"不对吗？要是我猜错了，你早就跳起来反驳我了。没关系，没发生的事也只是我的猜测，你承不承认都没什么，我只是好奇我猜得对不对。"

"警官，李桂琴说是我就是我吗？我现在也可以翻供。"

"你的意思就是我们没证据喽！没证据我就不会让你坐在这个椅子上问你了。"

郑春龙脸色越来越不好看了。

我点开手机，将拍摄痔疮栓药盒的照片指给他看："郑春龙，这东西我们找到了，上面有你的 DNA，也有氰化物的遗留，这就是铁证。"

"怎么可能，这东西明明烧掉了啊！"他失态地叫出声。

"烧掉了？你是让李桂琴烧的吧？她只是胆小，并不是傻。她烧掉的应该是之前用完的盒子，这个盒子她留下来了。你想要挟她，她不会猜不到，毕竟你是什么人，她不会不了解。"

郑木匠面无血色地呆坐在原地。

这种人自私至极，我一眼都不想再看到他。

我走出审讯室，抬头看着天空，内心久久不能平静。人命尚不如猪狗，我真的很想知道人怎么可以坏到这种程度。

林霄在旁接电话，挂断后，他一脸凝重地对我说："老陆，我们回局里吧。"

"怎么了？"

"两件事要给你说，一件好事，一件坏事。你先听哪一个？"

"废话真多，快说好事，让我换换心情。"

"王宇做出来结果了，这案子破得漂亮，徐主任已经去大队和局里汇报了。局领导很高兴，说我们技术很重要，扩项的事应该会批下来了。"

"走，回去找徐老头领赏去！对了，坏事是啥？"

林霄哭丧着脸说："徐主任被调去做教导员了。"

"蛤蟆，你是不是有病？徐老头升了你居然说是坏消息，你该吃药吃药啊！"

他的脸色更差了："那你猜猜是谁接替徐主任来管我们刑事技术吧。"

"谁？该不会是空降一个对技术一窍不通的人吧！"

林霄一脸沮丧，那人选肯定比我说的这个还要糟。

"是侦查中队的杨队！"

"你说的是真的？咱们天天和人家针尖麦芒地对着干，抢功饯行的，完了完了，这下完蛋了！"